杭州市萧山区
文学艺术界联合会
重大签约作品

杭州市萧山区
原创故事
作品集

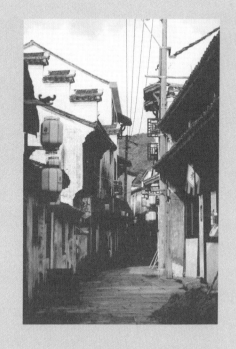

本书编委会 编

西泠印社出版社

编委会

序

63个民间故事合成了这本集子。

谈及民间故事，大家存在一种错觉，觉得都是过去的故事，十之八九还有点神神秘秘、奇奇怪怪，且多流传于乡野与街市，似乎登不上大雅之堂，这些民间故事的核心意义也集中在人世间的各种因果报应，达到劝人为善之功效。可以这么说，我们这一代人，是听着传统民间故事长大的。当年的一本《西湖民间故事》，因借书难，于是整篇整篇地抄下来，爱不释手，成为枕头底下的宝贝。

由萧山区文联重点扶持，萧山区民间文艺家协会主编的这本民间故事集子里收集的民间故事，更多的作品是现代民间故事，就是我们当下的社会生活面面观。这些故事用通俗易懂的艺术方式来弘扬社会主义核心价值观，讴歌人民群众，温暖人间真情，揭露社会不良或丑恶现象，阐述人性善恶等诸多方面。换言之，这是"新民间故事"。

这些故事，情节并不夸张，而是采取娓娓道来的方式，在说理说教的同时，把人性的善与恶呈现在读者面前。

具体归纳，有三个新：

一是老作者新故事多。萧山民间故事的创作者，以前集中在几个老作者身上，像吴桑梓、楼黎明、蔡月校、王炳铨、孙燕华、韩成兴、傅华生、陈亚兰等。这本集子里，他们都有作品，也都有创新。像吴桑梓的《老娘的宝贝》，非常幽默，既有廉政教育，又揭示了人性；楼黎明的《父亲的藤篮》，回忆艰苦岁月的一抹温馨；蔡月校的《三连襟》，讲述了三个村长"祝寿与上进"的故事；孙燕华的《爱玩手机的老人》，说的是老人与智能手机的趣事；韩成兴的《战友》，角度巧妙地说出了战友之情；傅华生的《宝地》，取材于湘湖，从算计到合作，结局皆大欢喜；陈亚兰的《白果树的传说》，叙说了村庄的历史……

二是故事题材新。这主要集中在中年的创作者，像高国富、缪丹、孙冬芬、项彩芬、谢益龙、瞿维婷、金柏泉、王金潮、陈芳芳、陆黎卿、傅金祥、田永梅等。他们的创作题材内容比较宽泛，甚至有点儿包罗万象，大到反腐倡廉，小到家长里短，涵盖了社会生活的各方面。有的题材甚至跳出了传统民间故事的范畴，呈现出强大的力量。像高国富的《借书》，惟妙惟肖地描绘了一个领导的多张脸，在讽刺的同时也揭示了社会的真实；缪丹的《生死战友情》，叙说了日常生活中的战友之情，生死之交在现实利益面前依旧坚硬如铁；孙冬芬的《化解压力》，说的是社会关注的子女教育问题，做父母的要保持一颗平常心；项彩芬的《众筹》，是一个温暖的故事，讲述了众人帮助之下的脱困经过；谢益龙的《要命的磁疗衣》，幽默生动地讲述了一名退休公务员的心病，一朝贪污，余生都惴惴不安；瞿维婷的《局》，关注的是当下的考编热，年轻人的追求要给予充分尊重，他们有他们的世界；金柏泉的《老干部的招待餐》，非常生动地解读了"八项规定"的刚性，用一个看似违规的故事反衬了实则规矩的作风；陈芳芳的《小单的心机》，说的是年轻人的恋爱；陆黎卿的《500元的公园门票》，真实地描绘了一名爱贪小便宜的妇女引发的一场闹剧；傅金祥的《田家村新来的书记》，正能量满满，美丽乡村建设需要这样的好干部；田永梅的《一幅山水画》，说的是师生之情，共同创作迎亚运的故事……

三是新生力量的创作渐渐形成特点。以陈园媛、戴祯桦、沈永银、楼飞、盛柳阳等为代表的民间故事新生创作群体初具规模，而且出手不凡。像陈园媛的《好邻居》，说的是在困难时期，邻居间的误会与真情；戴祯桦的《最美孕妇》，则把笔力投向了孕妇与吃，起到了教育作用；沈永银的《美甲记》，说的是小镇上的商业业态与人心；楼飞的《老墙门》，传承了民间的淳朴家训；盛柳阳的《八千里路云和月》，讲述了一个关于道义的故事，角度新颖，叙述生动，读之令人三思。

总体而言，这些故事的创作基本代表了创作者的水平，也显现了萧山民间故事创作的整体水准。创作之路是艰难的，民间故事创作一定要打破旧有的思维方式，与时俱进，把关注的焦点转到当下火热的生活。新时代有新时代的故事。新时代的民间故事创作要紧紧围绕"以人民为中心"的创作导向。尤其要关注萧山的发展与新人新事，这与每一名萧山人息息相关。萧山新民间故事的创作，要有更为宏大的理想，更为创新的叙述，更为丰润的故事内涵，撷取现实生活中的诸多细节，予以深化，呈现精彩当下。

目　录

第一辑

杭州市萧山区
原创故事作品集

借书

高国富

县委宣传部新来了一位姓洪的副部长，大家都称呼他洪部长。

洪部长中文系本科毕业，从学生时代开始就一直喜欢读书。

20年前在县城读高中的时候，洪同学经常到县图书馆借书看。那时候到图书馆借书，要办理一个纸质的借书证，不但要凭学生证，还要付5元钱押金，家境不太好的洪同学可是好几个月没吃饱饭，从牙缝中硬是挤出了这笔额外开支。

办了借书证，一次最多只能借3本书，还得从繁杂的书卡抽屉内找寻自己钟爱图书的名称及编号，写在纸条上从借书窗口递给图书管理员，借3本书通常要写上5—6本（保不准相中的书已被他人借走不在馆里）；借了书，必须在1个月之内归还，否则得交滞纳金，严重的话5元钱押金还有可能被罚没。

洪同学从来都是规规矩矩，从未出现过逾期不还图书的现象，后来因为读大学及工作的原因，他很少到县图书馆借书看了。

听说洪部长新官上任，县图书馆包大庭馆长多次联系并上门拜访汇报工作，洪部长终于得空与包馆长见了一面。

包馆长到洪部长办公室汇报工作，也没空了手，除了汇报材料，特意带上一套精装《金庸武侠小说全集》，请洪部长指正。告别时包馆长拍拍胸脯说："洪部长，今后您要看什么书，请马上告诉我，我随时给您送来。"洪部长只是连声道："好说，好说……"

于是洪部长又成了县图书馆的忠实读者。

洪部长的读书偏好集中在官场小说方面，《首席医官》《运途》《医生笔记》《一号首长》《中国式秘书》《首席高参》《靠山》《医道官途》等成为他的最爱，"年龄是个宝，文凭不可少，能力做参考，关系最重要"成为洪部长的官场箴言，不到40岁的他便如此类小说中所述的那样"前程似锦"。

洪部长有时也自己去图书馆，就这样借借还还，在他手上的小说总有二三十本。

县图书馆早几年就搬到了新馆，现在凭借书卡、身份证、市民卡、手机App等都能借书，还书更是能在自助机上智慧操作了；一次借书数量上限为20本，归还日期为40天，超量、超时就不能再借了，这种制约是为了鼓励读者早日还书，提高图书流通率，让更多的人更快地看到好书。

一天晚饭后，洪部长又散步经过县图书馆，就进馆随便逛了一逛，挑选了几本书，然后到服务台办理借阅手续，这次洪部长身边只带了身份证。

服务台当班的图书管理员是一个新来的小姑娘，工作牌上写着名字"余小鱼"，接过洪部长的身份证，登入借书系统，小余发现洪部长名下已有29本书，于是便说："洪先生，您的名下借阅图书已经超过20本，需要归还至20本以下，否则不能再借书了。"

洪部长说："我是洪××呀，你们包馆长认识我的。"

小余说："认识谁也没用，这是图书馆的规定，请您配合。"

好说歹说，小余就是不肯通融。洪部长也不好意思说自己是宣传部的副部长，只好不借书作罢，并扔下一句话："明后天我会让你把书给我送来的。"

第二天，洪部长在办公室，又接到包馆长的电话："洪部长，馆里最近又采购到一批新书，我帮您选了几本，马上给您送过去？"

洪部长沉吟了一会，说："小包，还有这几本书也要的，另外你看着选，凑够29本，正好我这里还有29本要还，你派个人来就行了。对了，就让那个图书管理员余小鱼吧，我看她挺好的。"

包馆长说："好的，请领导稍等。"

不一会儿，洪部长办公室的门被敲响了，探头进来的正是叫余小鱼的小姑娘。只见小余吃力地拎着一大袋图书，满头是汗，脸上红彤彤的。放下书，小余说："洪部长，对不起，昨天我不知道是您。"

看来余小鱼是明白了一些事情。

洪部长说："谢谢呦，小余同志，请帮我把这里的29本书也拿回馆里还一下。"

余小鱼整理好图书，又艰难地拿起书袋，走出洪部长的办公室。

洪部长有点小兴奋，尿意来袭，出门拐向卫生间方向。

只见余小鱼吃力地拎着书袋，正经过县委一把手余书记的办公室门口，这时办公室的门开了，余书记的秘书从里面出来，看见余小鱼，惊讶地说："小鱼儿，你来看你叔叔？怎么不提前打个招呼。"

听到此话，洪部长恍如受雷劈般一惊。只见他匆忙跑向余小鱼，嘴里喊着："小余，小鱼，小鱼儿，请等一下，书我自己会去还给图书馆的。"

此后，洪部长去县图书馆借书少了，即使借书还书，也都是自己前往，而且他的名下借阅的图书数量从未超过20本。

后来，洪部长业余时间多是在"学习强国"App平台上加强学习，思想不断取得进步。

讹你没商量

缪丹

今年的冬雪来得早，下得猛，气温骤降，地上的雪水都冰住了。

广宁小区是个老小区，尤其是小区门前那条路，地上坑坑洼洼，平时都难走，更不用说这大雪天，行人都必须小心翼翼。可还是有好多人在这摔倒了，只不过大多是年轻人，跌倒了，爬起来，拍拍屁股上的雪花，骂几声就走了。一位拄着拐杖的老太也从这里经过，脚下一滑，"啪"的一声，跌倒了。这老太，脚埋在雪里，屁股着地，侧着身，想用手撑起来，却用不了力，于是，只好喘着冒白色的气，不时一声声叫着"啊唷，啊唷……"

小区进进出出的人很多，走过老太身边的人，有的稍做停留，马上走开；有的假装没看到，直接走过；有的你看看我，我看看你，都继续走自己的路，竟然没一个人去扶一下。

雪，还是纷纷扬扬地下着，而且越下越大，沉重的雪块不停地从树上啪啪地落下来，打在老太的身上。就在这时，一位骑着破旧自行车的年轻人，口中唱着电视剧《雪山飞狐》中的片头曲《雪中情》，龙头东一歪西一歪地过来了。

骑到小区门口，看到地上的老太太，他立马刹住车，问边上的人是怎么回事儿。有人说："老太摔了，大家都不敢扶，这样的好事不好做，家里又没有金矿。"

这青年叫阿三，也是住这小区的。平时虽然油嘴滑舌，讲话没一句正经的，但人很聪明，心地也好。听人这么说，忙说："好，好，跌得好！"这时路过的人站住问："老太跌在雪地里，你还说好，你葫芦里卖的什么药？"

阿三把自行车往边上一停，掏出手机，对着围观的人和地上的老太，拍起了照片，反应快的人马上用手把脸挡起来，或者转过身不让他拍照，以为阿三要把他们这些袖手旁观者的照片，发到微信朋友圈进行曝光。而阿三却说："你们不扶怕啥，我是想扶，但我也没金矿，拍些照，万一真的那个，也好找你们作个证。"

拍好照片，阿三走到老太身边蹲下身子问老太："你摔倒多少时间了，哪儿摔伤了？"

老太苦着脸回答说："我有好长时间了，20分钟差不多吧，我的腰闪了，腿脚又不便，爬不起来了。"

阿三一手拉着老太的手，一手托着老太的背，把她扶了起来，还帮她拍干净身上的雪。

就在这时，老太的手突然死死地抓着阿三不放，还说："我终于等到人了，快送我去医院。"边上人一听，还以为真是个碰瓷的，众口一词，都说阿三这下要倒霉了。

但阿三不怕，他问老太太家里人的电话知道不？她说知道的，但儿子很忙。

阿三拿出手机，让老太报下她儿子的电话号码，说是帮她打个电话让儿子来带她去医院检查或接回家。

阿三按老太太报来的号码帮着拨打电话，在说话的同时，不知怎么一不小心，脚下也滑了一下，于是阿三啪地摔倒在地上，还不停地大叫："痛死我了，摔骨折了。"

阿三他在电话中大声说："你快过来，你妈摔伤了，我扶她时也摔了，脚很痛，不是骨折就是扭伤了脚，快来送我们去医院吧。"

刚才停下来围观的人都用惊讶的眼光看着阿三，都在心里猜测着，难道怕被讹诈就来个反讹诈的？大家都想看看这场戏怎么演下去？于是不怕天寒地冻，都站着不动继续看热闹。

老太太的儿子很快赶来了，大家一看，呆了，他不是别人，竟然是广宁小区新上任不久的张主任。张主任匆匆而来,手上的扫把还没丢掉,他一大早就和小区工作人员一起在扫积雪。而老太太呢,就住在隔壁小区,她是下楼去倒垃圾,结果把钥匙忘在家里了,她知道儿子今天忙,就深一脚,浅一脚找儿子来拿钥匙的。谁知刚到小区就滑倒在地上。

张主任一边扶起地上的阿三,一边说:"阿三,你为了扶我母亲连自己都摔伤了,对不起哦。"谁知阿三说:"什么什么,你就一句对不起就行了?"张主任问:"那你要怎么样?"阿三说:"我是扶你老妈才摔伤的,你总得送我去医院拍个片,检查一下吧!"

张主任连忙叫了辆出租车。说:"好的好的,到医院拍个片放心些。"

就这样,张主任一手搀着老妈,一手扶着阿三,阿三一瘸一拐跟着张主任去人民医院做检查。张主任的母亲闪了腰,腿部肌肉受冻损伤,要住院。而阿三,经过 X 光拍片,他的足踝部没有伤到骨头,但阿三说很痛很痛,于是医生说可能是伤了筋或者扭伤了韧带等软组织,而这些片子里是看不出的。医生给阿三配了云南白药气雾剂和一盒伤痛膏。

挂号、配药费都是张主任出的。阿三将几十元钱交到了张主任手里说:"这点小钱我先自己付,到时候一起算总账。"

张主任吃惊地问阿三:"算总账?"

阿三反问说:"难不成你想用这不到一百元的医药费打发我?俗话说'伤筋动骨一百天',虽然没伤到骨头,但伤到筋和韧带也一样麻烦,都得好好养养,那么这误工费,精神损失费是不是该赔?请假肯定影响到月度奖、季度奖、年终奖等等,你是不是也得赔?也许因为请假而丢了工作,论情论理,你还得为我找工作呢!"

张主任见阿三这样说吃惊地问:"你是想讹我吧?"阿三继续说:"话不可说得那么难听,论情,我是扶你母亲摔伤的,我是见义勇为,奉献爱心,你作为儿子,不能甩手不管吧?论理,是因为这条路年久失修,都是坑坑洼洼,地面不平再加冰雪,你是我们居委会的主任,应该负该负的责任。就算是讹,也是讹你没商量!"

真是秀才碰上兵有理说不清，但张主任仍耐心地解释："阿三同志，我上任不到一个月，很多事情都在处理中。我知道你前几天来反映过道路的情况，但任何事情都是有个时间有个过程的。"

"这个我不管，你是现在的主任，必须处理好，你的前两任主任开始也说解决修路问题，结果都推说没钱而不了了之。这道路不好，每年都有孩子和老人摔伤，你们什么时候管过？这次我的问题若不解决好，我要告你们，就算是告不了，我也要到微信朋友圈和网上发帖，让大家来评评理，你这个主任到底有没有责任？"

张主任无可奈何地说："好吧，给我三天时间，我们领导班子讨论下，到时候给你个答复。"

于是阿三请了假，在家里等消息，有时出门去学校接送女儿或去菜场买菜，都是一瘸一拐地走着，手里还拿了根拐杖。这天，他送女儿去学校回来，远远地看见小区门口来了好多人，有的拿着铁镐，有的拿着铁锹，汽车也装来了黄沙石子，张主任正在指挥着，见了阿三就说："阿三，这修路的事，镇上批准了，保证过几天就修好！"

阿三一听，高兴地问："真的？"他边说边跑到张主任这边连声说："谢谢张主任，谢谢张主任。"

张主任笑着问阿三："怎么，拐杖呢？脚不瘸了？这医药费，精神损失费、月度奖、季度奖、年终奖……怎么算？"

阿三红着脸，抓着头皮连忙说："不不不，不用算了，你以为我真要算，真愿意这么做？一瘸一拐的多难受啊？不过也值，用我这'讹诈法'，换来了领导对这道路的重视。"

原来，为路的问题，小区居民多次反映过，就是一直未见修好。热心又鬼点子多的阿三，在为老太太打电话时，手机上显示发现，这电话号码竟然是新上任张主任的电话，为道路问题，阿三前些天刚好去找张主任反映过，并把电话记在了手机联系人中，于是才有了前几天的那出戏。

最美孕妇

　　张亚楠怀孕四个多月了，她的妊娠反应还很重，胃口极差，家里有的吃不下，想吃的又吃不到，心中十分烦躁，可就在这时候，她家的院子里突然来了只刺猬，她把它捉住，关在笼子里。

　　张亚楠边摸着有些隆起的肚子，边对关着的刺猬说："难得的野味，是红烧还是酱爆着吃呢？"刚好被路过的馋嘴婶听到了，就走过来问："亚楠呀，有什么好东西呀，又是红烧又是酱爆的。"

　　张亚楠一看是馋嘴婶，忙说自己孕期反应重，总想吃这吃那，挖空心思想吃些稀奇古怪的东西，有时买不到吃不着，就像挖了心一样难受，现在家中突然来了只刺猬，她就想吃刺猬肉了。

　　馋嘴婶看看刺猬说："哟，这只刺猬真大，有三四斤吧，可以烧一大碗呢！依我看，烧叫花刺猬是最香的了。"

　　"叫花刺猬？被你一说，更想吃了，只是不知道怎么做呢，婶婶你会做不？快教教我。"张亚楠似乎闻到了叫花刺猬的香气，咽着口水，摇着馋嘴婶的手说。

　　馋嘴婶说，叫花鸡她做过，道理应该差不多的，要先把刺猬收拾停当，然后用蚝油、料酒、黑胡椒粉、花椒、生抽、盐调成汁，把刺猬腌上后，用保鲜膜包上，腌制半天后再取出。然后在刺猬肚子里塞满葱姜蒜和洋葱丝、香菇丝、料汁，花椒炒香后压碎，也一起拌入，做好这些后，再用针线缝上刺猬的肚子，用荷叶包住刺猬，最后再包上一层预先擀好的面粉皮，这样就可放烤箱烤了。

馋嘴婶还和张亚楠讲了叫花鸡的来历，说以前是把加工好的鸡，用泥土和锡箔纸包裹好，然后垒个土窑，再用柴火烧烤，这个叫花刺猬是她根据叫花鸡的做法演变过来的。

张亚楠夸馋嘴婶懂得真多，还笑着说："难怪大家尊称你为女才子呢。"

这馋嘴婶辈分大，年纪才只有五十来岁，却上知天文，下知地理，中知生活百态，因此村里很多人有事儿都乐意问她，不管男女老少，都称她为"女才子"。

一说到女才子，馋嘴婶"哎呀"一声后说："我差点犯错了！"

"婶子，你犯啥错了？"张亚楠问。

"亚楠，你怀孕了，要生宝宝了，对不？"

"是呀，这个你不是知道的吗？"

"就是呀，所以说我差点犯错，刚才还在教你如何做叫花刺猬呢。亚楠，你不能吃这刺猬了。"

"这是为何？"张亚楠好奇地问。馋嘴婶对张亚楠说："民间有种流传下来的饮食说法，叫'吃啥补啥'，还有种说法叫'以血补血''以形补形'。这刺猬全身都是刺，又臭烘烘的，孕妇吃了后，会影响孩子的性格脾气的，万一孩子生下来性格脾气又臭又硬，像浑身长刺似的不听话，就麻烦了。再说，刺猬是有名的吉祥物，是大吉大利的预兆，民间传说它可以给人带来好运，是非常有灵性的动物，所以你还是不吃为好，为了孩子，得把这刺猬放生。"

张亚楠因为想吃没得吃，特难受。但听着馋嘴婶这么一说，感觉有点道理，她还随手在手机上百度了下，网上还真有刺猬是灵性动物，是吉祥物的说法呢，张亚楠虽然不迷信，但为了孩子，她决定听馋嘴婶的，准备把刺猬放生。

张亚楠把刺猬装到水桶里，准备去前面的池塘边放生。她和馋嘴婶刚走出一段路，有两个打扮入时的一男一女见她拿只水桶，以为是去卖野生鱼或野生甲鱼之类的，于是朝她水桶里看了看，一见是只刺猬，就好奇地问：“这刺猬是卖的？”

“不是的，我是去放生的。”张亚楠回答说。

“放生？那你不如把它卖了，现在把刺猬当宠物养的也很多。”

张亚楠心想，这么有灵性的东西我怎么能卖？于是就顾自往前走。走到池塘边，见那儿比较潮湿、阴凉，又种着不少树，张亚楠准备把刺猬放了。馋嘴婶却说：“不能就这样一放了之，我们得给刺猬安个家。”说着，就用手在河滩边挖了一些泥，给它围了个窝，然后把刺猬放进去，再捡了些树叶把它遮起来。张亚楠觉得馋嘴婶想得周到。正想回家，见刚才碰到的那一男一女，也在这小河边拍着照片、视频之类的，她生怕她走开后他俩把刺猬带走，于是一步三回头地看着他俩，直到他们也往回走时，张亚楠才放心地回家。

晚饭后，张亚楠坐着刷手机，无意间刷到了一条《最美准妈妈》的视频，视频拍的就是张亚楠挺着已有些隆起的肚子，与馋嘴婶一起放生刺猬的过程。原来她遇到的那一男一女是抖音博主，正在寻找灵感记录生活呢，当时听张亚楠说刺猬不卖的，是去放生的，就觉得有“戏”，于是跟着前去拍下了这一切。

这条视频的回复已有上百条，有说准妈妈善良，有爱心的；也有人说好人有好报；还有祝她顺顺利利生孩子，祝她的宝宝聪明乖巧的。这些留言让张亚楠心情美美的，于是也随手回复了一句：“感谢有心的你们，为爱生活、记录美好瞬间的你们送花。”刚发出这条，见有人回复说，刺猬属于国家二级保护动物，它是属于大自然的，是该放生的。这可是张亚楠没想到的，这些平平常常的小刺猬，竟然也是国家保护动物，若真的把它杀来吃了，那不就……

想到这儿，她十分感谢馋嘴婶，幸好听她的，把刺猬放生了，自己还有幸当了一回网红呢。于是，就兴冲冲地去隔壁馋嘴婶家，她要把这个喜讯告诉馋嘴婶，所以一进门就亲亲热热地喊了声“婶娘”。只见馋嘴婶穿着围裙，两只袖子管卷得很高，急匆匆从厨房间出来，问亚楠：“啥事让你这么高兴？"亚楠就把手机里的视频拿给她看，并说："放个生，我都当网红了，都在说我是最美准妈妈了呢，幸亏你懂得多，说孕妇吃刺猬，生出的小孩性格脾气要像刺猬，满身长刺似的。"

馋嘴婶听了，忙说："哪会有吃什么像什么的，这个是我临时编来骗你的，怕你不放生才这样说的。"

"啊！"亚楠大吃一惊，"大家都称你女才子，我以为是真的呢，那你为啥要这样现编现骗呢？"

馋嘴婶说："看你当时那个馋样，我若说别的你还能听得进吗？"

正在这时，厨房间突然传来"吱吱吱"的叫声，亚楠吓了一跳，忙说："婶娘，厨房间里有老鼠！快去看看。"说着，就往厨房间冲，馋嘴婶想阻拦已来不及了。

亚楠走进厨房间一看，见地上放着切菜的砧板和磨得很亮的刀，旁边还有只用绳子系着的刺猬，这不是下午放生的那只刺猬吗？怎么又跑到婶娘家来了呢？忙问："婶娘，这是怎么一回事呀？"馋嘴婶红着脸说："这刺猬有灵性，又跑到我家来了。""那你应该再放回去呀，看样子你想把刺猬杀了……"

"这……"馋嘴婶张嘴结舌说不出话来，这脸红得像猪肺头似的。这下，亚楠可不高兴了，问馋嘴婶："婶娘，我平时待你怎么样？"馋嘴婶忙说："好呀，比一家人还亲呢！"

"既然比一家人还亲，我怀孕了，刺猬给我送来了吉祥，你却要瞒着我把刺猬杀了，难道你不喜欢我的孩子？"

见亚楠这样说，馋嘴婶真的急了，忙说："不，不，亚楠，婶娘决不会这样的，我高兴都来不及呢！"

"那你为啥骗我把刺猬放生了，自己却又偷偷把刺猬捉回来……"

馋嘴婶已退无可退了，只得如实对亚楠说："侄媳妇呀，我的情况你应该也知道的，何必要我明说呢？"

张亚楠想了想，还是没想出来，就问："婶娘，你到底啥情况呀？"

馋嘴婶说："我除了人家称我女才子外，还有个绰号……"

"馋嘴婶？"

"对！我从娘肚皮里出来后，嘴巴一直很馋，什么都想吃，从馋嘴姑娘到馋嘴嫂嫂，现在大家在背地里叫我馋嘴婶，今天下午看到刺猬后，馋痨病顷刻发作了，就编了个理由让你去放生，在放生时又悄悄做了手脚。趁你们不注意时我偷偷去捉了回来……"

亚楠说："这不行，我得在视频留言区里明说。"

这下，馋嘴婶慌了，忙拉着亚楠的手哀求着说："我的好侄媳呀，你可千万别说，若说了，叫婶娘今后的脸往哪里放呀？"

"那你说该怎么办呀？"

馋嘴婶狠了狠心说："亚楠，从今后哪怕我嘴巴馋得烂掉，也不偷吃国家规定的野生动物，现在咱俩就把这刺猬去放生了。"

张亚楠听了，高兴地点了点头，与馋嘴婶一起，提起那只刺猬，向池塘边走去……

荷花阿大

蔡月校

三天前，荷花阿大的孙子，被人偷走了！孙子才三个月大，生得雪白粉嫩很可爱。今天，孙子找到了，可荷花阿大却上了法庭的被告席。

荷花阿大前年死了丈夫，儿子、媳妇在外地工作，今年春节回家过年时，得知媳妇怀了孕，荷花阿大开心极了，她翻翻寻寻，把老式的旧衣服拆拆缝缝，忙着做起了小孩的衣裤和尿布。

三月里，荷花阿大在自家楼房后面造了一间小屋，小屋造好不久，来了一个二十来岁的小青年，说是要租这间小屋，荷花阿大答应了。第二天，来了一辆出租车，那位小青年从车上下来，他的身后还跟个与他年纪相仿的女孩，这女孩竟挺着个大肚子，她是个孕妇。他们从车上搬下来一些日用家具，并说他们是夫妻，因为父母不同意他们的婚事，只能到外面住。荷花阿大是个热心人，她连忙从自己家里拿了桌椅板凳和铺板，帮着他们安了家。言谈中，她知道了这男的叫春龙，女的叫阮萍。

那春龙早出晚归，说还在读书，白天只有阮萍在家，荷花阿大也是一个人，于是，她一有空就跑到小屋里去与阮萍做伴。这一去，才知道阮萍既不会烧饭也不会烧菜，不是吃冷饭就是吃方便面，一个孕妇岂能吃这样的东西？荷花阿大就经常多烧点菜饭端过去给阮萍吃，有时还把她叫到家里来，与自己一起吃。这对小夫妻真是对荷花阿大感激不尽，俩人大妈长大妈短叫得热热乎乎，把荷花阿大叫得很开心，把他们当成了自己的孩子。时间一长，荷花阿大才知道了这对小夫妻的真相，原来他们还是两个在校生，因偷吃了禁果。怀了孕，他们到医院去做人流时，医生说阮萍只能生一次，若这次做了人流今后就不能再生了，而阮萍怀的还是双胞胎。无奈之下，她只得退了学回家，可一回家，她的父母又气、又恨、又伤心，最后把她赶出了家门，而春龙父母也不认这个学生媳妇，二人无奈，只好到乡下来租屋居住。

这样又过了一段日子，阮萍顺顺当当生下了一对双胞胎儿子，小夫妻俩什么也不懂，是热心的荷花阿大帮着料理，她不但拿出了准备给自己孙子用的尿布、衣裤，一心一意服侍产妇，还把他们当成了自己的亲人，而那一对小夫妻也把大妈叫得亲热，最后互相认了干亲。

可好景不长，双胞胎胃口大，奶水不够要喂奶粉，产妇也需要营养，可小夫妻身上没钱了，春龙到朋友、同学那里东凑西借也无济于事，虽然荷花阿大一直帮着他们，可总也不是个办法。那春龙上学也是两天打鱼三天晒网，一天到晚紧锁眉头，二十来岁的小青年，变成了个三十多岁的小老头。最后，春龙只得向学校请了假去打工。

可是一个学生仔去做小工，这苦怎受得了，白天辛苦劳累，晚上回到家里看到一对双胞胎，一点也没有做父亲的喜悦，总是唉声叹气，还经常和阮萍吵架。

荷花阿大心里也很难受，只指望造间小屋出租，弄点零花钱用用，结果来了一对小冤家，不但房租钱拿不进，还要帮衬他们，这样下去总不是个办法，而这对小夫妻也实在可怜。

这一天，荷花阿大的表姐来做客，两人谈家常时，就说到了这对房客，那表姐一听，就站起身，说是要去看看那对双胞胎。

再说，那春龙因在做小工时不小心被砖压伤了脚，所以也在家中，此时俩人正在为孩子没奶粉吃而犯愁。

表姐跟着荷花阿大进了小屋，也看出小夫妻的为难之处。她看那对双胞胎，虽然由于营养不够，长得不够结实，但两个孩子却生得眉目清秀，又白又嫩，她是这个抱抱，那个吻吻，越看越喜欢。临走时，她拿出了一千元钱递给春龙，说："小伙子，别发愁，两个孩子就是两棵摇钱树，这点钱，算我送给你，先用着再说吧。"那春龙手捧着这雪中送炭的钱连声感谢，并说以后一定要还。

这个表姐家住杭州，儿子和媳妇结婚十三年，却没孩子，她觉得冷清。她的儿子自己办了厂，媳妇也在厂里当会计，而她和老伴都有退休金，家中的经济条件很不错，就是少个孩子。儿子媳妇为了生孩子的事医院找过二三十家，吃过的补品、药物能装一卡车，就是没有用，他们也早就有领养一个孩子的打算，但就是一直没有适合的。今天，表姐看到了这对双胞胎，就动了心。她回到杭州马上与家里人商量，第二天就带着儿子、媳妇来到了荷花阿大家，对荷花阿大说出了来意。

荷花阿大一听，觉得这个主意不错，春龙让出一个儿子就解决了生活问题，而表姐也有了孙子，这么一个两全其美的事，她当然要帮忙。于是，她马上把春龙叫过来商量。春龙听到表姐说愿意出十万元领走他的一个儿子，心是动了，就是应不下来，就回去与阮萍商量，小夫妻商量来商量去，想到自己的困境还是一咬牙答应了下来。就这样，小夫妻含着泪将儿子给卖了。

春龙有了钱，先付清了荷花阿大的房租，然后还清了债务，又开始上学去了。阮萍有了钱，生活也稳定了。但自从少了一个孩子后，另一个孩子便经常哭闹，吃也不肯吃，睡也不肯睡，好好的一个白白嫩嫩的孩子一下子瘦了一大圈，荷花阿大也觉得心疼极了。此时，表姐也抱着孩子哭丧着脸赶来了，说她抱走的那个孩子也是不肯吃不肯睡，就是哭闹，弄得他们全家不得安稳。说着赶紧将孩子抱到小屋去，说来也怪，两个孩子一见面双方不仅停止了哭声，还对着笑了起来，荷花阿大赶紧泡好奶粉，分给他们一人一个奶瓶，想不到，两个孩子捧牢奶瓶就有滋有味地吸了起来。两个孩子的亲情让阮萍和荷花阿大表姐妹看得心里酸酸的。

晚上，春龙放学回来了，他看到两个儿子有如此的亲情也感到奇怪。表姐在一边说："看起来，这两个孩子是很通灵性的，如果不放在一起养，怕一个也养不大的，看来只能还给你了。"春龙一听这话呆住了，因为那十万元钱，他还了债，又用掉了一点，现在手头哪还凑得齐啊！他有点不好意思地说："孩子还我可以，可钱，我是凑不齐了。"荷花阿大对表姐说："你要还孩子也不错，可春龙就是还了你钱，他也养不大这两个孩子的。我看你们钞票有的，还是两个都抱去好了。"转身又对春龙说："你们反正是非法同居，非法生养，不如放了两个孩子的活路，你们仍然可以去读书。以后的日子还长着呢！"

春龙闷着头坐在一边，阮萍一手抱一个孩子就是哭。表姐对荷花阿大说："孩子我是不抱回去了，两个都给我，我也要的，并愿意再付十万元钱，让他们小夫妻商量商量，如果同意的话，打个电话给我。孩子给我，肯定不会吃苦，让他们放心。"

小夫妻是一夜未眠，最后同意送走一对孩子。于是，表姐又送来十万元钱，抱走了双胞胎，春龙和阮萍也退了房，离开了荷花阿大的小屋。

再说荷花阿大正感到冷清的时候，儿子打来电话，说媳妇生了儿子，让她赶紧去帮着照顾产妇。荷花阿大马上收拾了一下赶到儿子家去了，这一住就是两个多月。

荷花阿大说儿子家房子小，空气差，不如让她把孙子抱回乡下来，由她抚养，儿子和媳妇看着身体不错的老妈，就答应了。就这样，荷花阿大抱着孙子回到了家中。

这一天，孙子睡在堂前的摇篮里，荷花阿大听到门外有人在叫卖鸡蛋，就开了门出去买鸡蛋。荷花阿大对鸡蛋又是挑、又是称，还要还价钱，几个鸡蛋买了半来个钟头，回到家时，一看摇篮空荡荡的，孙子不见了！荷花阿大急啊，急得到处找，哪儿还有孙子的影子，她只得打电话叫来了儿子，儿子和媳妇赶来了马上报了警。三天来，荷花阿大眼睛哭得像胡桃，人是实足瘦了三斤。

第四天，派出所来了人，说是孩子找到了，让他们去认领，荷花阿大与儿子、媳妇一起来到派出所，却碰见了阮萍。

原来阮萍自从失去一对儿子后，精神恍惚，经常到荷花阿大的房子前来转悠，以前总是没有人，这次来了看到了摇篮里的孩子就抱走了，后来被派出所查到了。

当知道了阮萍失去孩子的真相后，荷花阿大和表姐、春龙一起都上了被告席……

家门口的亚运

小明的奶奶来自北方，奶奶的最大特点是爱面食，自从奶奶来到小明家，家里天天吃面食，这对从小吃大米的小明妈妈来说，有点受不了，但小明却吃得不亦乐乎。为啥？因为奶奶让小明吃的面食很"艺术"。比如说，奶奶经常把面食做成艺术品，奶奶用面做成猪、牛、羊、兔子等，而且做得很逼真。小明吃牛就先吃牛角，说是自己也要长出一对角来；吃兔子，先吃耳朵，说是最喜欢长耳朵。就这样一对祖孙一个做一个吃，吃得开心极了，小明妈妈见女儿吃得如此开心，也只好跟着适应。

家门口的亚运馆竣工了，小明陪着奶奶去亚运馆场外的广场上散步，看到了场馆门前立着三个亚运吉祥物。小明是个三年级的学生，学校近来常说亚运，所以她知道不少。她告诉奶奶吉祥物和名字和来历：琮琮代表我们杭州的良渚文化；莲莲代表杭州的西湖；宸宸是代表京杭大运河，因为大运河上有一座拱宸桥。虽然奶奶文化不高，但记性特好，她不但一下子记住了三个吉祥物，还知道了什么是亚运会，知道了亚运会期间，世界上有许多国家的客人要来参加比赛，这是一场国际运动会。

一天小明放学归来，嘟着个小嘴，奶奶忙拿出一盘面食，说："宝宝，今天奶奶给你做了五彩球。"小明一看，一盘五彩缤纷的面球真是又好看又馋人，但小明看了一下没有动手吃面食。奶奶问："怎么啦？被老师批评啦？"小明摇摇头，奶奶急了："你这个小祖宗，要急死奶奶吗？"小明见奶奶着急，就嘟哝着说："我们学校要办一个亚运美术展，要交一件与亚运有关的作品，我画画不好，其他又不会，奶奶，你说急不急人？"

奶奶一听，歪着头想了一下说："我有本事让你交上好作品。"小明懵懂地看着奶奶，奶奶把五彩面食放到小明跟前说："吃了面食，陪我去亚运馆的广场。"

来到了亚运广场，奶奶直奔亚运吉祥物，在那三个吉祥物前绕来绕去转圈，好一会，奶奶说："走吧，我回去就给你做美术品。"小明也有点数了，说："奶奶，你不会要做吉祥物吧？"

回到家妈妈已经回来了，小明迫不及待地把这事说了，妈妈一听就说："奶奶这个主意不错，我们小明这次一定能捧出好作品。"说着打开手机从上面下载了吉祥物的图案交给奶奶。奶奶一看笑了，说："早知道这么方便，我就不用跑亚运馆的广场了。"

于是小明也在一边帮奶奶做了起来，奶奶捧出一堆做五彩面食剩下的五彩粉团，戴上老花镜做了起来。奶奶的手真是巧，三个吉祥物做得惟妙惟肖，妈妈用三个盒子装了起来。

第二天，小明捧着三个盒子来到学校，并把盒子打开放在老师的讲台上，一下子就吸引了全班同学发出"哇！哇！"的惊呼。小明开心极了，她为有一个巧手奶奶而感到骄傲。

当老师看到了奶奶这三个吉祥物，就对小明说："这是一种民间工艺，叫面塑，它历史悠久，是我们中华民族文化的组成部分。你奶奶了不起，我们要让它发扬光大！"于是奶奶被请进了学校给孩子们上课，但奶奶不会说普通话，这样小明就成了翻译，当然，她也成了奶奶的第一传承人。

奶奶的面塑工艺，很快从学校传向社会，地方传播非物质文化遗产的组织找上门来了，将奶奶纳入了这个组织。从此奶奶忙起来了，小明也跟着忙。

一天奶奶和小明又来到了亚运馆广场，她们站在三个吉祥物面前，奶奶说："亚运真好！我们的国家真伟大！"

老局长打工

施兴娟

环保局局长纪德来还没有退休，就有多家企业上门来预约聘请他做顾问，但都被他一一拒绝了。老纪想，自己不懂企业业务，这种顾而不问白拿钱的事咱可不能干。谁知道，退休这三年来，觉得特别地无聊。整天无所事事，觉得浑身哪儿都不舒服，没有劲。

一天，"过得硬"皮革制造公司的老总来看望他，老纪开玩笑说："以前我做局长的时候，我管头管脚地管你们，找你们的岔子，你现在一定记恨我吧？"老总哈哈大笑说："哪能呢！我感激您都来不及，要不是您对我管得严，查得紧，我们这个厂早就被勒令关掉了。"老总见老纪笑眯眯的，在胸口拍了拍又说："老局长您对我的恩，我都记在这儿呐！我今天来还是想邀请您给我们企业做顾问。在节能减排方面把把关，出出主意。"老纪见老总非常诚恳，心里想：自己其他业务不懂，但在这方面毕竟干了那么些年，觉得还是有一点懂的，也就欣然答应了。

当老纪得到原单位的批准后，就到公司报到了。哇！呈现在他面前的是建筑大气、占地面积不小的一家企业。大厅门前还挂着一条横幅："欢迎老领导来我企业担任顾问。"老纪想：这小子这几年企业发展还挺快的。内心很佩服他的才干。老总把他请到了一个非常豪华的办公室，里面设施是应有尽有。老纪想：这么气派的办公室，比他当环保局局长时的办公条件不知好到哪里去了！老总递给他一个特大的聘书和一盒名片。聘书上写着"聘请纪德来同志为过得硬皮革制造公司高级顾问"，名片上写着"过得硬皮革制造公司高级顾问、节能减排技术部部长兼对外发言人纪德来"。

老纪一看有那么多头衔，哈哈大笑说："对外发言人就免了吧！"老总说："唉！你做过环保局局长，既是专家又是领导，德高望重，一语千钧，这个发言人非你莫属哦！"老纪笑了笑说："那我可不会光给你唱赞歌的哦。"老总赶紧说："那当然，老领导是上接天线，下接地气，站得高、看得远，你就按政策办事，实事求是说话！"

　　自从老纪"走马上任"以后，对工作是特别认真投入，心想一定要对得起老总的信任，对得起这份收入。他对所有的排污设备做了一个基本检查。发现了一些问题，按照环保的要求，提出了一系列的整改方案，递交给了老总。没想到，老总对他提出的问题，高度重视，言听计从，说一不二，立马对有关设施进行了及时的整改，为此花费了企业不少的钱。

　　一天，老总通知老纪说："下午环保局要来企业检查排污情况，说有人举报在附近河内发现有污染排放水。"老纪说："不会吧？我们的设备目前是一流的。排放的水是完全达到标准的。"

　　下午，环保局的人就来企业检查了，接待汇报工作理所当然由老纪这个对外发言人全权负责。大家一看由老局长在这里把着关，也不便多问，况且经过检查，觉得这家企业确实做得很不错，也就很放心地走了！之后，来检查的次数就越来越少了。

　　快到月底时，老总把老局长叫到了办公室，很轻松地给了他一个厚重的红包。老纪一看，没想到有那么多？就推托着说："我又没有做出特别大的贡献，这……这也太多了吧！"老总说："正是由于您对企业的严格把关，保驾护航，才使我们企业的效率成倍地提高，这是您应该得到的。"

　　下班时，老纪晚走了一会儿，路过老总办公室时，隐隐约约听到老总在接电话："什么？又有人在举报，对污染企业要动'真刀子'了。好的，感谢你及时通知我，不过你放心！我现在聘请了一个'门神'在给我看着门呢。有'门神'挡着道，我想他们是不敢动我的。是的，给我省下了不少的麻烦。哈哈哈！"

　　老纪突然脑子嗡的一下……

过了一会儿，老纪定了定神，轻轻地推开了老总的门，老总热情地让老纪就座，急忙给他递烟、泡茶。老纪谦逊地说："老总，你看，这段时间环保部门对我们周围的每个企业都在搞抽样检查，说不定哪天会抽到我们。我想近段时间我家里也没什么事，我就索性住在公司吧。这样就有更多的时间可以利用起来了。"老总一听，眼睛笑成了一条缝"哎呀！老局长啊，您老太敬业啦！我要发动我们企业的全体员工，好好地向您学习，向您致敬！"说完话，老总大大地做了一个敬礼的动作。老总抓起电话就吩咐办公室："给老局长安排公司招待所最好的套间，吃、住公司全包。"

第二天，上面就有文件下来了，文件的内容和老纪在电话里听到的一模一样。老总把老纪叫到了办公室。他要再仔细地查找各个环节和漏洞，并叮嘱他一定要准备好这方面的汇报资料，以确保这次检查验收顺利过关。老纪宽慰地说："你放心！我一定提前做好一切准备，一定发挥好我的余热！"临出门时，老纪又回身笑着补充了一句："我不会白白拿你的工资和奖金的！"

这段时间老纪工作特别认真，准备工作做得十分仔细，经常没日没夜地加班加点。老总还时常见老纪用瓶瓶罐罐装着的水做标本，密密麻麻地记着数据，打心眼儿里觉得踏实。同时也时不时地嘘寒问暖关心着他！老总高兴地对老纪说："老局长，有您在我们企业，我就一百个放心了！对了，检查那天，有关技术方面的汇报，就由您这个发言人来解释吧。"老纪微笑着点头！

第三天，检查组一行人来公司检查考核。那天，老纪作为对外发言人，穿了一套很整齐的西装，显得特别精神。检查组坐定后，老总就开始致起了欢迎词："本公司一直以来，对环境保护和企业污水排放问题高度重视。去年，本公司还特地聘请了我们环保局老局长、老专家，大家都熟悉的纪德来同志，作为我们公司的高级顾问，专门负责节能减排和污水处理这方面的工作，使之完全符合国家规定的各项标准。下面就请纪德来同志做具体的汇报。"

这时几个环保部门的老部下面面相觑不知如何是好！以前老纪手下的一个年轻部室主任带头说了："老领导，您是专家，您看你们的企业情况……"老纪打断了部下的话："这样吧，耳听为虚，眼见为实，大家到实地去查看吧。"几个部下听了老纪的话，脸上马上露出了笑容，异口同声地表示赞同。

一行人来到了现场，老总抢先做起了汇报，你们看："这个过滤设备是国内最新的，是按照你们老局长的思路，刚购买的，共花了……"老纪插上了话："500万。""对对对"老总兴奋地说着，"还有，这个排污机器，是老局长按照正规大厂的设备引进的，也花了……""500万"。老纪又插上了话。"对对对，这些设备都是老局长一手办理的。现在我们厂通过设备的改进、更新，排出的水质大家也都看到了，是完全符合国家规定的。"这时老纪从机器的另一个端口拉下一个小闸门，只见一股粉色的像淘米水一样吹着泡泡的污水流了出来。在场的人都傻了眼！顿时明白了这一带查不出污水的原因。老总脸色顿时青一阵白一阵，问："纪顾问，这……这是怎么回事？是不是搞错了？"老纪斩钉截铁地回答："是的，我是搞错了。现在我要把它纠正过来，大家看，这里就是污水排放的源头。"此时老总的脸开始抽搐了起来，嗓音变了调说："纪顾问，你……"接着咬牙切齿地说："纪德来同志，我……我会'记得'你的！"

最后，老纪把红包、聘书一起扔到了老总的面前，扬长而去……

不经意的面试

朱赟

这天下午，耿观林感觉身体有些不适，就向单位请了半天假，准备回家去睡一觉。他家住六楼，他进了单元门刚上到二楼，只见上面匆匆下来一个青年，和他打了个照面，还朝他笑了笑，便擦肩而过下楼而去。耿观林也没在意，继续上楼，爬到四楼时，见到402室的门虚掩着，里面传出一些奇怪的声音。他感到很好奇，站着听了一会儿，这下听清了，是一个人被捂住嘴所发出的声音。耿观林赶紧拉开门冲进去，于是就见到了一个被封住嘴绑在椅子上的女人。

警察很快就来了。根据女人的陈述，原来就在刚才，一个蒙面人闯进她家，制服了她，卷走了她家所有的现金和值钱的首饰。歹徒刚离开，她又听到了上楼的脚步声，知道有人来了，就努力发出声响，这才引起了耿观林的注意而被救。警察从时间上推断，认为耿观林应该在楼道上碰到过那个歹徒。耿观林说："我确实在二楼碰到了一个青年，但我不知道他是歹徒啊，不然的话我就一定抓住他了。"但是警察却并不鼓励耿观林在一对一的情况下直接去抓歹徒，因为歹徒的身上一般都有刀，普通群众在一对一的情况下，直接去抓有很大的危险性。警察只要求耿观林回忆一下歹徒的相貌特征，画出肖像，再顺藤摸瓜去抓住歹徒，因为耿观林住的这个小区是老小区，没装监控探头，歹徒作案时又蒙着面，所以耿观林是唯一的目击者，他的描述对警方来说非常重要。

可是耿观林却怎么也想不起来歹徒长什么样了，虽经警察多方提示，他还是说不出歹徒的一丁点特征。警察觉得刚碰过面的人一点特征都说不出似乎不太可能，就转了个话题说："请问耿先生，你平时都是这个时候回家的吗？"

耿观林说："不是，今天我是感觉身体有些不适，向单位请了半天假提前回家的。"

警察说："哦，你难得提前回家一天，就正好碰到了入室抢劫的歹徒。怎么就这么巧？"说话听声，锣鼓听音，耿观林不笨，听这话就知道警察已经在怀疑他是否和歹徒是一伙的了，这也难怪，谁让他一点特征都说不出来呢。很容易让人怀疑他是在有意隐瞒。不过幸好那个歹徒不久在另一次作案时被抓住了，这才洗脱了耿观林的嫌疑。后来有人告诉他，这是一种病，医学上叫脸盲症，其表现形式是记不住别人的脸，据说最严重的脸盲症患者连母亲和自己的脸都无法记住。耿观林这才知道，以前路上有几个陌生人向他打招呼，他总以为是人家认错人了，现在看来是他没记住人家。不过耿观林对此并不在乎，脸盲症又怎么了？他还不是活得好好的，至于碰到歹徒那档子事，不过是人生中偶然的插曲，一辈子能遇到几次？眼下他还有更重要的事需要关注呢。

耿观林要关注的重要事，就是他所在的部门最近要提拔一个部门经理，而论各方面的条件，他都具备很强的竞争力，所以这段时间他正全力以赴地争取坐上这个位子。一天在电梯里，耿观林碰到了一位微胖的中年男子，他觉得此人有些面熟，却想不起来是谁了。这也难怪，他们这幢大楼里有二十多个单位，电梯又只有这几部，经常能碰到，面熟陌生的也很正常。当时电梯里只有他和中年男子两个人。中年男子就朝他笑了笑说："你们现在加班津贴有多少？"

耿观林觉得这人也真是的，加班津贴是各单位的内部事务，怎么说也算是隐私吧，怎么能问得如此直截了当呢，但出于礼貌，他还是回答说："嗯，还可以吧。"

谁知中年男子又说："你们现在的月奖金是多少？"这下耿观林有些不高兴了，心想我们又不是很熟，你老打听这些干什么，这也太没有素质了吧，于是他就不再搭理中年男子，到了他所在的楼层就顾自走掉了。

几天以后，部门经理的人选公布了，不是耿观林。但令耿观林想不通的是，新提拔的部门经理各方面的条件都不如他，尤其是业绩方面，还不到他的三分之二，那又是什么原因使这个本应该属于他的升职机会旁落的呢？他感到很郁闷，好些日子都无精打采的。这天晚上，耿观林一个人在一家小饭店里喝闷酒，恰好遇到了公司的人事部经理，就添了两个菜，邀请他一起来吃。酒过三巡，人事部经理大概是觉得吃了他的，应该有所回报，就靠过头来低声说："小耿，你们部门提拔的经理人选本来是你，只可惜被刘总不经意的面试一票否决了。"

耿观林奇怪地说："刘总为什么要否决我？"

人事部经理说："刘总说上次他在电梯里碰到你，想向你了解一下对加班津贴和月奖金是否满意，但你却三缄其口，刘总就觉得你不善与人交流，不适合担任领导工作，这才改提了别人的。"耿观林这才知道，上次电梯里碰到了那个微胖的中年男子原来是他们的总经理。其实耿观林以前也见过刘总几次，但他却记不住对方的脸，还把他当成了别单位的人，以至于白白地失去了一次升职的机会。

通过这件事，耿观林患有脸盲症的事就在单位里传开了，他自己也对此引起了重视。他去看医生，医生却告诉他，脸盲症虽然是个医学名词，但却不是病，也没有药可治，可是医生又告诉他，脸盲症也并不是不可克服的，关键是要用心，有毅力。于是耿观林痛下决心，一定要克服这个毛病。他想出的第一个办法是抓特征。比如有的人脸上的某个部位有一颗痣，有的人说话的声音比较有特色等等，甚至于拎的什么包，抽什么牌子的烟，这些都是可以"辨人"的工具，总之就是尽一切可能记录信息，以免记不起那张脸的时候，还有细节可以帮助快速回忆。第二个办法是强化记忆。每天下班后，他都会把当天所接触过的人在脑海里回忆一遍，还会把这些人的相关资料进行整理。正是这样的强化再强化，竟使耿观林练出了超强的记忆力，凡是与公司有业务和其他方面交往的人，哪怕只见过一次，他都能准确地说出对方的身份，从无差错。刘总知道后觉得耿观林的这种能力对公司的业务拓展很有帮助，就破格提拔他当了总经理助理。

过了不久，因发展的需要，公司要招聘几名员工。由于他们公司效益很好，所以信息发出后，应聘者几乎挤破了门，其中更有一些名牌大学的高材生和研究生。可就在这时，刘总却遇到了一件令人头疼的事。原来上级主管部门的王主任向他打了招呼，想把他的儿子塞到公司里来。王主任的儿子刘总很了解，根本就是个不学无术的纨绔子弟，完全胜任不了所要招聘的岗位。可是不把他招进来，王主任那里又不好交代，毕竟人家是管着他们的。得知刘总的难处后，耿观林就自告奋勇说："刘总，你只要向王主任说明本次招聘是由我全权负责的，这事就交给我来处理吧。"于是刘总就和耿观林一起请王主任父子喝了次茶，向王主任介绍了耿观林。王主任便又向耿观林提了他儿子进公司的事，耿观林竟也满口答应了。

到了应试的那天，耿观林先是要所有应聘者都写一份材料，然后特意调看了王主任的儿子写的材料，发现写的材料竟然狗屁不通，就更坚定了要将其拒之门外的决心。到了面试环节，王主任儿子见主试官正是耿观林，顿时就像吃了一粒定心丸，虽然耿观林始终都没有对他假以辞色，但他还是认为这是做给别人看的。

最后公布的录用名单中，自然没有王主任的儿子。王主任大发雷霆，打上门来兴师问罪。刘总就赶紧把耿观林叫去救驾。耿观林不慌不忙胸有成竹地说："王主任，我不是已经把你儿子招进来了吗，他都已经在上班了，不信我这就去领来给你看。"他还真去领了个青年过来。这人也姓王，是清华毕业的研究生，在这次应聘时无论笔试、面试都名列第一。

可是王主任一见他就叫了起来："这个人根本就不是我的儿子。"

耿观林装作惊愕万分的样子说："他不是你儿子？啊呀你看我这脸盲症，竟然把这么重要的人都搞错了。"但是错了又能如何呢，况且生米已经做成了熟饭。事后王主任侧面打听了一下，了解到耿观林确实患有脸盲症，也只得作罢。

老干部的招待餐

金柏泉

一个金桂飘香的日子，区法院大院里出现了好些熟悉的面孔。

"王院长您好！您今天怎么有空回院里来转转啊？""老庭长好！好久不见了，今天回单位有事？""师父您来啦，快去徒弟办公室坐坐……"

这些熟人都是本单位退休的老同志，多日不见的老领导老师父的突然出现，年轻人感到既惊喜又亲切。

原来今天是重阳节，院工会邀请老干部回来坐坐聊聊，以表达组织的关怀和后辈的敬意。

知道老干部们是回单位开茶话会的，自然有既定的安排，大家都不再客气，各忙各的去了。

转眼间，到了午饭时间。干警们去食堂就餐时路过小餐厅，看到小餐厅满满两桌饭，李院长分别在向各位老领导老前辈敬酒："不好意思，上面的规定不能破，我只能以这样的'高度白酒'敬敬大家了，请多多包涵。"

听到的人议论开了。

有人好奇地问："不是说工作时间不能喝酒吗？怎么明目张胆喝白酒，还是高度的？"

有人表示理解："在职的不能喝酒没有错，但退休老干部又不受这个条条框框约束，而且老干部们大多好这口，院长借这个机会向老同志们敬敬酒，也是人之常情，有酒才有气氛嘛。"

也有人从另一个视角看问题："以前吃个饭喝点酒算什么，现在连退休人员'回娘家'喝点酒都值得议论，足显当今的社会风气越来越清明，也充分证明了这些年来反腐倡廉的成效。"

本来这只是一个小话题，之后再也没有谁提起。可不知怎么的，这些话还是一传二、二传三，传到了区纪委的耳朵里。

几天后，区纪委工作人员小张打电话给法院纪检组，核实老干部在食堂小餐厅聚餐的情况。这里面实际上还涉及一个有否存在公款吃喝的问题，因为得到的线索只是工作期间饮酒问题，纪委的调查单刀直入，主要调查有没有在工作期间饮酒。

接电话的院纪检干部虽然没有参加聚餐活动，但知道此事的基本情况，按照自己掌握的事实如实做了汇报：老干部接待餐是在本院食堂搞的，按惯例不可能上酒。

明明有人反映当时看到李院长端着半杯酒在一个个轮着敬，难道是那名纪检干部没有说实话？抑或不了解真实情况？为了慎重起见，小张随机抽取了几位区法院退休的老干部，打电话拉家常式的向老干部们了解当时情形：据说重阳节回单位搞活动了？有没有明显感觉到人走茶凉的不适？在职领导架子大不大啊，有没有敬点酒表示表示啊？

这些看似不经意的关心之言，老干部们听了感动不已，连连答道：法院的现任领导们都十分平易近人，毫无官架子，满桌我们老年人喜欢吃的家常菜，在场的几位领导还一个一个给大家敬酒，老伙计们可高兴啦……

连饭桌上的人都承认喝酒了，这起利用单位食堂的收支费用、借招待老干部的名义、违反相关规定公款吃喝的事件，基本得到查实。根据处理这类问题的常规做法，必须通报批评。小张拟好了一份通报的文字稿，请区纪委王副书记签发。

王副书记看了通报样稿，心里咯噔了一下：区法院在执行各项规定上向来循规蹈矩，从来没有违反过规定，这次怎么会出现这样的低级错误？

"现在快下班了，你把稿件放这儿，明天来取吧。"王副书记来了个缓兵之计，他要亲自核实一下情况。

一个电话打到区法院李院长办公室，接电话的正是李院长本人。李院长从来电显示中看出，是纪委王副书记的电话。

两人很熟，少了客套和绕圈。

王副书记劈头就问："你们果真在小食堂给老干部们聚餐了？你们果真在席间饮酒了？你们果真没有向老干部们收取伙食费？"

李院长听了王副书记连珠炮似的发问，回答道："除了酒绝对没有上，其他两点是对的，可是……"

"可什么是？还可是！酒的问题我会查清楚，剩下的两点就够你吸取教训了，你别没有个数。"没等李院长把话讲完，"啪"，那头的电话搁掉了。

王副书记气没打一处来，真是恨铁不成钢啊！他本想听到"餐费是向老干部们收取的"之类的回答，哪怕就说"只是吃了与普通干警一样的分子饭"也好，谁知在事关"怎么吃、吃谁的"两个问题上都做了肯定的回答，这起公款吃喝事件的真实性已经是铁板钉钉，哪还有什么好狡辩的。

李院长知道王副书记的个性，可以用"疾恶如仇、雷厉风行"来形容。他也摸不准王副书记为什么对一次老干部的聚餐动那么大的火，难道现在有新的规定，聚餐一律不允许？

一方面王副书记的为人令人敬畏，另一方面下班了也不便去电话打搅人家。李院长心中的疑问只好暂时搁下。

其实那天下班后，王副书记并没有歇着，他通过多方了解，那天餐桌上确实没有上酒，有老干部说敬了酒，是误认为上级机关在调查干部队伍有没有存在摆官架子、不尊重老同志等问题，尽量把自己的老娘家往好处说，把李院长以水代酒敬大家说成了是敬酒；而干警们听到李院长"用高度白酒敬敬大家"的话，是李院长自嘲之言，杯中其实是白开水，一句玩笑话造成那么大的误会，也说明眼见不一定为实的道理。事实查清，这也算为区法院洗白了一个"冤案"，王副书记心里舒坦了不少。

可是公款吃喝的问题还是存在的，而且远比上不上酒的问题严重，必须告诫大家引以为戒。第二天一早，王副书记亲自修改了案头那份通报上错误的内容，郑重地在签发栏上签上了自己的大名，他要以最快的速度，给全区各单位、部门敲敲警钟，严禁公款吃喝，哪怕在单位食堂以水代酒的小搞搞也不行。

一夜未眠的李院长，也是一进办公室就拨通了在市纪委上班的老同学的电话，请教最近是否有即使自己掏钱也不得聚餐的规定。老同学听了李院长从前到后的事情还原，以及那一肚子的疑问，说"八项规定"还是那个"八项规定"，看来这里面存在误解，中间有一个环节没有核实、扣严。"这样吧，区纪委王副书记的电话我来打，看他是不是如我所想的误会了一个事实。"老同学要亲自操刀做这起"搭桥手术"。

王副书记接到上级纪委的电话，一说是关于区法院公款吃喝的事，以为是李院长搬来说情的救兵，生出反感的情绪，但碍于情面只得硬着头皮往下听。听到一半，王副书记发现大事不妙，连忙插话说："我懂了，我懂了，我得马上去收回成命。"

通话匆匆结束。

还好通报没有发出。当天，王副书记亲自带队到区法院核实关于这次老干部聚餐事件所用的餐费到底是不是公款开支的问题。

两天后，关于区法院给退休老干部过重阳节并在单位食堂搞招待的通报还是发了，只是原先的批评稿变成了表扬稿，号召全区各单位、部门向区法院既严格落实"八项规定"又充分体现人情关怀的两不误做法学习。

原来啊，区法院请老干部吃饭是真，没有收取老干部的餐费也是真，但对如何消化此类开支的问题，区法院有个约定俗成的规矩：既不向就餐者收取，更不能用公款支付，而是将费用平均分摊到自愿参加活动的全体成员，从他们的饭卡里扣取。这次对老干部的招待餐，活动一结束就分文不少地打入了食堂的账号。

八千里路云和月

盛柳阳

农闲六月，即使地处北方，也是热风阵阵。山东某地一个紧靠铁路边的村子里，二十九岁的农民王扬德正在家里劈柴，突然听到铁路边传来一片惊呼声，他扔了砍刀就奔过去，拨开人群一看，吓了一大跳：一个断了脚脖子的姑娘正一动不动地趴在铁路边，不知是死是活。救人要紧，王扬德把姑娘背起来就往家里跑。

村长闻讯带着村里的医生赶来了，医生给姑娘的脚脖子止血敷药，然后对王扬德说："天热，千万不能让伤口发炎。还有，这姑娘身子非常弱，最好要给她补点营养。"

望着躺在炕上奄奄一息的姑娘，村长挠起了头皮：这姑娘来路不明，一时也送不走她，按说王扬德救人是好事，作为一村之长，以后的事儿该自己揽下。可把这姑娘带回家吧，自己老婆常年生病在炕上，谁来照顾她？若是留给王扬德吧，他家也穷，实在开不了这个口。

王扬德的老娘看出了村长的心思，说："村长啊，你别愁了，这姑娘实在可怜，就让她留在咱家吧，有营养的东西咱拿不出，可咱有鸡蛋，扬德喂的鸡每天给我下个蛋，以后这蛋就给姑娘补身子吧！"

王扬德在旁边听了一怔："娘，那你自己呢？"老娘笑笑说："我身子骨硬，没事。"

姑娘就这样在王扬德家住了下来，时间长了，她看出这母子俩是可以信赖的人，就断断续续地说出了自己的伤心故事。这姑娘叫林芬，是湖南人，今年才十九岁，因为家里穷，跑出来打工，却在火车上碰上了一伙人贩子，贪她相貌，欲施非礼，林芬拼死不从，愤然跳窗逃跑，没想竟被火车轧断了脚脖子。

王扬德骂人贩子丧尽天良，他对林芬说："妹子，别着急，你在这里安心养伤，先写封信回家告诉一声，我替你寄去，让你爹娘放个心。"

可要命的是林芬只识路不识字，除了能说出自己出来打工时上火车的那个站名外，半天也没能说清楚自己老家的确切地址，王扬德试着替她写了几次信寄出去，可最后都被退了回来。

林芬急得直掉泪，王扬德问她："妹子，真要让你到了当初上火车的那个车站，你能认得回家的路吗？"

林芬点点头说："能，能认！"

王扬德一听林芬说"能"，立刻拍着大手喊道："妹子，能认就成！等你伤好了，我一定想办法把你送回去！"

"真的？"林芬兴奋得眼睛里闪着亮亮的光。

王扬德说到做到，待林芬伤口结疤之后，就真的开始了送她回老家的准备。其实打小到大，王扬德最多也就只去过县城，根本没法想象林芬老家到底离这里有多远，他吭哧吭哧骑了几十里地的自行车，到县城火车站去打听，结果吓了一跳，从县城到林芬说的那个车站，最便宜的票价，光一个人就得几百块，而且林芬说她老家还不在城里，下了火车还得坐汽车。这么多钱，到哪儿去弄啊？自己若真有这笔钱，还不早就把媳妇娶进门了？

王扬德想来想去，觉得这事儿靠自己一个人不行，于是就找村长，村长便把大家召集起来一起商量。

村里人听说王扬德要把林芬送回去，都说他这是犯傻，这人除了没有脚，哪样不行啊，心又灵手又巧，留下她做媳妇多好。

可村长不同意，他说："做人就得讲个'义'字，救她回来，是她的命，不是图她什么，她若是真心想嫁，就会真嫁过来，若是走，你留不住她，还不如送她走。"大家听村长说得在理，也就开始热心地帮王扬德准备起来，有钱出钱，有粮出粮。

可到底村子穷，就是全村人都发动起来，钱还是不够。于是王扬德突发奇想：既然几十里外的县城可以骑车去，那最多自己人累些，那车站不也可以骑车去？王扬德把这想法一说，村里人都惊得合不上嘴，他们中的大部分人从来没有离开过家乡，想想火车开那么快，都要开好几天才能到，王扬德骑车去，猴年马月才能把林芬送到啊？可村长却夸王扬德有志气，说古代人凭两只脚都走过半个中国了，骑车总比走路快吧？

王扬德见村长支持自己，就认真准备起来。平时村里人家的自行车坏了，都是他琢磨着修的，于是他就邻村邻乡地到处找，捡来一辆人家丢弃的破三轮车，鼓捣了三天，整得挺像个样子。

村长特地给王扬德送来一口锅，说："扬德啊，这锅结实，把它带上，柴火到处有，我再让大伙儿给你凑些面粉什么的，林姑娘心灵手巧，用它烙饼煮饭，这一路你们吃的就能对付过去。"

王扬德心细，还跑到村里最有学问的小学校长那里，细细询问这一路该怎么走最好。校长不但详细地给王扬德说了，还特地给了他一张地图和一个指南针，说："你只要看指南针，照着地图上我给你标出的路线一直往南走，应该不会迷路。"

终于在一个风和日丽的早晨，王扬德用三轮车载着林芬踏上了送她回乡的路。全村人都来为他们送行，王扬德的老娘泪眼婆娑，拉着林芬的手，叮嘱的话说了一遍又一遍。林芬心里又感动又难受，想想马上就要离开这个救了自己命的好心人的家，离开这让她一辈子都忘不了的村子，眼里的泪水"哗哗"直流。

村长对王扬德说："你放心，家里的田，村里人会帮你看着，你老娘，我会帮你照顾着，你就安心把林芬送到家！"

王扬德仔细研究过校长给他的地图，沿着公路走，整个行程将近八千里。第一天，他一直蹬车，除了吃饭，几乎没怎么停过，林芬让他歇歇也不肯，结果一天下来，两条腿酸痛不已，站也站不住，晚上安排好林芬睡下之后，他自己头一挨上枕头就鼾声如雷。瞧着他那疲惫不堪的模样，林芬心疼得直流泪。

第二天起来后，王扬德觉得双腿越发酸痛，连腰都好像要断了似的，他知道这是用力过猛的原因，但还是咬咬牙继续上路。

车子骑出没多久，林芬听王扬德喘气声越来越大，心疼地说："哥，歇歇吧，要不，咱们回去算了！"

"那怎么行？"王扬德坚决地摇头，"妹子，你放心，哥说到做到，一定要把你送回家！"

就这样，王扬德咬紧牙关坚持着，一天又一天，一个星期又一个星期，出了山东地界，过了河南，进入湖北境内。

这时候，天气开始转暖，南方春天多雨，天气犹如小孩的脸，说变就变。这天早晨，突然而来的一场暴雨把王扬德淋了个浑身透湿，他本来就已经疲惫不堪，被雨一淋，就发起高烧来。林芬急坏了，幸亏她还懂点家乡的土药方，一看路旁不远处长着不少野柳树，于是就硬撑着爬下车，一步一步爬过去，剥了柳树回来，熬浓树皮汤给王扬德喝。

一场大病耗了五六天，王扬德终于又站起来了，林芬求他多休息几天，王扬德摆摆手说："妹子，哥能行，咱们还是抓紧时间赶路吧！"

但这一耽搁，加上王扬德尽管手里有地图，可南方多丘陵，水网又密集，不知不觉中还是迷了路，等转来转去终于进入湖南地界的时候，王扬德面临了一个极大的问题：出来前东拼西凑的钱这时候已经全都用光了。眼看林芬的老家近在眼前，却没法再继续上路，无奈之下，王扬德决定先打工赚钱。

王扬德到一个建筑工地去做搬运工，林芬也不闲着，就在工地食堂里帮忙洗洗刷刷。工友们看林芬一个挺秀气的姑娘，却没了脚，非常好奇，后来知道王扬德的义举后，个个竖起拇指夸赞："好家伙，是个男人！"

工地上的包工头对王扬德说："朋友啊，你是个真汉子！我也是男人，不能出力，但是可以出钱！"包工头果真捐了一笔钱给王扬德。

工友们也有送这送那的，都是生活中用得上的实惠东西，把王扬德和林芬感动得不知说什么好。在工友们的告别声中，王扬德带着林芬踏上了最后一段回乡的路程！

这一路上，林芬的心狂跳不已，话也情不自禁地多了起来。王扬德心里也很激动，日夜兼程，终于在一个薄薄雾气的早晨，来到了那个林芬熟悉的村子，走进了那个她熟悉的家。

由于时间还早，村子里十分静谧，林芬的父母正在院子里吃早饭，忽然听到一串车铃声，冷不防看到失踪多时的女儿被一个男人抱进来，惊得连碗都丢了，愣愣地傻站在那里。

"妈——爸——"林芬一声哭喊，张开两手要朝父母扑去。母亲慌忙迎了上去，一看女儿没了脚，抱着她就失声痛哭。林芬父亲把王扬德请进屋，细细询问女儿的情况，一边听一边唏嘘不已，当晓得王扬德竟然是一路骑车奔波而来，顿时跪地，长谢不起。

林芬被送回家的消息立刻传遍了整个村子，村里人纷纷来见识这个了不起的山东人。

林芬父母拿出三千块钱，一定要答谢王扬德，王扬德想了想，只留出回家的路费，将其余的钱都退了回去。王扬德说："我送妹子，是想把好事做到底，若是为了钱，何必这样辛苦呢？"

王扬德要回去了，林芬全家人都去车站送他。林芬依依不舍地对王扬德说："哥，我不能拖累你啊！你回去以后一定要代我问候你娘，问候村里的人，你们都是好人，好人一定会有好报的！"

说话间，火车徐徐开动了，林芬一家人的泪水随风飞舞。王扬德觉得鼻子酸酸的，"八千里路云和月"见证，他没有喊过一声苦，掉过一滴泪，然而此时此刻，他却像孩子般"呜呜"地哭了起来……

500元的公园门票

陆黎卿

　　金山镇的儿童公园被列入了拆迁范围，从这个月开始关门了。今后儿童公园将成为历史，在老售票员那里也留下了很多很多值得回忆的故事。当然每次老售票员讲起故事，都会讲到那个500元门票的事情。

　　这个儿童公园的门票放到今天也不过30元，怎么会要到500元呢?

　　原来20年前的夏天，学校里都放假了，儿童公园也到了旺季，许多家长都会带着放暑假的小朋友来游玩各个项目。一年级的玲玲放假在家没事儿，听同学们说儿童公园很好玩，也想去儿童公园玩，只是家里经济条件不太好，妈妈没答应，于是就一天天磨着妈妈能带她去好好玩一次。

　　玲玲妈妈看着女儿每天央求的样子，想着明天要去镇上采购个新电视机，于是就答应了玲玲，带她好好去玩一次。儿童公园的门口，排起了长长的队伍，在排队的时候，玲玲妈听到前方的售票员说一个大人可以免费带一个身高1米2以下的小孩入场，玲玲妈看了看玲玲，个头明显不到1米2，自己等一会儿要去看电视机，不进去的话还可以省下2块5毛钱呢，就对着玲玲说道："玲玲，你一个人进去，跟着前面的叔叔阿姨进去，妈头晕不太舒服，就在门口等你，等你玩够了再出来找妈，好不?"

　　玲玲听到妈妈这么一说，明显不高兴，嚷嚷着要妈妈一起进去，一定要妈妈进去，这吵闹声弄得妈妈很不自在，只能一个劲儿安抚玲玲，好在玲玲懂事，没一会儿就和后面排队的小弟弟和婆婆打成了一片，她也就认可了妈妈的主意。

　　就这样，玲玲顺利地混成了别人家的小孩，免费进了儿童公园，玲玲妈则在售票处等着玲玲进去后便转身向家电商场看电视机去了。

就这样，小姑娘玲玲一个人游玩了公园里的所有免费项目，身后那个婆婆也带着自己的小孩一路跟着玲玲游玩了免费项目。然而玲玲和玲玲妈不知道的事儿还在后头，公园里有些项目还是要收费的，玩的时候要单独购票入场。

此时，玲玲一直盯着前面收费的旋转木马和过山车，这时婆婆走上去叫玲玲和自己的孩子一起玩。看着婆婆付钱，玲玲又和小男孩一起疯玩了旋转木马，但是玩过山车时，玲玲明显受到了惊吓，想起了自己的妈妈。玩好过山车后突然之间在路边大哭了起来，一声声"妈妈"引来了很多家长的关注，这位婆婆也明显被吓到了，只是一个劲儿地安慰着玲玲。

这位婆婆越拉着玲玲，玲玲越哭得厉害，这时候一旁的家长看不下去了，立马想到这个女人会不会是人贩子。大家你一言我一语地说着，有些男同志就上前去拉着这个女人，大家问着玲玲："这个人你认识吗？"然而玲玲一会儿点点头说是认识，一会儿又哭哭啼啼地说不认识要找妈妈。当然旁边那位小男孩明显也没见过这个阵仗，面对这么多人，也许是吓到了也跟着哭了起来，这时候的婆婆怎么解释大家就是不听她的，同时有人还厉声骂道："你好心看着孩子，哪个人贩子不是这么说会好心照顾别人的孩子，我猜这两个孩子都不是你的！"

一阵拉扯中，那位婆婆像疯了一样护着小男孩，任凭好事的家长拉扯，此时小男孩才大声嚷嚷道："不要拉我奶奶，这是我的奶奶，不是她的奶奶，我也不认识她。"小男孩这么一说，大伙儿更觉得玲玲确实不是婆婆的孩子，公园里的负责人报了警。

经询问，这位婆婆姓刘，刘阿婆一直对着大家说："大家相信我，我真的不是人贩子，不信的话你们把这孩子的妈妈叫进来，她就在检票口等着呢。"

"骗人的话，你等着警察来了再说，谁会相信你呢。"

这时刘阿婆看着玲玲，玲玲与刘阿婆两眼对视以后又低下了头，玲玲知道自己没买门票进来，心很虚又不敢说话，一直双手搓着衣角，低声喊着："我要找妈妈，我要找妈妈。"

看着玲玲这样低声哭泣，又看着刘阿婆抱起那个小男孩想往外面售票口冲时，围起来的家长便更加痛恨起刘阿婆了，阿婆在众人的推搡中一个重心不稳，闪了一下腰整个人便倒了下来，但她却一直护着身边的那个男孩子。

就这样僵持了十多分钟，派出所的民警过来了，简单地了解了一下情况后，对着刘阿婆说："你说你是受了孩子妈妈的委托来看牢孩子是吧？你也说孩子的妈妈就在门口？这样吧，你和两个孩子跟着我们走一趟门口，证实一下情况。"

这时候公园的负责人引散了围观的家长，领着民警等一众人来到了门口。

来到门口，只见门口根本没有玲玲的妈妈，这下好了，玲玲便发了疯似的哭叫着找妈妈！刘阿婆的神色也显得特别的不好，好在有民警护着，围观的家长没有做出出格的事情，于是三人便被带回了派出所。

此时的玲玲妈不在门口，是去哪儿了呢？原来这玲玲妈逛家电商场时，觉得电视机太多选不好，一拖两拖才想着要带着玲玲回家和孩她爸商量商量买哪款。

于是回到了公园门口，可是在门口左等等右等等就是不见玲玲。这下玲玲妈急了，在售票门口左看看右看看，就是没有看到玲玲，便向出来的人打听玲玲。此时玲玲妈又跺脚又拍打自己，真是又着急又后悔，随后询问售票员才知道玲玲差点被人贩子骗走，目前人贩子和孩子都被带去派出所了。

玲玲妈听到这消息人差点儿晕过去，还好有这位好心的售票员带着她一起来到了派出所。

在派出所大厅里，玲玲妈没有见到玲玲，只看到阿婆正在大厅窗口接受审问时，便上去破口大骂道："你个人贩子，我相信你才把女儿托给你管着点，没想到，你这个老太婆会做出这种缺德事，啊！我女儿要是出事，我跟你没完！"玲玲妈想扑上去打人了，被一旁的民警拦住了。

刘阿婆特别委屈道："别人误会我也就算了，你不舍得花钱买门票，我看着你女儿可爱，又和我孙子玩得来，才好心好意帮你管孩子，还给孩子买自费票，连你也来冤枉我。我真是自讨苦吃啊！"被别人冤枉，刘阿婆本身就特别委屈，如今这玲玲妈也冤枉她，心里一口气提不上来，整个人便气晕了过去。

而此时刚从办公室吃好零食的玲玲和小男孩走了出来，玲玲朝着女人跑过去，大声哭喊着："妈妈，妈妈。"小男孩也哭了起来摇着阿婆。

后来，在民警的调查下，一切都真相大白了，由于母亲舍不得2块5毛的门票，这对母女就在门口约定好，女儿一个人跟着前面的大人混进去，在对女儿的叮嘱中，刘阿婆看着孩子一个人不放心，于是和玲玲妈妈说道，进去会看着点玲玲。没想到孩子的大哭大闹，引起了一场误会，刘阿婆的一片好心也差点被误会成人贩子。

后来，玲玲和家人向刘阿婆道歉了，在民警的协调下也支付了相关医疗费500元。

这就是舍不得2块5毛的门票，最后却花了500元，算是一张500元的儿童公园门票吧。

化解压力

孙冬芬

迟文君的妈妈章慧自小就是个要强的女人。读初中时，章慧的成绩本来是全班最好的，每次考试都是第一。但到了初二，从别处转来一个男生，成绩也非常好，几次从章慧的手中抢走了第一。其实嘛，班级里从老师到同学，都没有觉得那男生的成绩就超过了章慧，只认为他们都是好学生，双星闪耀，而且作为老师，还更喜欢这样的情况出现。可是章慧却不那么想，她觉得要做就做最强的，不允许别人赶上她，即使是并驾齐驱也不行。为此，她付出了更大的努力。那个时候，学生的课业负担还没那么重，课外作业基本上一两个小时都能完成，但她却每晚都要自学到十一二点，并且终于成功地把第一名抢了回来。

然而天有不测风云，就在章慧刚升入初三后不久，她的父亲却突然生了场大病，这样一来，养家糊口的担子就落在了她母亲的身上。与此同时，伺候父亲和照料弟弟、妹妹的担子也落在了章慧的身上，也因此，她辍学了一个多学期，等到再去上学时，她就只能努力去补上落下的课业，最后能顺利毕业，就已经很不错了。之后为了补贴家用，她又放弃了上高中，去参加了工作，后来又嫁给了一个同样是工人的丈夫，最后终于没能挣脱命运的安排，成了芸芸众生中最普通的那类人中的一个。

可是自从迟文君进入学龄后，章慧要强的性格便又显露了出来。这时候社会上对孩子的教育已经进入了比拼家庭实力的时代，一个时髦的说法叫"不能让孩子输在人生的起跑线上"。为此，章慧似乎想将自己当年没能实现的志向在女儿身上重新找回来。她让迟文君报名参加了各种培训班和补习班，不管是有用的还是没用的。她还偷偷地给老师送礼，希望老师能格外对迟文君多加关照。但这一切还不够，最让章慧上心和在乎的，还是女儿和同龄人之间的比较，因为任何事物都是相对的，只有比同龄人更优秀，才能让人信服，也更是炫耀的资本。迟文君班里有两个同学，一个叫纪水淼，是个男生，就和她们住在同一个单元。还有一个住在隔壁单元的，是个女生，叫李蓉琳。而巧的是，这两个学生的妈妈也都和章慧一样，都是不甘心让孩子输在起跑线的人，所以三个母亲就经常会聚在一起。而她们之间的关系也非常奇妙，从表面看起来，她们的关系很亲密，她们的相聚没有人是被动的，甚至只要几天不见，三个人都会情不自禁地牵肠挂肚，就好像一件必要的事没做一样。但她们在一起说的话却又都是互不相让的，有时甚至是针锋相对的，当然话题绝大多数都是各自的孩子。其实也就是各自都在较着劲。如果遇到自己的孩子比别的孩子强的事，这个母亲就会沾沾自喜得像个打了胜仗的将军，而另外两人嘴上会不冷不热地恭维几句，但心里都会想，等着瞧吧，下一次我们一定会扳回一局。

一次，三个母亲又像往常一样聚到了一起。这一次得意洋洋的是李蓉琳的母亲，她红光满面地说："这次育英培训学校测试，我们家蓉琳得了第一，校长在全校师生面前表扬了她，还要大家都向她学习呢。"育英培训学校是一所艺术学校，培养孩子的音乐舞蹈以及书法绘画方面的艺术才能。就是这样一所与学校上的正课基本没什么关系的培训学校，被送去上课的孩子还特别多。家长们都觉得，自己的孩子虽然不一定要成为什么音乐家或者画家，但至少能养成一种艺术气质，待人接物时显得举止高雅。迟文君和纪水淼、李蓉琳都在这所学校里学习，所以李蓉琳的母亲才会特别感到骄傲，因为在一起才能真正进行比较，这说明她的孩子在这一环节上比另两人的孩子都强，把他们都比了下去。另一边，章慧和纪水淼的母亲当然都不太好过，她们口头上言不由衷地祝贺着李蓉琳的母亲，心里却都有些酸溜溜的，甚至还憋了一肚子的气。

以章慧要强的性格，自然是要争回一口气的，回到家里后，她就狠狠地数落了女儿一番，并且下了死命令，下个星期宏图培训学校的测试，她一定要拿第一。宏图是一所外国语学校，迟文君和李蓉琳、纪水淼参加的都是该校的英语班，所以章慧认为，如果迟文君能在宏图的测试中"压倒"另两个孩子，那她才算是真正地争回了一口气，而且英语还是正规学校的主课，分量上比艺术更重一些。迟文君对母亲的这个强制性要求似乎不太接受，皱了一下眉头，但却没说什么，好像对母亲那种在她身上不断加压的做法已经形成了无奈的习惯。其实迟文君的英语水平本来就要好于李蓉琳和纪水淼，测试成绩超过他们几乎是不成问题的，但她在内心深处感到抵触的是，为什么非得要拿第一呢？难道非得拿个第一才能争回一口气？这不是在她身上毫无必要地增加了不少压力吗？所以她当时虽然没说什么，但在心底却不知不觉地埋下了一颗小小的"炸弹"。

转眼就到了周六，这天本来是说好，父母亲带她一起去游乐场玩的。在平时，迟文君就像拉磨的驴一样，一直都被母亲逼迫着参加各种培训班和强化班，几乎喘不上一口气，她都已经记不起上次一家人出去玩是什么时候了。所以对于这次出游，她是早就盼望着的，甚至可以说是掰着手指一天一天地数过来的，现在终于等到了这一天，却又被妈妈粗暴而无理地取消了，原因还是为了那该死的成绩。于是，迟文君长期被压抑的不满终于像火山一样爆发了出来，声嘶力竭地冲着妈妈喊道："说好的事为什么不去了？你们大人难道就可以这样肆无忌惮地言而无信？"

章慧似乎被女儿突然而来的脾气吓了一跳，但却仍然没当回事，说："又没说不去，只不过是推迟到英语测试后再去嘛。"

迟文君继续喊道："测试测试，你就知道测试，难道我只是一架学习的机器？我就不能有我的兴趣、爱好和快乐？"

章慧说："君君，你怎么这么不懂事，妈妈这么做也都是为了你好，现在多付出一些，将来就不会像爸爸妈妈一样在社会的底层挣扎了。"

迟文君说："底层有什么不好？没有底层又哪来的中层上层？真不知道你们是怎么想的。"她似乎不愿意再和章慧多说，愤愤地进了自己的房间，并重重地关上了门。对此，章慧并没有多想，小孩子嘛，发发脾气也很正常，等气消了，就什么事都没了。于是她就和丈夫一起出去买菜了，他们还特意买了迟文君喜欢吃的菜，算是对女儿的一种补偿。可是等他们从农贸市场回来后，却发现迟文君不见了，一开始他们也没怎么在意，以为她只是出去散散心，很快就会回来。但是等到饭菜做好了，又凉了，章慧才有些着急起来，只不过她也没想别的，只是觉得迟文君要是再不回来，就浪费了一天宝贵的学习时间。于是他们就开始找人。然而所有他们所能想到的迟文君会去的地方都找遍了，或者打电话去问过了，却都没有迟文君的踪迹，就好像凭空消失了一样。很快晚餐时间又过去了，这时的章慧已开始惊慌失措。丈夫也埋怨她，说他早就想说了，她不该在学习上给女儿这么大的压力，现在女儿失踪了，要是有个三长两短，这一辈子她都将背负良心的拷问。被丈夫这么一说，章慧也感到自己以前确实是做得过分了。她自己也是从小时候过来的，所以也很清楚，因为她那要强的性格，牺牲了多少童年的乐趣，因而她的童年是不完美的，却为什么还要把这一切强加在女儿的头上呢？想到这里，章慧再也控制不住自己，一屁股坐在沙发上放声大哭起来。而且和大多数女人一样，一旦到了这一地步，章慧的心灵也已濒临崩溃，除了哭泣，根本就已经六神无主了，经丈夫的提醒，才匆匆地去派出所报了案。

派出所的警官问明情况后，当即将寻找的目标锁定在了游乐场。他们的理由是，游乐场是迟文君这段时间里一直都很想去的地方，这就使得迟文君的思想和游乐场之间有了一条无形的线，有意无意间，她的行为都会受到这条线的牵制。于是派出所就组织了所有能组织起来的警力去游乐场寻找，但遗憾的是，警察们将整个游乐场几乎像梳头发似的梳了几遍，却还是没见到迟文君。大队人马回到派出所时，已经是晚上十点多了，而这时既焦急又伤心的章慧已几乎瘫软，是她丈夫把她从车上抱进派出所去的。

派出所值夜班的是一名老警察，他了解了整个过程后问道："孩子离家时身上有多少钱你们知道吗？"

章慧的丈夫想了想说："平时我们会给她一些零花钱，主要是用于吃早点，或者是买一些小的文具，但不会太多，估计她身上最多也就二三十元钱吧。"

　　老警察说："问题就在这里了，游乐场的门票都要一百元，她这点钱，又怎么进得去呢？"他的一句话就把所有警察的行动否定了，这就是一个老警察的经验。其他警察都不好意思地面面相觑。章慧和丈夫则更是像被人当头击了一棒，既然如此，要找到女儿的希望不是更加渺茫了吗。这时，老警察又接着说："不过，我想到了一个地方，不妨去看看。"他似乎说得胸有成竹，而且行动上也没有丝毫的耽搁，叫上一名驾驶员，带上章慧和她丈夫就出发了。

　　老警察带他们去的地方就是城东广场，这里刚建成时曾有个私人老板摆了几件游乐设施招徕顾客，如轨道小火车、旋转座椅等，后来或许是赚不到钱，也或许是赚够了钱，老板撤走了，游乐设施却留在了那里，有关部门也没清除，只是没了电，动不了，但仍有不少小朋友在爬上爬下地玩得不亦乐乎。到了城东广场，章慧老远就看到小火车的一节车厢里似乎有人，但又不怎么像，再走近一看，果然是迟文君，只不过已经睡着了，她的身边依偎着一只流浪狗，可能是互相依靠着取暖，也难怪远看不太像一个人了。章慧一见到女儿，就好像突然打了一针强心剂，快步冲过去，一把抱起女儿，也不管女儿有没有醒来，会不会听到，哭着说："君君，对不起！是妈妈不好，妈妈以后再也不会给你任何压力了。"

　　这之后章慧果然说到做到。迟文君经过初中、高中，又读了大专后，成了一名普通单位的普通办事员，始终都没有出人头地。但迟文君仍觉得，自从那次出走事件后，她的生活一直都很幸福。

美甲记

　　青山镇是个出美人儿的小镇，爱美的姑娘当然从双手开始，于是在这小镇上大大小小的美甲店开了不下四家，值得一提的是有三家是"贾氏美甲"店，另一家是"小梅美甲"店。"小梅美甲"店又小又不起眼，还开在拐角处，开业以来也没多少生意。

　　然而今天上午这店里却挤满了人，其中一个女人在那吵闹着，另有四五个人趁乱在起哄。

　　原来吵闹的女人是一位比较富态的中年女人。她起初一手叉腰，一手提着黑包袋，娇滴滴地对着营业员说："小姑娘，是不是你说你们店做一个美甲全套只要100元，那是不是美一个甲只要10元？"

　　没等营业员解释，这女人黑包一甩，一只大甲鱼扔给了营业员。这营业员对着大甲鱼发出了尖叫声。

　　"我问你也问清楚了，我才让你给我的宠物'甲美女'美甲的，背上的青苔么洗洗，壳么美一下妆。你们是怎么服务客户的，叫老板出来！"这女人说道。

　　没等营业员说话，一旁看戏的众人哄堂大笑，惊叹这世道无奇不有，还有人要给甲鱼美妆一下。

　　当然这女人就是吃准了营业员说美一个甲只要10元，赖在那不肯走。

　　小梅挤开人群，摆正了一下自己的衣服，小梅一眼就认出这女人，不就是斜对面"贾氏美甲"店老板的二姐贾美丽，上个月前面那家店就是这样被她收拾后倒闭成了"贾氏美甲"分店。小梅心里明白这贾美丽又开始动手了！这小梅虽然刚毕业，但是营销科班出身的她脑子一转，灵光一闪，不急不忙走过去拉起贾美丽的手，柔声说道："大姐，刚才营业员没说清楚我们道歉，您如果真的坚持给甲鱼来一个美甲的话，我们可以照做！来者都是客嘛！不过有一个小小的请求呢，待会儿您满意的话，在大家的见证下您和宠物一起拍照合个影，照片呢给咱小店宣传宣传合适不？"

"你们给'甲美女'弄得漂漂亮亮的，我当然同意喽。"贾美丽甩开小梅的手，看架势是吃定自己不可能拍照就想也不想答应了。话音一落，小梅收起笑脸，转身拿起工具当着大伙的面给"甲美女"清理了壳上的青苔，并不计成本地涂上了艳丽的色彩。

当这个甲鱼送到贾美丽手上时，围在一旁的看客无不惊叹这手艺如此之好。贾美丽虽不死心，当着众人的面也只能答应拍照，但她走之前放了一句狠话，明后天家里还有两只小甲鱼要继续美甲！

当天下班后，营业员、美甲师都愁眉苦脸的。她们都知道，贾老板陪媳妇美国待产的这段时间里，委托给了贾美丽经营，青山镇的美甲店都被这个贾美丽闹得开不下去了，已经连续变着法儿闹了两家，咱们这是第三家了。再这样下去她们也只有失业了，正当她们在发愁的时候，小梅打断了大家，并告诉大家继续满足贾美丽的要求！

大家都失望地摇了摇头准备下班。

连续三天，美甲店没有拒绝贾美丽的各项要求，一一照办。那些连续看了三天热闹的看客们也纷纷认为这家美甲店的服务真到位，店里的新客户也陆续多了起来，贾美丽也无计可施了。这"甲鱼美甲"事件也渐渐地淡下去了。

两天后，"小梅美甲"突然挂出了横幅"人要美甲，宠物更要美妆，本店推出宠物美妆套餐！前三天办理美甲会员免费赠送宠物美妆套餐！"同时横幅下方摆放了一个大海报，海报上居然是贾美丽带着甲鱼的照片，海报上显眼地写着"贾氏老板娘亲自体验推荐的美甲店，您值得体验！"当天小梅将这个活动录成了抖音。一夜间"小梅美甲"成了网红店，生意越来越好了。

第二天，"小梅美甲"店门口又围满了人，居然又是那个贾美丽在那吵闹着，还有那么四五个人趁乱在起哄。

贾美丽当场撕掉了门前的海报，并挥动着那只肥硕的手掌，指着营业员："海报的事情我不计较了，你们的服务我不满意！我是不是告诉你每只手只做四个甲，你们什么态度居然给我全部都美甲了！"

"大姐，我们一开始按照您的要求，你不肯说哪四个手指，我们给您美好四个甲，你说不对，不是这么四个，我们重新洗掉，换了重弄，您说又不对……"

未等营业员话说完，贾美丽就开始故技重演，装头晕装难受，其余四五个人在那起哄配合着，引得不明就里的众看客纷纷同情贾美丽。

小梅不急不忙地从营业场外走了进来，挤开人群故意提高声音对着大伙喊道："贾女士，谢谢您的海报宣传，刚才您不该撕了您自己啊，这一撕不就是在拆您自己的牌子嘛！"

"你！"贾美丽气得噎住了。

"我们最近生意确实挺好的，刚刚美甲师也和我说了，说您每只手只美甲四个，我们看在您做广告的分上，就送您一个甲，我们谢谢您三天两头来捧场呢！刚好我们今天打算搞活动'满四送一'，贾女士您又开了个头炮，您真有福气，第一个享受这个优惠，当然啊您要是足甲也做的话，我们也是美四个甲送一个甲呢！"

一阵哄笑声，惹得贾美丽一点脾气也发不出。看着众人的指指点点，贾美丽灰溜溜地付了80元出门了。此时小梅就趁热打铁，对着大伙笑道："亲们，美甲促销啦，本店推出满四次送一次美甲，团体五人美甲一人免单，美甲一手只收四指钱，满四次送一次宠物妆，活动四选一哦，欢迎各位捧场！"

当日，小梅趁热打铁做了海报推出活动套餐，同时现场录像，发布到抖音，这网红店的名声也越传越远！慕名而来的客人也是一波又是一波。

而"贾氏美甲"的生意一天比一天差，小梅虽是乐在心里，但是也心疼"贾氏美甲"被贾美丽这么耗光资源，心里暗骂道："做人要堂堂正正，歪门心思总有一天会被挤垮的，贾美丽啊贾美丽，真是偷鸡不成蚀把米喽！"

有一天，营业员悄悄在小梅耳边说："贾明老板昨天回来了，听说生了个大胖儿子呢！我还听说他们两姐弟在吵架呢……"

未等营业员说完，小梅转身从自己的办公室拿出了那根很粗的登山棒和一个红信封，急急地走向"贾氏美甲"总店。营业员看到这阵势，吓得不敢当场劝小梅，只能远远地跟在小梅后面，生怕小梅出事情。

小梅来到店门口，这好巧不巧碰上了贾美丽。小梅没理她，自己走进了店里，看着小梅这阵势，贾美丽心一惊，大呼不好，转身冲了进去，那肥硕的身子像扭动的麻花一样在向前冲着，她朝小梅面前一站拦住了去路，大声喝道："这儿不欢迎你，别来砸场子。"

眼看两人差点要打起来了，躲在门外偷望的营业员冲了进来拉扯着两人，三人你拉我扯，大有干架之势。或许是外面的动静越来越大，贾明走了出来。小梅见是贾明，客气地递上了红信封和登山棒。

等大家都冷静下来了，才弄清楚，原来大家都误以为小梅是来砸场子的，其实她是来感谢恩公贾明的。

一年前小梅因琐事散心来爬青山，一个人无助时在半山腰痛哭了起来，路过的贾明把自己的登山棒交给了她，并告诉她："打赢自己，一切都能随风看淡！"这一句话深深影响了她。

此时，贾美丽红着脸拉起了小梅的手，眼里满是歉意。不知是无法面对贾明，还是无法面对小梅，她转身去端水泡茶了。

贾明把登山棒递给了小梅，笑着说道："我姐之前的事深表歉意。你不再是当初的小姑娘啦，打赢了自己，你做到了！咱们能否合作一下，打赢品牌！"

两人相视一笑，这西下的夕阳照进来显得格外的亮。

一星期后，青山镇上的美甲店推出了"梅贾"会员卡，该会员卡每家店都通用，享受每家店特色服务和优惠。此后青山镇的美甲店面除了店名不同，每家店的左右门上贴着的对联都是"诚信赢客户，合作赢天下"，横批"美甲找梅贾！"

众筹

项彩芬

　　夏末一场不按套路出牌的台风，丰收在即的果蔬大棚猝不及防地被淹，颗粒无收，老王夫妻欲哭无泪，日子还得过下去。家中还有两个在县城读书的孩子，便带了少量现金，到大城市，希望能打一份临时小工，维持下半年生活，等明年开春，继续经营大棚，好不容易在一果蔬批发市场找到了工作，结果第二天老王就出事了，可能是压力太大加上这几天的奔波，突发脑出血被紧急送到了医院，老王的老板出的第一笔医药费，妻子也不好意思去问老板拿钱，可是老王是孤儿一个，没有亲戚，病情非常危重，深度昏迷，血压不稳，住院的时候也要几千块钱一天，妻子就像是跌入了茫茫大海，身边没一个可依附的支点，情绪变得麻木，动作非常机械。

　　钱很快就用完了，妻子人留在丈夫旁，魂已经出窍了，也不吃东西，这对折翅的夫妻，再无人关注，垮的可能是两个人，旁边的病人家属自发地帮她多打一份饭。医院开通了绿色通道，保证丈夫的基本治疗。那个只有半天关系的老板又来医院了，他跟医生说："你们尽量抢救吧，虽然说起来跟我没什么大的关系，但毕竟是一条生命，我想办法再筹点钱，听说现在有个'轻松筹'，我想帮他众筹一下，今天问他老婆拿点资料。"老王妻子没有文化，也不知道这个众筹是什么，听说能筹到钱，把所有资料都给了老板。

　　一条"救救这对外地打工夫妇，丈夫突发重疾，无力支付医药费"的众筹消息在老板及医院的朋友圈里转发开来，众人拾柴火焰高，一下子筹了将近6万。那个时候这个众筹平台初露头角，大家都还不太了解，病房医生护士包括老王妻子都觉得老板肯定先拿回他垫付的那笔钱，没想到全款如数打到了老王的住院账户里。经过半个月的抢救，终于把老王从死亡线上拉了回来，老王醒了，醒来第一句话："看病的钱是哪里来的？"妻子哽咽着说："多亏了这些好心人啊，太多了，尤其是那位老板，你只见了一面的老板，没有他们，我可能也垮了。"

住院近三个月，老王可以回家休养了，回到老家，北风已经开始呼啸，家里的大棚也支离破碎了。老王叹了口气："他娘，你为什么不跟他们说我家里有存款可以付医药费。"妻子一脸惊讶："难道你要去还钱？""这个钱我一定要还，不然心里难受。"妻子哇地哭出来："你以为我不想啊，一开始你昏迷不醒，我六神无主，钱是你存的，密码我也不知道，我有什么办法，等你醒了，好心人已经帮我们筹到医药费了，我们就那么点儿存款，你后续还要治疗，两个孩子还要生活费，眼瞅着还要过年了，这不都需要钱啊。"老王又叹了口气："我也这样想，所以在医院也没提，可是他娘，我这里难受，我跟他们非亲非故，连活都没干过一天，我这里告诉我不能这么做。"老王捶捶左胸，不安地摇头。

两个孩子放寒假了，老王把他们叫到身边语重心长地说："爸爸能够死里逃生，全靠好心人的帮助，你们以后长大成人，也要助人为乐，现在爸爸托你们一件事情，劝劝妈妈，我们把这个钱还回去，只要人在，钱还是可以赚回来的，不要怪妈妈，她为这个家付出了太多了。""放心吧爸爸，我马上高中毕业了，可以去赚钱养家了，这个钱一定要还。""我初中毕业也可以去赚钱。"老王抱住俩儿子："你们要做的是把书读好，钱爸爸会去赚的，爸从小是孤儿，靠政府及大家的帮助长大成人，对我来说小家庭、大集体的福气都享受到了，已经赚到了，人穷可志不能穷啊。"

门开了，妻子流着眼泪："我都听到了，你身子骨还没完全康复，我们家压力真的还挺重，但是你说得对，我们已经赚到了，我错了，我们年前去还钱。"

老板看到老王夫妻来还钱，还他也就算了，还要把众筹的钱也退回去，一脸惊诧:"这个这个,我真没想到,你们日子这么难就算了。""我的命是你们救回来的,这个情我一定要还,我的果蔬大棚只要不遇到自然灾害,钱还可以赚回来。"旁边铺面的人纷纷竖起大拇指,老板说:"兄弟,注意身体,你的大棚里的果蔬以后直接供应我们市场,我会定时上门来收,过段时间我来看看,改善一下你的大棚环境,增强防御性,这钱我负责给你退回去。""对对对,刚好我们都需要。"周边商户们呼应。

老墙门

楼飞

事情还要从30多年前讲起，赵家村里有个赵家老墙门，里面住着大大小小十来户人家。这天清早，老墙门里出了个大新闻，原来是前门的老赵趴寡妇李琴家的窗户被抓了！李琴哭哭啼啼揪着老赵不放，老赵一言不发，蹲在墙角"啪嗒啪嗒"抽旱烟。

围拢来的人越来越多，李琴索性一拍屁股坐在地上哭了起来："这个该死的老光棍，欺负我们孤儿寡母，三天两头来趴我的窗门，要不是被大伙抓住，不知道还会做出什么来，今天大伙一定要替我做主，要这个老色鬼长长记性。"

大家指指点点评判起来：都可以当爷爷的人了还心思不正。

有人提议打一顿长记性，有人说老赵是只铁公鸡，要他赔钱最记痛，有人说干脆送到村干部那里去讨说法。正当大家讨论起劲时，老赵自己站了起来，对着众人的面"啪啪"扇了自己两巴掌，打完后提起旱烟走出了人群。

正当大家以为事情不了了之时，李琴家又出事了，她的儿子不小心摔断了腿，要是不能及时送大医院治疗，怕是保不住这条腿了，这下可急坏了李琴。说来也真是命苦，李琴也就30岁出头，夫家本来就是村里最穷的人家，家里无父无母，屋漏偏逢连夜雨，以为夫妻俩勤勤恳恳，日子会越过越红火，想不到一场病夺走了丈夫的命，李琴拖着年幼的儿子艰难度日。家里只有自己一个劳力，还要供儿子读书，日子本来就紧紧巴巴，现在儿子摔断了腿，哪里还有钱治？

李琴越想越辛酸，实在走投无路，只好向邻居们借钱。那个年代，农村里的人都靠种田种地吃饭，十天半个月能吃顿肉都不容易，存下钱的人家更是少之又少。她只能挨家挨户借，并向大家保证，只要她有一口气，一定会还大家的钱，也会一辈子记大家的恩。看到这样的情况，哪里还会有人不同情，大家多多少少都拿出了自己的积蓄，宽裕一点的三五十元，差一点的十元、五元，少的也有两三元。眼看就到了老赵家，只见老赵看到李琴掉头就回屋，关起门来不见人。邻居看不下去，在门口喊他："老赵，救人救急，大家都是赵家墙门的人，多少都是一份心。"想不到这个"铁公鸡"还真是一毛不拔，任凭大家外面怎么说，他就是不开门，假装没有听到。

几天过去了，李琴的儿子送去了医院，手术是做了，但钱还是不够，没有办法，邻居提议她把家里值钱的东西卖了。想来想去，李琴家也没什么值钱的东西。说来也巧，这天，城里来了几个人，说是来收购老物件，雕花门框、窗框、旧式床、青石板、石狮子……只要是老物件都能换钱，小的几十元，大的几百元，只要有的都能换。听到这个消息，李琴像抓到了根救命的稻草，想到自己家的窗框、门框有雕花，应该能凑儿子的医药费。于是立即带人去家里看东西，几个城里人又摸又看，最终用200元钱买下了李琴家的窗框和门框。有了这笔钱，李琴不仅可以付清儿子的医药费，还能还清邻居们的借款，大家都替李琴高兴。

价格谈好后，几个城里人开始拆起了门框。

"想不到这个旧的发黑的木门还能卖钱？"看的人都窃窃私语。正在这时，老赵突然冲进了人群，他一把推开拆门的人，对李琴说："你这个女人就是见识短，今天卖门、明天卖窗就能解决问题了？今天把门窗都卖了，下雪下雨你和你儿子怎么过日子？"

大家听听也是这个道理，不过心里暗暗想："老赵今天是吃错药了，怎么管起这档子闲事。"

李琴先是一愣，想了想说："我现在救急，哪想得了这么多，大不了用块木板把门窗封了，省得不安好心的人来趴窗门！"这话一出，看热闹的人都笑了起来："原来如此，这样一来，老赵什么都看不到了！哈哈……"城里人也跟着起哄。

老赵听大家这么说，像是被戳破了心思，急得直跺脚，一边还用烟斗赶城里人。见大家都没有理他，就一把拉过李琴说："200元是不是，我给你200元，这是我的棺材本，今天我都给你，以后你得听我的。"

大家见状都惊呆了，想不到"铁公鸡"老赵还真是动了真情，把自己的棺材本都拿出来贴给了李琴。李琴一时也摸不清，虽说几次看到老赵来趴自己的窗，但也没有实质性的把柄，要说他对自己有情，前几天几块钱都不肯借，今天要把棺材本都给自己，这到底是怎么一回事？

再说，拆房子的确是下下之策，李琴思虑再三，决定先收下老赵的钱，反正大不了等老赵年纪大了当爹一样照顾他。想到这里，李琴心一横，拿过钱说："反正大家也做个见证，这钱算是我向老赵借的，等我儿子也能赚钱，我双倍还，老赵我也当爹一样照顾。"李琴也是聪明人，这话一出，也表明了自己的心思。老赵听她这么说，也就转身挤出了人群。

时间过得真快，一转眼就30多年过去了，当年老墙门里的人都陆续搬了出去，住进了自建的新房。李琴家的日子也好了，因为当年的200元钱，李琴一直感恩老赵，想把老赵接到自家的新房子住，想不到老赵压根不领情，他宁愿住在老墙门里。

正当大家都在笑老赵是个老顽固时，他却笑嘻嘻地卷着铺盖走出了老墙门，政府工作人员接他去了镇上的养老院。原来老墙门被政府认定为明朝古宅成了保护对象。老赵的事迹也终于浮出了水面，原来老墙门是赵姓人祖辈传下来的，老赵爷爷在世时就告诫他：无论多么潦倒，赵家的子孙都不能拆房子卖。后来赵家的子孙多了，关系也远了，祖训也没有人记得。可老赵心里总是惦记着爷爷的话，一直不放心，怕别人拆房子，李琴家恰好是最穷的，后来又死了男人，老赵就经常偷偷去趴窗看看，直到李琴要卖窗卖门，老赵急得没办法，把自己的棺材本也拿了出来。这么多年，大家都误解了他。

如今，老墙门经过政府的修缮，成了美丽乡村一道独特的风景线。

第二辑

杭州市萧山区
原创故事作品集

生死战友情

俗话说，无巧不成书。刘凯、关锋、张忠三个人虽然不是同一个村里的，却是同一天出生，又同时参军，分到同一个连队。1998年，他们三人又同时参加了抗洪救灾，成了生死之交。退伍后，刘凯从政，关锋、张忠各自办起了工程公司。经过20多年的打拼，两家公司都成了当地的骨干企业，刘凯也从科员一步步被提拔为区城建局局长。尽管他们在不同的工作岗位上，但每年到了生日这一天，他们总会在百忙中抽时间相聚，最困难的时候，哪怕每人一碗阳春面加一个荷包蛋，也要一起庆生，雷打不动。

今年的生日马上要到了，要在往常，不是关锋，就是张忠，一定会早早地打电话给另外两个人，发出聚会的邀请，可今年迟迟没有动静。刘凯想，往年都是他们请的，今年该轮到我请他们一次了。于是就分别打通了关锋和张忠的电话。谁知关锋问："我的大局长呀，你一个大忙人，怎么有时间请我们吃饭？"而张忠说："刘局，你有什么为难事尽管说，只要我能办到的，兄弟一定帮忙。"这把刘凯弄得哭笑不得。

刘凯说没事儿就不能聚聚吗？再说，8月10日是什么日子你们还记得吗？关锋、张忠摇着头说不记得了，问是什么日子呀。刘凯有些生气了，说："看你们俩，一天到晚想着揽工程，发大财，把自己的生日都忘了。"

关锋、张忠听了，才恍然大悟，连忙说："对，对，我们的生日，一年只有一次，怎么能让大局长破费呢，还是老规矩，我们请！"

难道关锋、张忠真的把自己的生日忘了？对，真的忘了。为啥？因为实在太忙了。年初突如其来的新冠疫情，把关锋和张忠弄得晕头转向。关锋公司因年前赶工程进度，与员工协商达成一致：春节不放假，在元宵节前再包车送外地员工回家。想不到因疫情防控需要，200 多名外地员工不能如期回家，闷出病来不说，万一出些什么差错，那可不是闹着玩的。再说，关锋待这些员工不是亲人胜似亲人，虽然停工，但是吃用开销全包，工资照发，一个月净支出就要 100 多万元，时间久了，恐怕要坐吃山空，他能不急吗？就在上个月，由于抗疫得力，政府号召复工复产，区里科创园项目经上级批准就要动工，这是个上亿元的工程，能否中标，关系到公司的生存问题。关锋发动了技术骨干进行预算等一系列投标工作。在关锋眼里，其他工程公司都不是自己的竞争对手，真正能与自己一比高下的只有张忠的公司。他俩虽然是生死兄弟，但在业务上两人从不谦让，一直针锋相对。

而张忠呢，春节前员工都放假了，所以没有关锋那样的负担，但在业务上也不服软，非要比关锋领先一步不可。为了支持抗击疫情，张忠大笔一挥，出资 300 万元购买抗疫物资，无偿捐赠，不仅在报纸上留名，广播里留声，电视里留影，还上了抖音，区委书记还亲自上门来慰问。张忠对科创园工程志在必得，因此在做标书时细而又细，精而又精，哪里还记得自己的生日。

那么，刘凯请他们俩吃饭真的只是为庆生吗？也不是，那是为啥呢？科创园项目是区里的重点项目，只能搞好，不能搞砸。招投标工作来不得半点虚假，也不能有丝毫的瑕疵，他认真审读了所有的标书，巧的是关锋和张忠的报价一样高，而各项技术分相加在一起又是一样，也就是说两家公司综合分一样高，只不过具体细节有所不同而已。专家商议后认为，两家公司各有所长，也各有不足之处。到底哪家中标，让刘凯来决定。而刘凯与关锋、张忠都是生死兄弟，手心手背都是肉，可中标单位只有一家，到底选哪家好呢？他想借生日聚会，摸摸双方的底。

生日聚会没去酒店，而是在刘凯家中举行。晚上六点不到，关锋、张忠就先后到了，关锋带来了茅台酒，张忠也带了两瓶汾酒，因为他俩知道刘凯喜欢喝高度白酒。而刘凯却说："不，今天不喝茅台，也不喝汾酒，先喝我珍藏了 20 多年，一直舍不得喝的好酒。"说着，他从酒柜里拿出一瓶用红布包了一层又一层的泸州老窖，关锋、张忠一见，顷刻呆坐在那儿了。

泸州老窖与贵州茅台、山西汾酒根本不是一个档次，关锋、张忠为啥一见就呆了？就因为这酒的商标纸上还写一行字：盼刘凯、关锋、张忠战友早日归来，三班战友。

这到底是怎么一回事？原来，1998 年那场特大洪水，长江流域的水位超历史最高纪录，刘凯他们所属部队奉命奔赴抗洪第一线，为保护人民生命财产的安全，夜以继日，连续十多天奋战在抗洪大堤上，打木桩，扛沙包，哪里有险情就往哪里冲。

8 月 10 日那天，连长特地让炊事班做了大排面，为刘凯他们三人庆生。可生日面条还来不及吃，由于新的洪峰的到来，刘凯他们所在的大堤突然决口，战士们又立即投入战斗。抛石头，填沙袋，都难以堵住决口，下游几万人的生命财产安全受到严重威胁。连长一声令下，全连战士不顾生命危险，扑通扑通跳了下去，用自己的身体去挡决口。这时一个巨浪打来，关锋、张忠站立不稳，被洪水冲了下去。刘凯见了，不顾一切地抓起一段木头，冲了过去。因为洪水的冲力太大，刘凯难以靠近在水中挣扎的关锋和张忠，于是将手中的木头用力推向他俩，把生的希望给了关锋和张忠。关锋、张忠终于抓住木头，浮出了水面，但刘凯被凶猛的洪水冲得无影无踪。"刘凯——"战士们嘶哑的喊声在夜空中回荡。

关锋、张忠紧紧抓住木头，顺着水流向下游漂去。这时，天已完全黑了下来，张忠渐渐地体力不支，连木头都快要抓不住了，一旦脱手，后果不堪设想。关锋虽然也筋疲力尽，但他不顾一切，一只手紧紧抓住木头，另一只手紧紧拉住张忠。正在这时，木头的一端突然被一棵树挡了一下，一个冲力让关锋原本抓着的木头突然脱手，被浪头冲得无影无踪。关锋急中生智，赶紧抓住树枝，靠向树干。此时张忠已处于半昏迷状态，关锋也快要支撑不住了。正在这时，突然有一双大手把他俩托了起来，关锋一看，原来是刘凯！

刘凯是在长江边长大的，从小在长江里捕鱼摸蟹，练就了一身的水上功夫。他把木头推送给关锋、张忠后，自己顺水向下游漂去。当他看到关锋、张忠手中的木头被冲掉后，就一个猛子游到树边，先用手将两人托起来，然后让关锋、张忠的脚踩在自己的肩膀上，自己则紧紧抱住树干，只在水面露出了一个头。就这样，他们坚持着，直到第二天早上，被兄弟部队的救援冲锋舟发现，才脱险，一到冲锋舟上，三个人都晕了过去。那一年，他们过了一个特殊的生日。

他们在战地医院昏迷了几天才醒过来，睁开眼睛就到处找人，见大家都在，又昏迷了过去。

洪水退了，抗洪取得了决定性的胜利，部队返回驻地前，当地政府和群众为他们举行了庆功宴，还给他们送来了当地特产的泸州老窖。可惜刘凯、关锋、张忠当时都在医院，没有喝到。战友们多次寻找，都不见他们三人的踪影，还以为他们光荣牺牲了呢。因此，班长特地留了一瓶泸州老窖，若是生还，就让他们喝个痛快；如真的不幸牺牲了，就用这瓶酒在烈士墓前奠祭。结果刘凯他们在半个月后，毫发无损地回来了。在战友们欢迎他们胜利归来时，班长把这瓶酒送到了刘凯手中作为留念。刘凯舍不得喝，就珍藏起来，退伍时带回了家。

关锋、张忠看到这瓶酒，记忆立马回到了那年抗洪抢险的现场，不觉眼中含着泪水。刘凯说："这瓶酒是我们生死与共的见证，今天就把它喝了，让这份情永远铭刻在心中。"刘凯准备开酒瓶时，关锋立刻用手按住了瓶口，对刘凯说："刘局，我建议这瓶酒永远珍藏下去，让我们的友谊地久天长！"张忠也说："刘局，关锋说得对，我们虽然已退伍了，但退伍不褪色，我们要永葆军人英雄本色。"

刘凯听了，高兴地放下酒瓶，然后又小心翼翼地用红布包好，放到酒柜里，说："今天请你们来，除了庆祝我们的共同生日，回忆抗洪抢险惊心动魄的场面，还有一件事，就是有关这次科创园招标的事，我想听听你俩的意见……"

关锋想了想，红着脸说："刘局，我想撤回我的标书……"

张忠听了，连忙说："不不，我想放弃这个标……"刘凯吃惊地问："为什么？一个多亿的工程都不想做了？"

关锋说："说实话，我连做梦都想中标，但我们公司也有软肋。"

刘凯惊问："什么软肋？"

关锋说："造桥铺路，是我们的长处，但埋设地下管道、电缆线等比不上张忠他们。"

刘凯说："不对呀，这标书上写得头头是道，没有一点破绽。"

关锋红着脸、低着头，羞愧地说："不瞒你说，我是派人偷抄了张忠他们的资料……"

哪曾想到，张忠连忙说："不，不，是我有意让人透露给你们的，但得到的回报是把你们造桥铺路的资料透露给我们。"

刘凯听了，愣了一下，然后说："我说两个老战友呀，在生死面前，大家都能把生的希望留给对方，在经济利益面前，为何却干起了这种间谍的勾当？你们自己觉得应该不？"

关锋、张忠都低着头说："我们错了，我们改。"刘凯问："怎么改？"

关锋、张忠表示，不管他们两家哪家中标，薄弱之处就由对方全力提供技术支持，一定把工程做好。如果这次废标，需要重新投标的话，他们立马向有关部门申请，两家公司合并为一家，取长补短，做强做大。

刘凯听后露出了笑容，拉起他们的手说："这才是生死与共的患难之交啊！"

正在这时，刘凯夫人捧着大蛋糕过来了，客厅里响起了"祝你生日快乐"的嘹亮歌声。

老娘的宝贝

吴桑梓

老娘说，我的外公是个朝奉，朝奉是什么，就是在当铺里为东家掌眼的重要人物，朝奉能识天下宝，一眼定乾坤。按现在的话说，就是鉴宝专家。因为有了这个朝奉外公，老娘就有几样很拿得出手的宝贝，可是她从不示人，只是低调地收藏着，当家庭遇到危机时才出手。

比如那一年，父亲去世。我又考上了名牌大学，家里的经济一下子出现了危机，老娘拿出一只碗就扭转了危机，她体面地发送了父亲，又让我钱包鼓鼓地上了大学。

大学毕业后，我很顺利地找到了工作，是一份建筑设计院的工作，而且也很顺利地遇到了另一半，但是因为房子的事搁浅了，老娘又拿出了一件宝贝，让我很顺利地买了房、娶了妻，所以我把老娘看成了一尊财神菩萨。

因为有了老娘这尊财神菩萨，我经济无忧，家庭也和睦，因为无后顾之忧，我工作也很努力顺利，不久我就被提拔为城建局局长。都说城建局是个"油水"很足的地盘，可我是搞建筑设计的，管的还是建筑设计这一块。所以油水不油水的和我无关，何况我又不缺钱。

可是当上局长就不一样了，马上有人上门请吃请喝，还有人来送这送那，特别是当我的手中有了一些城建项目需要招标时，更是被人纠缠得受不了，我受不了，老娘比我还要受不了，因为她知道，我的前任就是跌在"贪"字上。

这一天，老娘拿出了两件宝贝，一件是元青花梅瓶，小巧玲珑，那包浆那色泽，真是连我这个外行人看了也心颤。老娘说，这件元青花可不是一般之物，它可是从元代的宫里流出来的独一无二的宝贝，价值连城呐！第二件是一把用整块田黄石雕刻而成的壶，壶虽不大，但要知道，田黄大块极少，能雕刻成这把壶得多大一块田黄石啊！在过去田黄石就稀罕，如今就更不得了了，而且那壶的雕刻工艺非常精湛，把手与壶盖和壶嘴相连是一条龙，龙嘴即出水口，壶身是波澜壮阔的海水纹，好似一条龙从海水中跃出，真是美极了。

见我看得入神，老娘说："你明天把这两件宝贝拿到局里去显摆一番，最好让大家都知道，你有货真价实的宝贝。"我却退缩了，说："娘，这宝贝一亮相，我们家还能安生吗？那可不是包工头来围攻我，而是小偷大盗都会被引来的。"老娘却轻描淡写地说："我有把握让你拿着宝贝去亮相，就有把握不怕有人前来偷盗。"

就这样，我在一次召开局一级领导干部会议上亮相了宝贝，不但让大家远距离地看，而且还让大家近距离地观赏。我只听到满会议室的"啧啧啧"称赞声。不管怎样称赞，我发现没有一个人敢伸出手去摸一下，大家只是将手反背着用眼睛凑近去看。这让我很欣慰，毕竟宝贝是经不住大家摸的。看着大家观赏得差不多了，我适时地收起宝贝。从此一个"宝贝局长"的绰号在局里悄悄流行，我当作什么也不知道，最有效的是我的身边没了纠缠的人，因为他们知道像我这样经济实力厚实的人，一般的糖衣炮弹休想轰倒我。我也可以一心投入到工作中去，我公平公正地招标，一丝不苟地完成着任务，我感谢老娘的锦囊妙计。

不久我的招标工作在公正廉洁的行为下成功，我又投入到监工督建的程序中，一番忙碌，几多辛苦，我经手的工程终于完成并通过了验收。当上级领导知道我实施的工程建设成果显著，并且没有出现一腐一贪时，大大地表扬了我，并要召开表彰大会，让我发言并传授经验。

这下我有点儿懵了，让我干活行，让我吹嘘自己，我不行。老娘说："儿子别怕，老娘代你上台。"我知道老娘从小受过教育，有文化底子，但有没有演讲才能，我可说不准，但我还是把这个想法报告给了领导，想不到领导竟然一口答应，说："你老娘既然能收藏这么贵重的宝贝，一定是个不平常的人，让老人家给大家上一堂廉政教育课也好呀！"就这样，老娘被领导批准上台了。

那一天，因为是老娘上台，所以成了新闻，特别是因为老娘的藏宝传奇更是吸引人，所以那一天会堂里竟然座无虚席，连过道里都站满了人，这可是前所未有的场面啊！

我的老娘，那天穿戴整齐，头发梳理得一丝不苟，捧着那天我亮相过的两件宝贝，从容地上了讲台。想不到我的老娘台风还相当不错，她到了讲台前，就把那两件宝贝放到了讲台上，那两件放着光的宝贝好像是为老娘助威，威风凛凛地对着台下听众。

老娘开讲了："大家好！我一个老太婆，怎么有资格给大家讲话呢？因为我的儿子坐在你们中间，我就有底气上台讲话了。一个老太婆有什么好讲的呢？就来说说这两件宝贝，我用这两件宝贝镇住了那些想从我儿子身上挖开行贿口子的人，宝贝一亮相，他们知难而退，让我的儿子可以认认真真地做事。这件事我成功了，也就是说，不贪不腐完全可以做成事。有人会说，这个老太婆手里有宝贝当然可以唱高调。不！我手里的不是宝贝，连赝品都不是。"说着她将两件宝贝扔到了台上，只听到沉闷的滚动声后，娘又把宝贝拾了起来，笑着说："看到了吧，这是两件用特殊材料做的高仿品，是当年我的爹喜欢才收藏的。这件事，只是告诫大家，只要心里有宝贝，眼界就会高，任何贿赂都会不屑一顾，要记住只有两袖清风，才能保一世平安！"老娘才说完，台下响起了热烈的掌声！

要命的磁疗衣

谢益龙

张正财长得人高马大，退休前是一家国企的财务科科长，以前在工作岗位上是有功也有过，但他终究是顺利从领导岗位上退下来了。退休后生活过得平平淡淡，顺风顺水。

与其他退休后的老人一样，许多人都会找一件有兴趣的事情做，有钓鱼养花、跳舞唱歌、喝茶聊天的，甚至还有环游世界的。张正财的爱好比较特别，爱上了健康磁疗。所谓磁疗就是利用人造磁场施加于人体经络、穴位等来调理身体。他把家里的床、凳子、被子都换成了带磁疗功能的，尤其是他特意去定制了一件一万元的磁疗衣，他对这件"磁疗衣"是格外的珍视，妻子儿女平时都不能碰这件衣服，但自己平时却也没怎么穿，除了他们夫妻俩去外面旅游时才穿在身上。

他平时会趁太阳好的时候拿出衣服去外面阳台晒一下，但他都时刻盯着，怕被偷走。妻子与儿女对张正财这个行为很不理解，都认为张正财也许是迷恋磁疗走火入魔了，认为他舍不得穿这件昂贵的衣服，要省着穿，怕衣服穿破穿旧。

上了年纪，张正财的哮喘病在冬天越来越严重，去市人民医院看专家门诊，那个老专家与张正财相熟，闲聊起来说，治疗他哮喘病最好的办法就是冬天去海南生活几个月，那样对他的哮喘病很有用，老专家还例举了某位企业主的母亲，儿子特意在海南给老娘买了一套房治病，冬天去了那里度假半年后，哮喘病居然好了。这样她平时生活在家乡，一到冬天就去海南生活，如候鸟一般，几年下来把她的哮喘病彻底治愈了。

于是张正财特意与妻子在冬天去旅游了一趟，在海南住了一个月，海南暖风和煦，空气湿润而温暖，椰林海滩，美丽的景色与宜人的气候环境，让张正财夫妻流连忘返。可就是回来的时候在机场出现了一段插曲，装着磁疗衣的蓝色行李箱子，居然在机场取行李时不见了。让张正财急得当场晕倒在机场，幸好有机场工作人员帮着寻找，一番周折，原来同机旅客也是一样款式的行李箱，错拿了，让张正财与妻子虚惊一场。张正财回来后把磁疗衣藏得更好了，平时都放在一个私人衣柜里，又加了一把锁，钥匙只有他自己有，平时随身带着。

海南回来后，张正财对海南念念不忘，他有了去海南买一套房的想法，那么冬天可以住在那边，免受疾病的困扰。这个想法与老伴提起过。张正财说："老伴啊，我们去海南买套小房子吧，这样我的哮喘才会好。"

老伴说："你的想法好是好，可我家没存下多少钱啊，所有的积蓄都给儿女们买房的首付凑进去了，哪里还拿得出这么多钱去海南买房，我们就省省算了，也都这个岁数了，也享受不了多少年，可以每年去那边宾馆开房住。"

张正财吞吞吐吐想说什么，但又把想说的话咽了下去。但明显看出他很烦恼，心事重重的样子。其实张正财心里是很想买房的，老了有个理想住所，过"采菊东篱下，悠然见南山"般的神仙生活。于是张正财揣着心事，翻来覆去一夜没有睡好觉，早上醒来脑子还是晕晕的。

第二天是个晴朗的天气，张正财又拿出了这件宝贝衣服到阳台晒，一边沐浴在温暖的阳光下，一边哼着戏文，哼着哼着，晚上失眠的张正财把头一歪，居然坐在椅子上睡着了。

等张正财醒来的时候，发现衣服早已经无影无踪了，问了老伴说没有把衣服收走，他急着朝楼下人行道上望，也不见衣服的影子。这下急了，赶紧跑下楼去找，但寻遍了小区角角落落还是没有衣服的影子，这么大一件衣服能去哪里了呢？张正财不死心，也根本不会死心，这是他的心爱之物啊。找楼管协助去楼下每家每户敲门找，都说没有看到衣服飘落到自家阳台上。

楼管安慰张正财说：我们小区是模范小区，不会有人乱拿衣服的，肯定能找到。楼管又把张家丢失衣服的事情在小区社群里说了，可都说没有看见。

这一夜，张正财哪里还睡得着觉，坐在那里，像霜打的茄子，蔫了。老婆劝他说："老头子啊，不就是一万元的衣服吗，丢了再买一件，有什么了不起的，要这样伤心。"

张正财忧伤又懊恼地吼道："你一个女人家懂什么！"

女儿也得知此事，知道老爸为丢了衣服的事情发愁，问他说："爸爸，你衣服哪里买的？告诉我厂家地址，我明天就帮你去买。"

张正财用低沉的嗓子说："那就不用了吧。"

然后张正财躺在床上，整夜睁着眼，老伴第二天早上醒来，看张正财还是睁着眼，问他身体怎么样，张正财没有一丝一毫的反应，老伴一摸张正财的身子，凉了，也没有了呼吸。赶紧叫一对儿女赶来，并且打了120，送到医院抢救，但医生确定张正财已经死亡。

而那件衣服当天早上就找到了，原来是一个小区邻居捡去了。那天刮起了一阵大风，塑料防风衣架虽然防风，但经不起年份长久老化，又加上这件衣服实在有点分量，风一吹，衣服剧烈摆动，衣架承受不了重量，挂钩处断裂，跌落在小区人行道上。

本来邻居想交给物管，但是临时有事情出门了。也没有看小区群信息，等到第二天小区救护车响，又听说一个老人为了一件丢失的衣服，命丧黄泉。就马上联想到那件自己捡到的衣服，赶紧交给了楼管。衣服是找到了，但老人却已经永远离开了这个世界，邻居们都很扼腕叹息，都说："为了一件磁疗衣，至于如此伤心欲绝吗？"

张家与单位在本市殡仪馆为张正财开了追悼会，张正财的前同事、老邻居，还有许多生前亲朋好友们都来告别了，大家也为张正财因一件衣服死而叹惜，这么小心谨慎，办事牢靠的人，居然为了一件衣服死真不值得。

从殡仪馆回到了家，老太太既伤心又疲惫，可她进屋一眼就看见了还放在客厅沙发上，来不及处理的磁疗衣。顿时她的倦意都消失了，怒火中烧，气不打一处来，她恨死了这件害了她丈夫命的磁疗衣，恨不得马上把它碎尸万段，就立即拿起桌子上放着的剪刀，胡乱剪起来。她把所有的委屈与愤怒都发泄在这件衣服上，一边使劲剪一边声嘶力竭地哭骂："叫你害人，叫你害人……"但剪开衣服让老太太大吃一惊的是，里面突出部分都是一刀刀包裹好的钱，足足有二十刀。老太太很吃惊，凭空多出这么多钱，一直以为的一件简单的磁疗衣变成了"金缕衣"。她想起丈夫那晚上说了好几遍有话跟她说，还独自一人自言自语对着手机在说什么，她进房间他就不说了，想到了他手机上也许有他想对她说的话。

老太太马上找来儿女翻看张正财的手机内容，很快找到了张正财临死前留下的一段录音，里面揭开了所有的谜底。原来张正财心里始终有一桩心事，无法与人诉说，哪怕跟自己的老伴与子女们。究竟是什么事情让他如此纠结伤神，原来他退休前在单位任财务科科长期间，曾经挪用过一笔公款炒股票，那几年股市的涨势惊人，单位效益又好，银行账户上躺着好几千万资金吃活期，他背着领导与同事，偷偷转了点资金去炒股，凭借着他那精明算计，与做事谨慎的个性，快进快出，神不知鬼不觉，在股市里赚了二十万。然后把本金归还了单位账户，赚头留在了自己的个人账户，但这样的钱国家法律明确是属于贪污款。这样的事情他对谁也不能说，也不敢说。后来国家治理单位小金库，虽然发现了点什么，但也被张正财蒙混过关，受了一个小处分。

退休前身在其位，如果这个秘密让别人知道了，不光是官帽保不住，人也要银铛入狱。天下没有不透风的墙，所以这件事情他不敢与妻子说，更不敢与子女说，深深地埋在心里。退休后国家廉政建设加强，法律对退休前犯罪也要追究，他怕政府查他的银行账户，就把所有的钱分批以现金取出，去外地叫了一个可靠裁缝师傅做了一件衣服。这件衣服很特殊，像一件老和尚的百衲衣，也像现在流行的红外线磁疗衣。他把银行取来的簇新的二十万元整齐地一刀刀用塑料袋包裹好镶嵌进衣服里，突起部分就像是一块块磁条。所以张正财骗妻子及子女说，这是一件他专门定制的红外线磁疗衣，可以促进血液循环，延年益寿。

他生前一直在犹豫着要不要把这磁疗衣的秘密说出来，或者向组织坦白，但瞒了后半辈子的事情，一旦公之于众，怕自己前功尽弃、身败名裂，甚至会影响到子女们的前途。他也想把钱拿出来改善自己的生活，去海南买房，但是他知道那就是犯罪。他说："死后把这笔钱全部归还给国家，不要留一分一厘。"

张正财最后在录音里说："要我的命的不是这件磁疗衣，而是自己的贪欲与不廉洁。我对不起组织，对不起国家。"

三连襟

蔡月校

王金花今年五十九岁了，二月十九是她的生日。地方风俗：死做十活做九。就是说，王金花今年要做六十大寿了。

城隍娘娘王金花是有些来头的，她虽然早年丧夫守了寡，但她有三个好女婿，这里上下三个村，叫作上坊村、下坊村和中坊村，三个女婿不但分住在这三个村而且都是村长。

丈母娘要做寿，就忙坏了三个女婿。这一天，三个女婿一齐来到王金花家中，商量为她做寿的大事。大女婿先开口说："丈母娘辛苦了一辈子，平常时节连生日也不过的，这次我们好好为她办一办，我建议办上五六桌酒，至亲嫡眷叫叫，左邻右舍拢拢，热热闹闹过一过，这酒水钱就由我出吧！"说完从袋里摸出三千元钱放到了桌子上。

二女婿一见马上接上说："丈母娘一辈子只有一个六十岁，六十是个花甲子，办寿宴不能光请至亲嫡眷和左邻右舍，还要请一请远房的姑表，只要请得着都要请，所以五桌酒是不够的，起码十桌，所以我也出三千。"说完也在桌子上放了三千元钱。那三女婿见了却哈哈笑了起来，说："大姐夫，二姐夫，你们这么小里小气地为丈母娘办寿酒，人都要笑煞的，那笑掉的牙可用翻斗车搬了！"他的话把两位姐夫说得懵了。看了两位尴尬的姐夫，三女婿又说："你们想一想，我们三个，为丈母娘做寿只办五桌十桌酒？介小气！虽然你们请了至亲嫡眷、左邻右舍、远房姑表，可你们还有没有想过，我们三个有多少朋友？多少至交？再说了，我们也要趁这个机会请一请上级领导，同行干部。所以这寿酒要么不办，要办就要办得排场一点，起码四十桌。我今天钞票没有多带，只有四千元放在这里，不够的钱我明天送来！"

这位三妹夫心里在打什么算盘，两位姐夫心里是清楚的，今年各届村委班子要改选，这对他们三人来说都是大事，而且还听说上面要抽调一位村长到上级政府去工作，这不是意味着升官吗？所以别的村长都在想办法拉关系，三妹夫是提醒他们七姑八婆可以不请，这次趁丈母娘做大寿的机会得名正言顺地请一请上一级的领导们。

此时的王金花听了三个女婿的话，又看了看桌子上的一万元钱，心里开心，嘴巴笑得像个大木鱼。她想戏文里的五女拜寿只有一个女儿是孝顺的，而自己三个女婿都孝顺。她说："你们三个不要为我的寿酒操心，我自会安排，到了二月十九这一天，我酒水勿办，客人勿请，由我自己烧好一桌子菜，你们都带着老婆孩子过来，我们一家人能吃餐团圆饭，我这个六十大寿就算过得心满意足了！"说着她又看了看桌子上的钱，又说："这钱你们都拿回去，我老太婆现在还有的用，以后要用了再问你们要。"三个女婿一听丈母娘自己有了主意，也就不再多说，但钱他们是不会再往回拿了，就算是给丈母娘的寿礼了。

很快就到二月十九这一天，王金花一早就起来把家中打扫了一遍后，就到菜场去买了些食材，回到家里袖子一捋，就忙乎了起来。十点左右三个女儿带着三个孩子来了，家里一下子变得热闹了起来，王金花打心眼里感到高兴。女儿们也一个个帮着母亲烧菜，当十菜一汤端上了桌子，三个女婿还一个也没有照面。王金花有点急了，正在此时，只听到门外汽车喇叭叫了起来，大家马上迎到门外，只见车上下来的是小女婿，他手里捧着一支老山参递到了丈母娘手里。王金花一见咧嘴笑嘻嘻，好像一个咧开的石榴，说："你已经给了我四千元钱，还要送什么礼呀！"

小女婿说："姆妈，钞票要给你的，寿礼也是要送的，就是我今天有个要紧的饭局，一定要去，所以你这里饭我就不吃了。"说完没等王金花回答，就钻进汽车"嘀嘀，拜拜了！"一顿团圆饭少了一个人，王金花的心里不痛快，脸色也变了，面孔也拉长了，刚才的"石榴"变成了"老茄子"。这时候，一辆摩托车开了过来，车上坐的是二女婿，他倒好，人没有从车上下来，只是把一盒冰糖燕窝递给了丈母娘，说："妈，我今天在一家大饭店里请领导吃饭，你这里的饭我就不吃了。"说着又没等王金花说话，"突突突"开着摩托车走了。这下王金花的面孔是越拉越长，刚才的老茄子脸变成了一条老黄瓜。她正想发火骂人，一辆自行车骑了过来，骑车的是大女婿，他手里拎的是一盒杏花楼的蛋糕，他支好自行车，见丈母娘的脸色不对，就不敢多问。

那王金花想：今天总归是自己做寿，老大来了是好事，不能因为老二老三走了对他发脾气呀！于是吩咐三个女儿准备吃饭。可那位大女婿却从里屋走外屋又从外屋走到里屋，好像心神不定，王金花一看气就上来了，说："你是不是也有饭局要去呀？既然老二老三都走了，我也不勉强你了，你也走吧！"大女婿却很温和地说："姆妈，今天我们村上的一个村民不小心从三层高的脚手架上跌了下来，送到医院已经不会出声了，他老婆去娘家生孩子了。他爹去年跌了一跤成了半边疯，家里只剩下老娘找不到钞票，急得要上吊！姆妈呀，我这个村长这个时候怎有心思吃你的寿酒啊！我是想让你的大女儿回去，帮我从家里拿些钱出来去他家救救急。"王金花一听是这样的急难事，马上说："这倒是要紧的，但你老婆不用回去，我这里正好有一万元钱，你先拿去救急吧！"那大女婿接过钱匆匆地走了。

王金花看着一顿团圆饭变成半圆饭，心里很不是滋味，那张脸又拉长了，这次拉成了一张老丝瓜脸。她的脸孔一拉女儿和孩子们都不敢声响，王金花看到脚边有一把扫帚，气不打一处来，拿起扫帚就向门外扔去，谁知扫帚一扔出门就听到有人叫了声："啊唷！"

王金花想，今天真当灰堆里放屁，有晦气。扫帚一扔都扔出事来了！她连忙跑到门外，一看是一个约三十来岁的男人，他手里拎着三个纸盒子，满面笑容地问："请问这里是不是王金花大妈的家？"王金花连连称是，那人说："我知道今天是你的六十大寿，祝你生日快乐！"王金花又连忙说："谢谢！谢谢！"那人又说："大妈，今天想必是三个女婿都在你这里吃寿酒吧？我有点礼物要送还他们，请你转交好吗？"王金花一听叹了口气说："不要说了，三个女婿当了村长一个比一个忙，今天都不来，你来了就请进来喝杯薄酒吧！"那人笑了笑说："大妈，我是县政府下来的干部，负责你们这一片干部的选举和选拔上调干部的工作，既然三个人都不在，我就不进去了，请你代我把这三个盒子分别交给他们吧！"说完放下盒子走了。

此时三个女儿都围了上来，小女儿看着一只盒子说："这只盒子是我家的。"说着就打开了盒子，一看，是一台笔记本电脑，还有一张纸，上面写着："豪爽大方能力好，可惜歪门走斜道，退还电脑笔记本，才高还须品德好！"那小女儿看着纸条愣在那里。二女儿也见到了一只自家的盒子，打开一看里面是十条中华烟，也有一张纸条，上写着："头脑活络算盘好，做事精细口才高，为谋私利香烟送，犯下行贿罪一条！"二女儿也手拿纸条愣在那里。剩下的一只很小的盒子就是大女儿家的了，大女儿也打开小盒子，只见里面什么也没有，只有一张纸条，上面也有四句话："处事公正口碑好，村民齐声来称赞，三年村长有政绩，上调区委去报到。"

王金花心里有数了，她看着小女儿和二女儿灰暗的脸色，说："官场上跌倒是常事，何况还是个小小村官，不当也罢，不要灰心，后头的路还长着呢！但你们要向你大姐学习，要帮助老公做好事做好官！"她看了看大女儿又说："你也不要太高兴，官做大，人却难，你可要紧紧看着老公，叫他仍然心里想着老百姓，千万不要跌倒！"

就这样，王金花的这顿寿宴，在三个女儿的各种不同心情中结束。

局

瞿维婷

这几天，横村的陈大伯心里急得像热锅上的蚂蚁，儿子陈彬马上要大学毕业了，可工作还没着落，想想陈家世代务农，好不容易出了个大学生，总想着要出人头地，光宗耀祖吧。可偏偏儿子不听劝，非要搞什么个人创业，一听，陈大伯就气不打一处来，个人创业不就是个体户吗？辛辛苦苦给他上学的钱不是白花了吗？好在儿子还听话，被陈大伯骂了几次后，终于答应先去考公务员。

这天傍晚，陈大伯正在家吃饭，隔壁的王婶过来串门。问起陈彬的工作，陈大伯自豪地说："去考公务员，将来陈家要出大干部了。"王婶不屑一顾地说："考国家单位，拿铁饭碗，现在都是要有门路的，你们家一没关系，二没路子，是没用的。"一席话，说得陈大伯心里七上八下的。

几天后，陈彬放假回来了，陈大伯就说起了王婶的事，儿子笑笑说："爸，现在不一样了，要靠自己本事的。"

第二天，陈大伯把陈彬叫到身边，从衣柜里拿出了一张存折，神秘地对儿子说："这是我跟你妈积攒下的2万块钱，明天我就去县里，听你王婶说，要去找县人事局的李局长才有用。"陈彬一听急了，忙说："爸，您这是干啥呀，要犯法的！"陈大伯两眼一瞪，怒气冲冲地对儿子说："什么犯法，小孩子知道什么，爸有办法。"陈彬劝了几次都没用，想了想就对父亲说："要不这样，明天我和你一起去，也有个帮手。"陈大伯一听觉得有理，便点头答应了。

第二天一大早，陈大伯就和儿子陈彬往县城赶。到城里已是傍晚了，没办法，陈大伯决定和儿子陈彬先在旅馆住下。

他们住宿的旅馆不远处是一个人民广场，夜幕下的广场人头攒动，灯火辉煌，一群阿姨们在音乐的节奏中翩翩起舞，广场附近有一条长长的美食街，各种海鲜琳琅满目，走出旅馆的陈大伯如刘姥姥进大观园，第一次见到这样的场面，看得眼花缭乱。父子俩人找了一个地方坐了下来，准备吃点东西。突然，陈彬的手机响了，接了电话后对父亲说："爸，有同学找我，你先吃着，我马上回来。"

菜很快上来了，陈大伯高兴，就买了一瓶白酒，自己先喝起来。

这时，邻桌忽然来了三四个年纪轻轻，却像干部模样的人，只见其中的一人说道："李局长，喝啥牌子？"那个年纪稍大的说道："随便吧。"李局长？人事局的局长不是也姓李吗？陈大伯来了兴致，把服务员叫了过来，一问，果然是人事局的李局长。"真是老天有眼，太好了！"陈大伯暗暗高兴，急忙对服务员说："他们结账的时候就说一个乡下老汉已经替他们结了，喏，这是600元，够了吧。"服务员连忙点头："够，够。"此时，陈大伯开心地笑了，随即他来到一个僻静处，专等这位实权人物喝完酒后再上前跟他们央求儿子工作的事。

等啊等，他们终于喝完了酒，走出美食街。陈大伯赶紧追了过去，双手作揖道："领导酒喝好了？"他们几个一愣，其中一人问道："请问你是谁？"陈大伯忙到跟前。"我就是刚才给你们结了酒账的乡下老汉。""噢，是你这位大伯啊，可我们不认识你啊"，陈大伯就把儿子毕业想到机关单位工作的事说了一遍，最后他把李局长叫到一边，掏出携带在身上的2万元钱硬塞给了那个李局长："一点小意思。"李局长忙推辞，但陈大伯坚持要给。李局长就跟陈大伯说道："我给你留一个手机号码，叫你儿子明天直接打电话，不要来单位，人多嘴杂。"陈大伯一听，欣喜万分，马上将对方的手机号码记了下来。

陈彬回来后，陈大伯就把刚才的巧遇告诉了儿子。真是"有钱能使鬼推磨"。不出两个星期，儿子陈彬就上班了，单位在建设局，陈大伯高兴的合不拢嘴。

一转眼，两个月过去了。这天，陈大伯来到了城里，一来想看一下儿子的工作单位，二来带些土特产感谢领导。可当他来到建设局时，对方说他们建设局没有陈彬这个人。陈大伯听了一愣，急忙说："不可能，我儿子是刚分来不久的大学生，是人事局李局长亲自安排的。"对方说，真的没有。陈大伯一听，腿都有点软了，转头就往人事局赶。

当人事局的李局长出现在陈大伯面前时，他彻底呆住了，眼前的李局长根本不是两个月前在广场上见到的那个李局长。这人细高个，50多岁。此时，陈大伯差点晕倒在地。这个李局长立即问陈大伯咋回事？陈大伯就一五一十地将两月前的一幕及给了对方2万块钱的前后经过说了一遍。李局长一听，摇了摇头道："老人家，你咋这么糊涂啊。现在的骗子太多了，他们打着为大学生找好工作的幌子到处骗钱啊。"李局长说完后，迟疑一下，问道："老人家，既然他们骗了你，那你的儿子咋骗你在建设局上班呢？"李局长这一提醒，陈大伯顿时想到了儿子给的手机号码。李局长立即拿出手机，并将拨通了的手机递给了陈大伯。电话那头传来了儿子陈彬的声音，陈大伯问儿子："你现在哪儿？"陈彬说："我正在建设局上班呢。"陈大伯不动声色地说道："儿子啊，咱们家今年种的红柿子大丰收，我带来一些，要感谢给你安排工作的领导，我在人民广场呢，你快过来。"想不到那边的陈彬爽快说道："爸，我马上就到，顺便把李局长也叫来。""啊？"陈大伯一惊，那个李局长也迷惑了。

李局长和陈大伯很快来到了广场一角。不一会儿，一辆小车停在了陈大伯的面前，从车上下来4个人，陈大伯一看，除了儿子陈彬外，另外3个人就是上次在美食街碰到的3个人，陈大伯有点蒙了。这时，李局长说话了："你们几个招摇撞骗，竟冒充国家公职人员，这可是犯法啊。"陈彬立即走到李局长面前耳语了几句。"是这样啊。"李局长哈哈大笑了起来，这一下陈大伯更糊涂了。这时，刚才从车上下来的一位来到了陈大伯面前，握住陈大伯的双手说道："对不起老伯，我根本不是什么李局长，我们都是陈彬的同学。"

"同学，什么同学？怎么回事？"陈大伯惊讶地望着他们。又转过头看向儿子，见儿子点点头，陈大伯生气了："广场上那出戏是你们合伙骗我的？"

原来，陈彬毕业后与几位同学早就约定发挥自己的专业特长，成立公司，自主创业。后来知道父亲的愿望后，怕伤了老人家的心，和同学一起商量就唱了这出戏。

这时，陈彬的那几个同学说道："老伯，现在国家都在倡导大众创业、万众创新，咱年轻人的观念早已经转变了。我们公司虽然成立了只有3个月，但社会对我们很支持，已经争取到150万元创业基金了。"李局长站在一边也连连点头，握着陈大伯的手说："老伯，他们说的没错，眼下是年轻人的天下，是他们施展才华的好机会，只要有真才实学，有专业技术，到哪儿都一样会成才的，会给你们陈家争光的。"

此时的陈大伯脸上虽然面露疑惑，但还是坚定地点了点头……

战友

韩成兴

孙勇和周兵是战友，那天两人一起喝茶聊天，周兵讲到了在滨海区当文广局局长的另一位老战友——赵亚泉。他说："赵亚泉当了局长后，几年工夫就买了大房子，光装修就花了近两百万元，家里一个抽水马桶要十八万八千元，说是西班牙进口的玛瑙马桶，微电脑控制，功能相当多。夏天坐在马桶上，温度刚好是十八摄氏度，说不出的舒服；冬天坐在马桶上，温度升为二十八摄氏度，热烘烘，越坐越想坐。除此之外，按钮一揿，水就冲出来了，先是由内到外旋涡式，再是由下而上喷雾式，末了，暖风机吹起来，还带着轻音乐，使用起来简直是一种享受。"

孙勇听了周兵一番话，说："是吗？改天我也去见识一下。"

周兵惊讶地问："我们三个虽然是老战友，但自从赵亚泉当了局长后，你不是从来不上他家，平时也都不联系了吗？怎么突然想去了？"

"我已好多年没去了，该去看看他了。"

孙勇、周兵、赵亚泉是一同当了五年兵的老战友。复员后，孙勇、周兵都进厂当了工人，而赵亚泉进了镇文化站当干事。开始几年，三个人走得很近，可自从赵亚泉当了局长后，孙勇就一次都没有去过赵亚泉的家。

第二天，孙勇骑着自行车去了赵亚泉的家。赵亚泉见了孙勇，热情不减当年，紧紧地握住了他的手。孙勇坐下后仔细一看，这堂前摆着一张半新的西餐桌，桌旁有四张木椅子；靠西墙放着一个长沙发，沙发前有一张旧茶几，虽旧，但干净。孙勇心想，周兵说近两百万元的装修费，真心看不出呀，难道这些家具都是古董？

正在孙勇疑惑之时，赵亚泉的夫人端了一杯热茶给他。孙勇谢过之后，对赵亚泉说："我想去洗洗手。"赵亚泉说："你咋斯文起来了？喝茶不用去洗手，等下吃饭再去洗吧。"孙勇只好坐下来喝茶。

赵亚泉笑嘻嘻地问孙勇："孙勇，别来无恙？"

孙勇耸了耸肩说："托赵局长的福，我饭吃得香，觉睡得好，一切都好。"

"我说孙勇啊，你这根老油条，至今还油味十足。喝茶，喝茶。"

孙勇装着品茶的样子，头一歪："赵局长，我难得上门一趟，本想喝杯好茶，可你这杯茶比我平时喝的好不到哪里去，你的西湖龙井和高山云雾茶呢？咋不拿出来让我品尝一下？"

"这茶叶是我在参加工会活动的时候，从一个老农家里买的，无农药残留，绿色环保。西湖龙井和高山云雾茶我哪喝得起，就是喝得起也没必要喝那么贵的。"

孙勇想，你就装吧，等下那个玛瑙马桶看你怎么解释。

喝了一会儿茶，赵亚泉说："老战友，你一向爱喝酒，今天我陪你喝两杯。"说着就要去拿酒。

这时，孙勇看了赵亚泉一眼，说："我想去洗手间洗手。"

赵亚泉说："在我这儿不用太讲究，等下吃饭再去洗手。我端酒去。"

孙勇心想：我可不是为了讲究，只不过是想见识一下你那么多功能的玛瑙马桶。你该不会是怕我揭穿你的西洋镜吧……

孙勇正想着，他们夫妻俩拿了酒、花生米、腊鸭肉放到了桌上。赵亚泉和孙勇相对而坐，举杯同饮。

赵亚泉问："老孙，家中嫂子可好？"

孙勇嘻嘻一笑，说："托赵局长的福，老伴一切都好。"

赵亚泉说："你的油味不减当年，想来日子过得幸福安康。"

孙勇咂着嘴做出品酒的样子，眉头一皱说："我看你这个酒，同我家里经常喝的金谷醇也差不多，你几百元钱一瓶的酒为何不请我喝一杯？"

赵亚泉说："老战友啊，这酒给你猜对了，去年年底，我去批发了两箱稻花香酒，一箱送给岳父大人，一箱留着自己喝，价钱与金谷醇差不多。几百块钱一瓶的酒我家里可没有啊！"

两个人一个表示歉意，一个表示谅解。

孙勇心不在喝酒，惦记的是那个马桶，于是他装作内急的样子说："老赵，我想上厕所。"

赵亚泉说："好好好，卫生间在右手边，你请用。"

其实孙勇哪里是内急？他是急着要去看看那个微电脑控制的玛瑙马桶。

只是没有想到的是，一会儿，孙勇浑身湿淋淋地跑了出来，心里不停地嘀咕："这个周兵尽胡说，哪来的多功能玛瑙马桶？就是一个普通坐便器，一个普通浴缸。害得我开了淋浴龙头，弄得这副狼狈相，真是难为情。"

赵亚泉端着饭菜从厨房里出来，看到孙勇这个样子，笑着问："你这是怎么啦？"

孙勇抓着头皮说："老战友，不瞒你说，周兵说你当了几年局长，房子买得很大，光装修费就花去近两百万元，还说你洗手间里的抽水马桶是西班牙进口的。我今天一是来见识一下，二是来看看你赵亚泉同我还是不是一条道上跑的车。"

赵亚泉拍拍孙勇的肩，笑着说："你呀，实话告诉你吧。前几天，周兵到我家来叙旧，谈起你这个老战友，他说你有个臭脾气，不管是老同学还是老战友，只要谁有一官半职的，你就不肯轻易上人家的门，说不敢高攀，所以他才编出一套瞎话来哄你上门，你果真上了当，哈哈哈哈！"

孙勇非常不好意思地问："那你的这些旧家具也不是古董？"

"孙勇啊，你还是像在部队时那样风趣幽默啊！我哪来什么古董！"赵亚泉笑着说。

孙勇立正，敬了个军礼说："你还是我眼中那个衣服上打着九个补丁的补丁排长呀！"

赵亚泉也回敬了个标准军礼说："你也还是那个风趣幽默的炊事班班长呀！"

两个战友的手紧紧地握在一起。

他们俩再次坐下时，孙勇说他这次带了点东西，原以为拿不出手，现在看来，用不着怕寒酸了。

赵亚泉说："孙勇，这就是你的不对了，你要是也来这一套可别怪我生气了。我看你啊，千万别拿出来，免得伤了我们战友之间的和气。"

孙勇说："我这点小礼物，你无论如何得收下。老战友，你想一想，退伍前，我们在聚餐的时候，大家举行了吃什么比赛？"

赵亚泉想了想说："红辣椒，白大蒜！"

孙勇说："对，在部队五年，学会了吃红辣椒，白大蒜。今天，我把这红辣椒和白大蒜当作礼物送给你。这红辣椒是祝你的事业、家庭红红火火，这白大蒜象征你的人品清清白白。"

赵亚泉感激地说："好好，这份礼物我收下了。谢谢！"

赵亚泉举起手中的酒杯，深情地说："老战友请！"

孙勇眼里闪着泪光，举杯高声说："老战友请！"

师恩如山

孙冬芬

12岁那年，一次偶然的经历，从此确定了孟经纬的人生坐标。孟经纬的姑妈在一家拍卖行里做清洁工，这天，孟经纬去姑妈那里传个信，正好拍卖行里在进行一场书画拍卖。孟经纬躲在角落里，眼看着那些书画都以几万、几十万的价钱被一些买家买走，心中很是羡慕。其中有一个名叫李伯川的画家画的一幅题名"争鸣"的画，在孟经纬看来，也就是一棵树上两只张嘴在叫的小鸟，竟然拍出了一百万的高价。孟经纬就想，他父母辛辛苦苦在厂里干一个月，加起来也不到一万元，但这么一张画，就抵得上他父母干上八年多的收入。于是孟经纬决定，他要做一个画家，赚大钱。

好在孟经纬在家里是独子，父母也对他寄予厚望，既然他有如此宏大的志向，他们也都全力支持。于是，孟经纬此后的生活和学习就全都围绕着学画这个中心在转了，上培训班啊，请辅导老师啊，钱自然也投进去了不少。所幸也有了初步的结果，十八岁那年高考，他如愿以偿地考进了美术学院。进了美院后，孟经纬才知道，原来那个李伯川就是本校的教授，当代著名画家，尤其擅长画鸟，难怪一幅两只小鸟的画能拍出一百万的高价。这以后孟经纬就把李伯川当成自己的目标，虽然李伯川是大画家，不具体带学生，孟经纬的整个大学期间也只是听了他的几次大课，但却不妨碍孟经纬向自己的目标努力。他搜集来李伯川的画册，认真地临摹，等到毕业时，他自以为已经学到了李伯川的一些"皮毛"，于是就精心地画了一幅花鸟画，拿到艺术品市场去，想卖给那些书画店的老总，从此开始了他卖画赚钱的人生。可是令他失望的是，他跑遍了整个市场，最慷慨的一个老总也只是给出了五十元的报价，而且还要等画卖出去后再给钱。那个老总显然是位行家，一眼就看出孟经纬的画学的是李伯川，他告诉孟经纬说，光靠对着画册临摹是学不好的，必须要拜李伯川为师，当面聆听他的教诲，再按照他的要求一步一步地去学去做，最终才能学到他画中的精髓。

孟经纬这才知道，卖画赚钱，继而以画谋生这条路短期内是行不通了。五十元一幅画，那还不如像父母那样去打工呢。但所谓开弓没有回头箭，他都已经学了这一门了，如果要改行，又得从头学起，而且很可能得不偿失。所以他又千方百计地托关系、找门路，想要成为李大师的入室弟子。后来总算是皇天不负有心人，通过一位有地位的远房亲戚的推荐，李大师终于答应收他为徒了。

拜师仪式后，李伯川给了他两个任务。第一，每天去动物园的飞禽馆看鸟，看得越仔细越好，要把各种鸟的动作、眼神印入脑海，直到呼之欲出。第二，每周交一张习作。大师毕竟是大师，孟经纬每次交习作给他，他都会点评几句，话虽然不多，但却句句切中要害，孟经纬按照他的教导去做，果然技艺大进，三年以后，连他自己都觉得，他的画中已有了部分李大师的神韵。

有一次，孟经纬无意中发现，李伯川卖出的一幅画竟然是他交上去的习作，只不过是在原画的基础上添加了几笔。孟经纬心里就有些不爽，但考虑到以大师的功力，添加的那几笔，或许正好起到了"点石成金"的作用，所以他也没说什么，只不过心里却暗暗地留了意。这以后果然又发现了几次类似的事。孟经纬很生气，也终于忍不住了，于是选了个机会，装作轻描淡写地说："李老师，你上次卖出去那幅'画眉'，我好像也画过一幅相同的。"使孟经纬没想到的是，李伯川竟然说："哦，那幅画就是你的，我看看还不错，就修改了一下。"说这话时他居然连脸都不红，好像理所当然似的。不过孟经纬这么提了一下毕竟还是有作用的，一段时间后，李伯川在选用他的习作时，在自己的名字后面也加上了孟经纬的名字，所得的卖画款也分给了孟经纬一些。但孟经纬知道，那只不过是画款中很小的一部分。他觉得李伯川既贪又不要脸，画艺虽高，人品却差，从此在心里就与李伯川有了隔阂。

又过了一段时间，一位港商模样的人找到孟经纬，并道明了来意。原来他是个从事书画买卖的商人。由于李伯川早已名闻遐迩，因此他的画在港澳台及东南亚一带很受欢迎，也卖得出好价钱，但是李伯川由于年龄的关系，画得已经不多了，而且他的画在内地也是抢手货，所以他对打入境外市场并不感兴趣。于是他们就想另辟蹊径，找人模仿李伯川的画，从中谋利。听到这里，孟经纬也就大致明白是怎么回事了，说："依你们的意思，是不是要我模仿李先生的画，再以李先生的名义去港澳台及东南亚市场出售？"

那人说："是的，我们已经观察了很久，发现你的画和李大师的画相似度很高，所以才来找你合作，当然了，我们也不会亏待你，准备以每幅画五百元的价格向你收购。你考虑一下，这可是个双赢的好机会。"孟经纬在心里粗略地算了一下，以这样的价格，如果一天画一幅的话，一个月就有一万五的收入，虽然也并不怎么高，但至少他可以回报父母了。为了他学画，父母投入了那么多，他不能老是让他们看不到希望啊。孟经纬当然也知道，他这么做对不起老师，但那也是老师把他的画拿去签上自己的名字出售在先的，他只不过是以牙还牙罢了。于是孟经纬就和那个港商达成了协议。从此后，他的画就以李伯川的名义，源源不断地流入了港澳台及东南亚的市场。

但是孟经纬却不知道，现在港澳台等地的书画市场，与内地都是有消息互通的，那边李伯川的画作突然多了起来，当然就引起了重视，而且那边也是有行家的，他们经过鉴定，发现这些都是赝品，于是就开始追查。但是那些贩卖假画的商人也都是成了精的老甲鱼，早就已经切断了所有追查的线索，所以作为源头的孟经纬也丝毫没有受到任何牵连，只不过是断了一条财路而已。与此同时，假作也传到了李伯川的手上。李伯川是明眼人，他一眼就看出，这些画都是出自自己的学生孟经纬之手，但他却对别人说，这事过去了也就算了，他不想再追究。在这件事上，李伯川是直接的受害者，既然他都说别追究了，这事也就不了了之，而孟经纬却根本不知道是李伯川挽救了他。

之后，李伯川就像什么事也没发生过一样，仍然让孟经纬每周交一张习作，并将其中的几张习作署上他自己和孟经纬的名字出售。渐渐地，孟经纬的名字在美术界已被越来越多的人所熟悉。大家也都知道了，李伯川还有这样的一位高足。就在这时，李伯川筹办了一次画展，名称就叫"李伯川、孟经纬师徒画展"。在画展上展出的画作，孟经纬的画都单独署上了他自己的名字，而且数量占到了百分之七十。参观的人也都不吝赞美之词，说孟经纬的画已经深得其师之神韵，只是火候差了一些而已，听得孟经纬心里美滋滋的。但他不知道的是，几位美术界的重量级人物来看了后却并没有说什么，只是悄悄地向李伯川伸出了大拇指，赞扬他在提携后辈上的不遗余力。

通过这次画展，孟经纬的画卖出了比较好的价钱，而且也有画廊和书画店向他订画了。对此，孟经纬很感激李伯川，而且他还知道，为了办这场画展，李伯川花了不少钱，但却一分都没要他分担。可是他以前却还和老师斤斤计较，甚至还做了对不起老师的事，满怀愧疚的孟经纬终于鼓起勇气，原原本本地对李伯川坦白了他冒名向港商出售仿画的事。李伯川听后风轻云淡地说："这事我早就知道了。你在画画方面是有天赋的，但是却太急于求成。其实在书画市场上，有几个买主是真正懂画的？尤其是那些一掷千金的富豪们，买画无非就是为了附庸风雅，给自己贴贴金，所以他们买画时只看名气，没有名气的人即使画得再好，他们也都不屑一顾。如果说每个领域都有规则的话，这就是画坛的潜规则，所以我一开始把你的习作署我的名字出售，是想测试一下市场的'风向标'，之后由我们共同署名，就是要让大家渐渐地熟悉你的名字，直到举办这次画展，把你推到前台，至此，我已经尽力，以后的路就要靠你自己走了。"

孟经纬这才明白了老师一直以来对他的良苦用心，一股暖流涌上心田，他的眼睛湿润了，脑海中闪现出了四个大字——师恩如山。

第一把火

山前村美丽乡村建设要动工了!

这几天,村民们听说穷日子要过到头了,可给大家乐呵的,铜锣响彻了整个小山村,老老小小都挤到村委来看好消息了。

多年来,山前村还是只有一条机耕路弯弯曲曲通往村口,路面石头多,高低不平。一直以来全靠一山毛竹养活村里人,背几根毛竹到街上卖卖,给孩子交学费,挖笋养猪,把家畜卖了给老人养老送终。

没多少经济收入,老人自然早早为自己留好本钱,做了寿棺,想着去那个世界能过上个体面生活。

"一户多建,辅房统统要拆。"村委拿着小喇叭给大家说。

大家担心,房子拆了寿棺放到哪里去?

老村长毛估了一下,村里至少还有100多口寿棺。国家文件已经明文规定,殡葬改革不能留有这些寿棺,自行处理或者交给村里统一销毁。但毕竟是用一辈子卖毛竹的钱换来的,老年人不舍得,销毁确实可惜。再说,山前村还没有做公墓,大家还是习惯用这个。按照村里习俗,如果老伴走得早,先走入棺,后走的人也要入棺,原因是后面不入棺的话在阴间就找不到对方,无法相逢,这也确实在情理之中。

一来二去,大家就把这个家伙留了下来,没有地方放,只能找个幽闭一点的地方放起来。如今美丽乡村建设"一户一宅"的政策落实,世代苦命的山前村人等到了党的富民政策,搞美丽乡村建设当然大家都支持。

有人建议自己销毁处理,也有人建议抬到山上去,等办后事再处理。

但是大家说归说，却没有行动？原因是山前村有一位老人没有动，他又是谁？

村里王阿木，妻子20多年前就去世了，一辈子孤苦伶仃，80多岁还身体硬朗，300多斤的石头两个人抬，老王上前还能肩得起。平时天不亮就上山砍木头，大家都明白，老王伯上山砍柴，其实是为了清理山路边的杂草藤条，方便大家上山，也方便自己到山顶看看老伴的坟。

王阿木只有一条半腿，隐姓埋名，为啥缺半条腿？故事后来才知道。原来是1950年，王阿木跟"老伴"在参加抗美援朝战争中相识，"意外"成了夫妻。讲起这段故事，其实老伴还是老班长牺牲前嘱咐阿木照顾的"嫂子"，后来老伴走了，没留下儿女。只留下老连长给阿木的一个烟盒，里面一张纸，写了托付阿木要照顾好"嫂子"的几句话。阿木当年在前线被老连长所救，回山泉村后一直隐姓埋名，和当年的"嫂子"后来走到了一起，成了夫妻。老伴走后便一个人生活。

青山有幸埋忠骨，王阿木成了村里德高望重的革命英雄，只要他肯出头，群众一定服从。当然大家还怀着对英雄的敬仰之情。

拆违整顿工作拉开序幕。

村书记三步并两步，来到王大伯老屋门口。

"呃！"

一位白发老人正襟危坐，一身土黄军装，一枚铮亮的军章在胸前熠熠生辉，着实把村书记吓了一跳。

"大伯，现在村里搞美丽乡村建设，您老可要为村里带头行动哈！"老爷子脾气犟，开口就说："让我再想一想，快入土的人了……"

老爷子有些不太情愿，但欲言又止。书记倒吸一口冷气，只好先行离开。

听说第二天镇领导要先来现场看看，于是，天刚蒙亮，书记就往王阿木家跑，想着把事情先落实好，等领导来了也好心里有底。

一看，铁将军把关，门锁了！人去哪了？

"门锁了，肯定出门了！腿不方便，能去哪？"

"会不会想不开啊？不可能的！"

书记喊了几个人分头找。老人没联系方式，会不会去走亲戚了？有可能去河边打水了？要么老年中心？

"一个活人，能去哪？分头继续找。"

村老年活动室没有，村口桥头也没有，亲戚电话问了没有。正在溪沟洗衣服的王大嫂说："一大早就看到大伯挂着拐杖往山那边去了。"

于是，大家就一个方向朝山顶爬。

不出所料，果真在山上。

"老兵呀！姜还是老的辣！"

山顶登高望远，墓碑向着北，那个遥远的地方。

土坟前一位老人眺望着远方，只听到老人在坟前说话，好像是自言自语的对话，说给一个人听。

"英子，我们吃了一辈子的苦，要出头了，这可是8000万啊！这么多钱数都数不来，国家补贴8000万建设美丽乡村！山前村可要翻天覆地了，正如你我所愿呀……"

老人一会儿站，一会儿坐，嗓门响亮起来。

"这次我要跟你商量一个事情，我是共产党员，为国家出钱我没有能力，办事我可要带头了。我的寿棺里面一直藏着我写给老班长的书信，没有老班长护着我，那些弹片就在我身上了，我也不会活下来！在我心里，这么多年一直惭愧。如今寿棺销毁，信件我带来了，都说没有这寿棺，在另一个世界会找不到你，但是不管你和班长在哪里？我一定会去找你！"老人深情地流下眼泪，不停地摸着石碑，从手里掏出一个火柴，正要点燃那一沓信件，被老村长一步上前阻拦。

"敬礼！"一声响亮的命令，大家对着坟前齐刷刷举起右手，老人缓缓放下手臂。

"王大伯呀，这可是历史资料呀！烧不得！烧不得！实在太好了，太好了！"老村长连忙接过这沓信件，喜出望外。

想不到这次不仅清理了遗存的寿棺，还得到了老英雄的宝贵信件，美丽乡村真是需要这些宝贝呀！

后来，王阿木的给老班长的信件和给"嫂子"的情书成了爱国主义的生动教材。

村口的大操场从来也没有这么热闹过，一具一具寿棺在村口大操场横七竖八垒了一座山，准备先碾压，然后焚烧。

这就是山前村美丽乡村建设的一把熊熊烈焰。

打假 3·15

楼飞

"85后"的张宇被提拔为第一批年轻市管干部，担任市场监督管理局局长。与以往的局长不同，张宇个性高调，做事风风火火，与管辖单位也没有边界感，一时引来不少非议。

眼看就到3月15日，按以往惯例，3·15当天市场监管局会联合新闻单位张罗一场打假晚会，通过之前各地检查、暗访，甚至是蹲点突击，把质量不过关的单位、产品曝光出来，让百姓的舆论来监督市场。可张宇上任也一段时间了，都说新官上任三把火，火是没见着烧起来，张宇的办公室里倒是车水马龙。以往局长是最忌讳管辖单位来拜访，尤其是在这个节骨眼上，张宇倒好，老虎赶到脚后跟也没见什么动静，每天热衷接待各方来客，消息一出，慕名而来的人越来越多，一段时间下来，赢得了"亲民"的好口碑。

看局长没有动静，办公室搞宣传的老李硬着头皮来问："张局长，今年的3·15主题是什么？"

张宇笑笑说："不搞了！"

老李一脸茫然："这几十年的活动，说不搞就不搞了？别说我们，连老百姓也不能接受吧？"

张宇见老李认真了，笑着说："那你说怎么搞？抓几个典型？"

老李一时琢磨不透局长心思，心里暗暗思量：前段时间进进出出的拜访者，怕是典型难抓了。

张宇见状又说："我知道你是担心工作，放心吧，这事我自有安排，年年典型年年抓，何时才能抓得完哟！不如今年我们不抓反面抓正面，你看如何？"

老李心中一阵气愤，什么冠冕堂皇抓正面，还不是收了人家的好处，面面是情，不好得罪。论资历，老李在局里快三十年了，什么样的人没见过，张宇年纪轻轻被捧到这个位置上，哪会受得了糖衣炮弹？老李一开始就不看好这位高调的年轻局长。如今官大一级压死人，他爱怎么弄就怎么弄。随口应付："我们听局长的。"

见老李有情绪，张宇没有解释，只说："这事你别管，我会亲自跟进。"老李碰了一鼻子灰，心中很是不爽。

老李出门后，张宇看了看表，给同学秦明去了个电话："老同学，不是一直心心念念新开的海鲜楼吗？怎么样，今天一起去？"

电话那头一阵兴奋："就等大局长这句话了，酒要带上吗？"

"我请客，你带上吃饭家伙，晚上6点钟，海鲜楼门口见。"两人约定后挂了电话。

晚上，两人在海鲜楼找了个隐蔽的包厢落座，秦明看张宇抢着点菜，笑着说："不贵我可不吃，大局长请客，可不能太寒碜。"

张宇笑着说："放心吧，点的都是时令货，难得腐败一次，必须让你满意。"说完两人哈哈大笑。

两人谈笑风生，桌上的菜也差不多吃完了，秦明说："是不是邀请一下主角？"

张宇看了看时间，立即拨通了一个电话，接电话的人正是海鲜楼的老总，对方一听张局长在自己的酒店吃饭，不到一分钟就踩着风火轮来了。

老总一进门就点头哈腰，又是递烟，又是握手，一副受宠若惊的模样。

正在这时，张宇突然眉头一紧，双手捂住了肚子，其他人一看都愣了神，等反应过来，张宇已经捧着肚子跑洗手间去了。秦明一脸严肃地问老总："你们家海鲜有问题吧？好好的人吃成那样了。"

老总吓出了一身冷汗，连连保证食材一定没有问题，经得起检验。

想到自己初来乍到，三番四次想约张局长来自己酒店吃个饭，拉拢一下关系，张局长都说有时间会来。今天好不容易盼到了局长，有机会好好表现一下，想不到局长吃坏了肚子，这可怎么收场才好？

这时，旁边的助理在老总耳边悄悄咬了下耳朵，老总听后一摸额头上的汗，总算直了直腰板。没过多久，张宇回来了，一副无精打采的样子。老总见状立即上前扶住张宇，顺手把一张卡塞进张宇手里。张宇摊开一看，是一张价值一万元的消费卡，顺手举到秦明跟前说："你看，这就是不重视质量的代价，以一赔十！"

说着，拍着老总的肩说："记住了，维持你们生存的是产品的质量。今天我们先走了，回头再找你。"说完两人扬长而去。

老总见张宇没有生气，笑着对助理说："还是你机灵，我们的东西都是货真价实，怎么可能会吃坏肚子，要不是你点破，差点坏了大事。唉，现在的官员真是越来越难伺候了，我去他办公室那么多次，明着给不要，还想这么多花头。"

3·15晚会如期开展，这次的主题是：局长探店！活动的主持人正是电视台的秦明。在这之前，张宇先是对辖区所有企业、商家进行摸排，锁定探访目标，秦明用随身携带的针孔摄像头来记录，两人以普通消费者的身份对城市吃喝住行进行暗访。至于海鲜楼的事，是张宇假装吃坏，视频作了技术处理，变成商家的承诺："食材新鲜，假一赔十！"

第二天，张局长把一个装着1000元现金的信封和那张一万元的消费卡交给了老李，让老李去海鲜楼帮自己结账。老李看着信封，又想到3·15晚会，心里默默为年轻局长竖起了大拇指：还是年轻人有想法！

被弄脏的燕尾服

金柏泉

今天是入职考试的日子，全区就招一名音乐老师，却有40多名来自各所音乐学院、师范大学毕业的研究生和本科生报名参加，其激烈程度可想而知。

昨晚早早地进房间休息的马东东，本想养精蓄锐以最好的状态面对各面试官，可是凌乱又惶恐的心绪加上一夜风雨的嘈杂，久久无法静静入睡。

"咱名牌音乐学院的优等研究生，专业上完全有能力接受任何人的挑战，只是不要被有来头的人掺入专业之外的干扰，那就是一定没有问题。"老爸这句似在安慰又似在担忧的话语，更让马东东心神不宁。

过了半夜才进入梦乡的马东东，被一阵叽叽喳喳的鸟鸣声吵醒：不好，睡过头了，闹钟怎么没有响？

虽已是初夏时节，雨后的清晨还是有点寒意。马东东开着爸爸的小车匆匆忙忙往考点赶去。

雨停不久的马路积着一汪汪雨水，车轮滚在湿漉漉的路面发出"嚓嚓嚓"的声响，遇到积水的地方马东东本能地点一下刹车，以免脏水因车速过快四处飞溅。

快到考点门口时，发现一名穿着一身崭新燕尾服的同龄小伙子步行在人行道上。马东东觉得好奇，这种服饰一般在大型音乐会时才会穿戴，怎么会出现在街头？

马东东忍不住侧头多看一眼。好面熟，应该在哪个培训班或者其他什

097

么场合见过面，他一定也是来应考的……

还没来得及想个明白，不好！车轮快速压过一摊积水，"唰——"把路边的"燕尾服"溅得一身泥水。

马东东连忙靠边停车："对不起！对不起！真是不好意思。"

马东东一边道歉一边试图用餐巾纸帮"燕尾服"擦拭，刚想怒斥的"燕尾服"看到马东东这个表现，而且也认出是熟人，立马换了一种态度："没事没事，不用不用。"

怎么没事啊？"燕尾服"左侧的衣裤湿了好大一片。要是平时，就算买一套新的赔他也不为过，可是马上就要面试了，时间上不允许。

"你把脏衣服脱下来我带回去洗，你先将就穿我的外套吧。"马东东边说边脱下自己的西装。

经过再三推让，"燕尾服"拗不过马东东，换上了马东东递过来的衣服。

好在两人的身材相仿，完全看不出"燕尾服"穿的是别人的衣衫。

马东东终于想起，"燕尾服"的大名叫吕冲。小时候一起在区文化馆上音乐培训班，吕冲妈妈总是给小胖墩吕冲穿一身燕尾服童装来上课，很有那个外国大胡子男高音的范儿，大家都叫他"燕尾服"。

看今天的装束，"燕尾服"的燕尾服情结一直延续着。

考试开始了，马东东和"燕尾服"排在后面几位，他们与其他的考生一起等候在旁边的候考室，隔着玻璃观摩考试的场景。

等"燕尾服"进去面试后，感觉有些凉意的马东东发觉他随身带的燕尾服差不多干了，他就搓吧搓吧衣服上的泥渍，套在了自己的身上。下一个就是自己，总不能只穿一件旧兮兮的衬衣上场。看来只能穿着这套有点不伦不类的服装参加这场至关重要的面试了。

面试官一个个正襟危坐，一字排开在考场的正上方，每人手里拿着一根决定台下这些年轻人命运的普通水笔。

现在的入职考试程序相当公正，为了防止熟人放水，面试官都是从各个单位请来的，他们之间互不认识，更不知晓任何一位考生的身份信息。

前几天，领导召集全体面试官开会，语重心长地强调，现在说情之风盛行，大家一定要做到公平公正，坚决杜绝歪风邪气；据说现在有人在考生的服饰上做文章，希望各位都多长一个心眼，按原则办事；等此次招考圆满结束，我替各位考官请功。

这两天大家都在绞尽脑汁领悟领导讲话的深刻含义，猜不透到底是什么意思。就在昨天晚上，他们不约而同地收到了这位领导通过微信发来的一只燕子的图案，图案尾部画了一个红色的圈，没有任何文字，只有一个大大的"！"。

他们还是不明白这个图案想表达什么，与前两天的讲话有什么联系，直到穿燕尾服的考生出现在面前。

一群已经考完的以及还在候考的年轻人在候考室内小声议论：某某试教部分好，某某声乐部分优，某某乐器部分专业，总体上张三、李四、王五明显突出，属于第一梯队……毕竟都是这个专业的，评价的准确度八九不离十。马东东自我感觉发挥尚好，但与大家的观感一样，挤不进前三，只能在四五位左右。

"燕尾服"在总体排名更靠后，即使不算最差，也在倒数之列。

当年的小"燕尾服"虽然很有音乐名家的派头，却少了些这方面的细胞，成绩总是上不去。但他家有钱，后来据说出国进修了。

从刚才的表现看，出国并不一定能学到什么。只是没想到，原先的胖墩现在一点都看不出富态来，简直可以用"一表人才、风度翩翩"来形容。

马东东对自己几无信心，这次肯定是没有希望了。像这样只录取一名胜者的竞技场上，只有冠军没有亚军，前几位还是后几位的排名更无意义。但马东东没有不服气，前三位确实优秀，谁上都不会令人意外。

心里有底的马东东，没有了考前的患得患失，反倒显得轻松。马东东脱下身上的燕尾服，折叠后塞入手提袋，过后让妈妈洗熨好还回去，现在只待正式结果一公布，他就可以回家向爸妈交差了。

"燕尾服"根本没有去想成与不成的问题，打来时就只是为父母的强求来走走过场的，因考点离家不远，面试一结束就走着回家了。

　　等待的时间过得特别慢，尤其在那三位都有希望被录取的考生的感受里。终于，在临近十二点的时刻，结果出来了：马东东以高出第二名十余分的成绩被确定为获胜者！

　　全场一片哗然。马东东自己也不敢相信，他怎么能是最优呢？而且高出公认最好的那几位十几分，太不可思议了。但现实就在眼前，马东东兴奋地将结果打电话告诉给了爸妈，一家人开心得大呼"胜利！"

　　成功来之不易。此刻的马东东五味杂陈，十几年来的艰辛一幕幕闪现在脑海。

　　还是上幼儿园时，因羡慕别人有钢琴，马东东非要妈妈也给他买一台。但在普通家庭，两三万元的价款不是个小数，为了培养儿子，爸爸妈妈咬牙答应了他的要求，前提是既然买了钢琴，就必须认真练习，不得半途而废。小孩子哪懂得这句话的分量，爽快地许下了诺言。

　　这之后，敲击键盘的小手疼得发肿，被培训老师训斥掉下委屈的眼泪，看别的孩子在双休日由父母带着外出游玩时羡慕的目光……多少次想放弃练习，但都被"无情"的妈妈拒绝。不仅仅因为父母赚钱不易岂能随意荒废这价值不菲的钢琴，更在于要让孩子懂得一诺千金的担当。

　　几年后，音乐上小有天赋的马东东早已爱上了这门艺术，由起初的妈妈要他学转为自己想要学。刚刚对音乐有了强烈的兴趣，幼稚小儿长成了翩翩少年。中学阶段繁重的学业又逼使他放下了对音乐的热爱，投入紧张的文化课学习。

　　再一年就要高考，偶然中瞥见电视屏幕上世界男高音歌唱家正在引吭高歌，他穿着优雅严肃的燕尾服，优美的旋律还有那气宇轩昂的形象，一下子引燃了压抑在马东东心底的对音乐的渴望。

　　已经有主见的马东东与爸妈商量，能否回头主攻音乐专业院校？这个时候临阵改变计划，有诸多风险。爸妈经过艰难抉择，最终决定背水一战，目标某名牌音乐学院。

这是父母对儿子的信任。马东东一边加紧音乐专业的训练，同时努力做到不影响文化课学习，最终以优异的成绩如愿考入那所学校。

背井离乡的马东东，在各方面都不习惯的北方城市，硬是坚持了7年之久，顺利完成了从本科到硕士研究生的学历。自从喜欢上了音乐，当一名音乐老师是马东东的梦想。十几年的苦练，就为了今天这临门一脚。终于进球啦！马东东怎能不兴奋！

等马东东回到家里，妈妈已经准备了一桌好菜，爸爸开了一瓶一直珍藏的好酒，今天一家人要好好为马东东梦想成真庆祝一番。

正要开始举杯，马东东的电话响了。

是区教育局的电话，这段时间与他们多有联络，马东东记得这个电话号码。

爸爸妈妈看着儿子接电话，只听儿子"嗯嗯"应答，没有说一句完整的话。说话间，儿子的脸色一下子变得十分阴沉，完全失去了刚才的红光。

"怎么了儿子？谁打来的电话？"妈妈焦虑地问。

"教育局说刚才公布的录取名单因为技术原因出错，真正的获胜者是吕冲，就是那个我把他衣服弄脏的人。"马东东有气无力地回答。

"怎么会这样？简直儿戏！"爸爸抑制不住愤怒。

妈妈接受不了这个大起大落的转折，无奈地落下了眼泪。

看到爸妈这个样子，懂事的儿子反倒稳定了情绪，安慰起父母来：
"本来就不应该是我的，只是也不应该是吕冲啊，要生气，最觉得不公的是前三位考生。"

还好这批考生在分别前建了一个微信群，马东东第一时间把此信息发到了群里。

这下不得了，一群年轻人把郁积在心底的怨愤像开了口子的沙袋，一泄而出：有说，这场考试一定有鬼，怎么能如此没有底线；有说，从实际水平看，马东东在三五名之间，录用他勉强可以接受，可怎么也轮不到那个吕冲啊，把他排到最后一点都不冤枉；有人提议立即向相关部门举报，要弄明白到底发生了什么事。

话说刚刚过去的一个多小时，"燕尾服"家同样经历了一场"过山车"式的冲击。早早在家等候佳音的吕家父母，看到儿子穿着一身从未见过的衣服进家门，预感到事情不妙。也无心情了解为何换了一身行头，直问考试结果如何。

"燕尾服"没有直接回答，只是陌生人似的凝视着爸妈："你们今天怎么啦？难道不知道你们儿子的这点水平？本来就不想去出洋相，非要我去试试，还莫名其妙地让我穿那身燕尾服出门，丢死人了。幸亏被人搞脏了，在考试前换了一身对方的衣服，不至于在面试官面前出丑。不过也好，虽然只是'陪个跑'，结识几位朋友算是最大的收获。"

吕家父母听儿子这样的口气，猜到录取的不是他。吕冲妈焦急地拨通了一个人的电话，想从"权威人士"口中得到确切的信息，但愿不是自己猜想的结果。

那头在电话里开口就向吕妈妈表示祝贺，很肯定地说被录取的就是穿燕尾服的那个考生。为了万无一失，在会上特别叮嘱的基础上，昨晚他还专门发图案提醒。这些考官脑子灵光，都心领神会。

"权威人士"对这件事的处理显得很是得意，既不动声色又功德圆满。

当"权威人士"弄明白那个"燕尾服"已经不是这个"燕尾服"时，一改刚才的兴奋，低沉着语气道："这个乌龙闹得有点大，看还能不能补救。"然后直接挂了电话。

吕冲这才知道爸妈一定要让自己穿燕尾服参加这场考试的目的，也顺理成章地推断出教育局后来出台的补充通知中"技术错误"的真正含义。

经历潮涌潮退的惊心动魄，吕冲还是把"失去的"重新"捡"了回来，但吕家父母再也激不起早几天就酝酿好的喜悦，心头被一层不祥的迷雾隐隐笼罩。

没过几天，官方正式发布通告：取消本次入职考试成绩，重新启动招考程序。另有消息，吕妈妈及那位"权威人士"被相关部门带走了。

那件被泥水弄脏了的燕尾服，经再三洗烫，还是恢复不到原先的模样……

田家村新来的书记

傅金祥

一

午夜了，村委办公室还亮着灯，新来的田健书记还在伏案工作。

一转眼，田建来田家村挂职已有月余。这一个多月里，他把村里的家家户户和犄角旮旯都走了个遍。通过实地调查，掌握了第一手资料后，形成了自己的优化思路。他深知要改变田家村的现状，必须要有切合实际的新思路，才能做好发展这篇文章。

此时，田建想起了下午开村委会议的情景，觉得自己肩上的担子不轻。虽然班子成员对他提出的整治方案给予了充分肯定。但涉及具体措施要落实时，就有些"塘口不清"，特别是涉及自身利益时，有人采取了防守战术，想搪塞过去；也有成员直接把利害关系给挑明了："整改方案能不能落到实处，关键是看田书记的堂姐夫能不能做一个好的表率。"言下之意很明了，摆在田建面前有一道难过的亲情关。

二

自从田建回村当了书记后，他大妈秀珍耳朵里听到的都是恭维话。可是，秀珍心里一点也高兴不起来。侄儿放着好好的城里不去，要回村来当这个书记，是不是有点傻。每每想到这些，她心里总是酸酸的。有段日子没见到侄儿了，心里又惦记得慌。这不，秀珍一大早到村口肉摊上买了块五花肉，烧了碗红烧肉，准备给侄儿送过去，顺便看看他。

刚要出门，只见田建笑着迎面而来："大妈，你这是要去哪？"

秀珍高兴地说："想去看你呐。"田建说："我这不是来了。"

秀珍说："今日怎么有空回家？"田建说："想大妈了，来看看二老，另外有事要和姐夫商量。"秀珍说："那好啊，快进屋吧。你姐和姐夫都在厂里忙着，有啥事？能告诉我？""也没什么，只是想和姐夫聊聊厂里的事。"田建边说边进屋。

秀珍给田建倒了杯水说："你不想说，我也不问。我知道你上任后，村里有千头万绪的事需要你去理顺，大妈也帮不上什么，但只想告诉你，只要对村民有利的事，你尽管大胆放手去干，不用顾及面子。"田建听了很高兴，说："有大妈给我撑腰，儿一定把工作做好。大妈我不坐了，我要到厂里去看看。"秀珍有些心痛地说："健儿，你要注意身体呀。""妈，我知道，你放心吧。"田建说着就出了门。

秀珍被田建的一声"妈"给叫愣住了，心里百感交集又不知所措。二十多年前的往事浮现在秀珍的眼前：田建出生没多久，其父在一起塌方事故中不幸去世，他母亲因嫌家境不好，扔下儿子早早改嫁了。是她和老公担负起了抚养侄儿的责任，他们把侄儿当作亲生儿子。田建小时候很调皮让秀珍没少操心。但他聪明好学成绩很好，上了大学，后来成了村里第一位硕士研究生，毕业后考上了公务员，这让秀珍感到十分欣慰。可如今他却选择了回村当村党组织书记，心里确实有点不痛快。但又一想孩子已长大，是该有他自己的选择了。她不想侄儿对她有何报恩之举，只要侄儿能平平安安地成家立业，就是对她最大的报答。

三

田建来到村东姐夫的工坊。眼前一座再熟悉不过的老宅映入田建眼帘。这是田建祖上留下来的，传到田建爷爷手里已经有近百年历史了。田建小时候和大伯大妈就住在这里。熟悉的一砖一瓦留下了田建许多童年、少年时的印记。

田建走进老宅旁的钢棚，这是姐夫的生产车间。低矮的钢棚内一股潮热的泔馊味扑面而来。雾色中一位身着工服的年轻人正在指挥几个工友往烘壁上刷纸坯烘干。此人看上去有三十岁左右，长得结实有型，一对浓眉特别引人注目，嘴角微微上翘，天生的一张笑脸，他就是田建的堂姐夫卢超。

说起这个堂姐夫，到着实是个柔中带刚的人物。虽说是大伯家的入赘女婿，却从不把自己当外人，他孝敬二老，夫妻和睦，待人热情；脑子活络，很有经营头脑。前几年，卢超看中了村里山上的毛竹资源，就想到了传统的黄纸加工工艺，于是想把老宅扒了，在宅基地上盖个像样的车间，办个黄纸加工厂。秀珍夫妇对女婿办厂的想法表示支持，但反对拆老宅，卢超只好在老宅旁边自留地上搭了个钢棚办起了纸品厂。黄纸的销路还不错，但做纸的废水带来了烦恼，一直以来，废水都未作处理偷偷排入溪河，污染了溪河。多次被村民举报，受到了环保部门的处罚。秀珍二老迫于村里的压力，也曾多次劝女婿进行治理。但他总是笑着说："治理哪有那么容易，我一年赚的利润还不够治理呢。爸妈请放心，我会处理好的。"老两口听他这么一说也心疼起钱了，就听之任之。所以，村里的领导碰上这样一个态度诚恳、屡教不改的软钉子也真拿他没辙。

卢超看见田建进来忙与他打招呼，让他到办公室里稍坐，等他忙完了就过去。田建说："不急，我随处看看。"说着就在车间里转悠起来。

车间不大，布置得有点局促，但收拾得还算整洁。田建边看边盘算着如何向姐夫摊这个底。

此时的卢超，脑细胞也在急速运转：今天小舅子来此的目的肯定不是来转悠的，莫非坊间传说要拿我开刀之事当真？不管他，他兵来我将挡，谅他也难过我岳母这一关。

四

不一会儿，卢超忙完了手头的活，就招呼田建一起来到位于老宅的办公室。

"姐夫，我姐呢？最近生意还好吧？我看你挺忙的，老不见你人影。"田建开始寻找切入口。

"你姐去城里采购物资了。最近接了几个单子，要货期比较急，所以没空过去看你。我说你也真是，好好地在城里坐机关，干吗回村来当这个书记？这又不是个富裕村，穷山恶水的多辛苦啊。"

"姐夫，我是一个共产党员，要听从党组织的安排；我更是田家村的一分子，是田家村养育了我，我有责任尽我之力，把田家村建设好，再苦再累也义不容辞。"田建深情地说。

"田建，大道理我讲不过你，你想如何我也管不了，但是我要告诉你的是，不管怎样，你不能拿家人做垫背，去实现你的蓝图。"

这时，秀珍拿着红烧肉来到了老宅，刚好听到女婿说的话。秀珍跨进门就冲着女婿说："卢超啊，你做姐夫的怎么能这样说你兄弟呢。他回来是组织上对他的信任。作为家人我们应该支持他，可不能让别人见笑啊！"

卢超见岳母来了，就立马面带笑容地说："妈，我只是提个醒而已。工作上我当然全力支持兄弟的，只要他指到东，我决不跑向西。谁让他是我的小舅子呢。嘻嘻……"

田健听到卢超如此说，觉得机会有了，就接上话茬："姐夫，你这表态可算数？我可是当真哦。"

"当然啰。不过有些事你得允我和你姐商量商量。你知道的，我家的董事长是你姐。"聪明的卢超用了一下缓兵之计，希望能做得进退有序。

田健说："你们谁听谁的我心里有数。只要你有态度，咱就有底气。"田健接着说："我回村已有一个多月了，通过调查摸底，我已有了一些设想。"卢超说："不错嘛，这么快就有了想法，不妨透露一下，让你哥也见识见识！"

秀珍想，他们兄弟有事要商议，自己也不便插嘴，还是准备午饭去吧。就此离开了。

田健："姐夫，其实今天我就是来和你聊聊田家村今后工作的思路，想听听家里人的看法。田家村的地理环境其实很不错，有山有水。由于没有规划好，村里村外、山脚溪边到处都是乱搭乱建的钢棚陋房，村容杂乱、溪河污染。环境的脏、乱、差是影响经济的重要因素。我的计划是：从整治村容村貌着手，把沿山脚溪河边搭建的钢棚等违建都清理了，把溪河的污染源给清除了，还青山绿水本来面貌。走好了这一步，就能把田家村的优势发挥出来。当然，要实施这个方案，就要牵涉到不少村民的利益，阻力肯定不会小。"

卢超说："这些年虽然环境差了点，给村领导丢了面子，可是一届一届的村领导还不都这么过来了。他们没看见？不是，他们是不想趟这浑水。牵涉到七大姑八大姨的利益，就下不了这个决心。所以我劝兄弟你也何苦太认真。"

俩人你一言我一语，谁也说服不了谁。田健觉得与其把时间浪费在这些枝节上，还不如开门见山把今天来的目的挑明了，让该来的风暴早点来，自己也好应对，于是田健对卢超说："哥，你的意思我明白，但我不想这样做。我既然回乡来了，就要承担起该有的责任，只要认准了这事对村民有利，我都要坚定不移地去实施，不管阻力来自何方。同时也希望能得到你的支持，因为这一次要触动到你的利益，要动动你的造纸厂，它可是一大污染源。你的工作做好了，就能起到一个很好的示范作用。所以希望你能理解，并成为我工作的后盾。"

田健此话一出，卢超立马来气："看来坊间在传的话是真的了。别人当官，三亲六眷都沾光。我不想沾你的光，可你也不能为了你的前途理想，拿我开刀呀。好，今天我把话挑明了，你做你的书记，我当我的老百姓，我没有那么多的鸿鹄之志。你要是说不出个让我信服的理由，我绝对不让你动我的造纸厂。"说完愤然离开了办公室。

田健看着卢超离开老宅去了车间，他没有跟上，他知道此时的卢超需要冷静一下。趁着还没有开饭，田健就在老宅的周围走走看看。

一条溪河蜿蜒而下，在老宅前绕了个弯，河埠头一棵婆娑的百年老樟树陪伴着饱经风霜的老宅。石壁萧墙、粉墙黛瓦、雕梁画栋的老宅，虽然已有些斑驳，留下岁月的痕迹，但依然透露着江南民宅的风韵。看着这幢保存完好的百年建筑，一个设想在田健脑海里产生。

五

餐桌上，秀珍夹起一块红烧肉，塞到田健的碗里，嘴里念叨着："吃呀，这是特意为你做的。"田健夹起红烧肉闻了闻说："好香啊，我最爱吃的就是大妈烧的红烧肉。"一旁的卢超则低着头只顾自己吃而不吭声。秀珍感到气氛有些不对，猜想一定是刚才俩人的谈话有些不愉快了。就夹了一块红烧肉放到卢超的碗里，说："你俩都是我的心头肉，我可不敢有偏心。"卢超扑哧一笑，气氛缓和了不少。田健说："刚才我话还没说完，姐夫急脾气就上来了，他在生我气呢。"卢超说："妈，你给评评理，他新官上任的头把火，要烧到我的头上来，他想拿我的造纸厂开刀，我能不急吗？"秀珍一听这事就对田健说："健儿，这可是件大事，你得向你哥说清楚，允他好好想想。"

田健把自己的整治方案大致介绍了一下后说："田家村造纸作坊有七八家，是村里的一项特色产业，我们不能把它荒废了。要另做规划，做大做强。之前各家在处理污水方面确实存在着困难和不足。我想治理后应该走联合之路，集中处理污水。这样既改善了村容村貌，又利用了山上可再生资源，同时发挥了你们这些老板的特长，一举数得。我想这方案应该行得通吧。"

卢超听了田健所提出的整治计划茅塞顿开，并不是自己想象的那样一拆了之断了生路，而是绘制了更美好的蓝图。再说这些年，自己的纸作坊，确实给村里带来了许多负面影响，是该整治了。卢超想到此处就冲着田健说："看来知识分子就是不一样，想得周到。兄弟今天我表个态，为了美好前程，为了美丽家园，你指向哪我就冲向哪，绝无二话。"

尾声

经过数年的努力，田家村变得山清水秀，溪河清澈，道路整洁，被市里评为了"美丽乡村"和"三星级旅游景点"。秀珍在田健的指导下，在老宅办的"大樟树山庄"也成了网红，游客络绎不绝，特别是她烧的红烧肉，食客是赞不绝口，成了"大樟树山庄"的招牌菜。卢超现在是村联合卫生纸品有限公司的经理。他们公司生产的原生态卫生纸销到了国外。田家村美丽的山山水水成了名副其实的金山银山。

第三辑

杭州市萧山区
原创故事作品集

命 运

瞿维婷

她慢慢睁开眼睛，看见眼前白茫茫的一片，转头一看，发现自己正躺在床上。"我这是在哪？"一位皮肤黝黑的小伙子正微笑着端详着她。"你终于醒了！"小伙子惊喜地说。

"你是谁？"她努力地回忆着一切。

当得知自己是被眼前这位小伙子救的，她情绪一下子激动起来，一边要拔掉输液管，一边嚷着要去死。她的手被小伙子紧紧按住，"天不会塌下来，你有什么事这样想不开？"

她茫然地望着雪白的墙顶，失声痛哭起来。反正也不想活了，没什么可顾虑的，她向他道出了自己的不幸遭遇。

病床上的这位姑娘名叫红英。小时候，父亲因病早逝，母亲丢下他们姐弟俩远嫁他乡。绝境中，是叔叔婶婶收留照顾他们，才使姐弟俩艰难地长大。俗话说"穷人的孩子早当家"。红英高中毕业后就去镇里当了一名代课教师，赚钱给弟弟上学，一直供弟弟读完大学。

一天中午，红英正在教室批改作业，突然手机响了。电话是弟弟丁伟的女朋友阿芬打来的，她带着哭腔说："英姐，伟伟出事了，从修建新房的脚手架上不慎掉了下来，在医院抢救，你赶快过来……"犹如晴天霹雳，红英立即请了假，心急如焚地赶到了医院。

经过医生全力抢救，伟伟的命总算保住了，医生告诉红英和阿芬，虽然患者脱离了生命危险，但是他两根主要的脊椎骨断裂，若不及时手术，将会有截瘫的危险，但手术费前后需要35万。

阿芬呆住了，哭着对红英说："怎么办，姐，砸锅卖铁我也拿不出这么多钱呀。"红英握着阿芬的手，坚定地说："天无绝人之路，我们一起想办法。"

原来修建婚房时，丁伟已花光了存款，阿芬刚参加工作手头没多少积蓄。红英就挨家去找亲戚借钱，亲戚们一听要借这么多钱，都避之不及。求遍了好几户亲戚，只借到3万元，单位的同事看她可怜，集体给她捐了2万元。可这些钱跟手术费相比，只是杯水车薪，无可奈何，红英和阿芬商量，只好由阿芬回娘家筹钱。

一个星期后，红英在弟弟的病床边喂食，心里很绝望，阿芬走进病房，面露难色，对红英说："姐，我家的远房姑妈同意出钱给伟伟治病。""这是好事呀！"红英眼睛都亮了。"但要求你嫁给她的儿子陈越。"红英一听，愣住了，红英和陈越是同学，知道陈越家条件殷实，可他小时候右脑患过病，动过刀，落下了残疾，走起路来瘸腿。

红英摇头说："嫁给陈越不行，我怎么能和他结婚呐。"阿芬听了有些急了，说："你身边只有这一个亲弟弟呀，你不管就没人管了，再说，陈越除了腿有毛病，其他都好的。"红英顿时语塞低下头，眼泪却在眼眶里打转。

丁伟看在眼里，唉声叹气地说："姐，我也不想为难你，可是我如果不动手术医治，以后怎么生活，他父母肯定不同意我和阿芬的婚事。"红英知道，这几年弟弟找了好几个女朋友都没能成，都因家境不好又是单亲，女孩都嫌弃他。这次好不容易有了阿芬，两人情投意合，已经到了谈婚论嫁的时机，却出了这档子事。

"算弟求你了……"丁伟的声声哀求如钢针扎在红英的心头上。"弟，你不要再说了！我嫁！"红英沉思了片刻，含泪点头答应。

这年底，红英和陈越订婚，春节后举办了盛大的婚礼。陈家也不食言，先后拿出了30万给小舅子做手术，术后又花了10万从广州请来了名医给丁伟做康复训练。半年后，丁伟终于又站了起来。

两年过去了，丁伟也过上了和美的日子，可是红英的婚姻却不那么平静。婚后，小两口性格不合，多次闹矛盾，婆婆三番五次劝说："咱家也不差你那点工资，你赶紧让我抱上孙子，工作的事，有了孩子后再找也不迟。"这样僵持了半年，红英只好辞去了学校里的工作。一开始，红英在家种花养草，购物追剧，生活虽然平淡，但与家人也相安无事。后来，高中的几个同学来找她建了微信群，经常联系，有时还聚餐外出活动，出门多了，丈夫陈越就有意见了。

有一天，红英聚会到半夜12点多才回家，陈越很生气，两个人大吵了一架。后来，红英还多次发现陈越喜欢翻她的提包，偷看她手机聊天记录。随着矛盾的积累，红英越来越觉得自己和陈越是两个世界的人，况且陈越从小在强势母亲的过度保护下长大，性格孤僻又自卑，对青春靓丽的红英十分不放心。加上婆媳住一起，矛盾不断，而每次矛盾，陈越总是站在婆婆这边，甚至有几次还动手打了红英。

红英实在痛苦极了，找到弟媳说："我和你姐夫不是同路人，想分开过……"阿芬一听，却大声道："陈越对你再不关心，但是经济上总是宽裕的，你有钱花，不是挺好的，咋不行？丁伟手术后身体大不如前，以后还要陈家帮忙的，你若离婚，那丁伟怎么办？"考虑到弟弟的幸福，红英打消了离婚的念头，这让陈越更加肆无忌惮，常在外醉酒、赌钱，赢了花天酒地，输了拿老婆撒酒疯出气。

一天夜里，红英从外面回来，当场撞见陈越在家吸毒，这一次，她对陈越彻底失望了，鼓起勇气报了警。公安局缉毒大队迅速出警把陈越抓获，关进戒毒所进行为期一年的强制戒毒。事后，无论红英怎样解释，公婆都无法释怀。这个家红英已无一席之地，她暗自流下了痛苦的眼泪，只得与丁伟协议离婚。

红英离婚后，陈家立即要求丁伟偿还他的手术治疗费，还四处散布谣言，限期一月如还不出钱，就把姐弟俩告上法庭。姐弟俩被逼到了生活的悬崖边。相互之间关系也不断恶化。失去家庭，痛失亲情，红英回到了老家，大哭一场，陷入了极度绝望之中，她精神恍惚，产生了寻死的念头。她决定，外出旅游，选择一处风景好的地方结束生命。

红英到了南方一个荒无人烟的地方，她饿得再也走不动了，喝尽包里的最后一瓶矿泉水，找到了附近的一个大水库。她感觉这里就是她的归宿，狠下心，闭上眼一直往水库里走。慢慢地，水很冷很深……

红英回忆着往事，沉浸在痛苦中。小伙子听后唏嘘不已，一边安慰一边劝说："你一时想不开，用这样的方式来结束年轻的生命，值得吗？还有你弟怎么办？"红英想起弟弟小时候小小年纪就去工地打工挣钱，那么苦的日子，姐弟俩都熬了过来，脸上的泪水又流下来了。

小伙子对红英说："其实曾经我也与你一样，当初做生意亏了100万元，相恋三年的女朋友也离我而去，当时真是心灰意冷，也曾想离开这个世界，但我这不是也扛过来了吗？活着就是本钱，活着就有希望。"红英抬头看他，心慢慢静了下来。

这个小伙子名叫周建，只比红英大四岁，目前独自承包了50多亩土地，搞铁皮石斛的种植。这几年效益不错，不仅还清了债务，还评上了劳动模范，在当地小有名气。

周建决定帮助红英走出困境，在他的安慰鼓励下，红英重新燃起了对生活的希望，她要周建收她为徒，跟他一起学习种植铁皮石斛的技术。经过半年的学习，红英很快学会了浇水、施肥、整枝、栽培等种植技术。

在俩人共同的打拼下，种植基地越来越大，效益也越来越好，红英已成为基地不可缺少的一员。当周建外出推销时，红英就在场地里料理事务，事无巨细。在忙碌的工作中，两人逐渐建立了深厚的感情，谁也离不开谁，在劳动创业中收获了美好的爱情。

那年春节后，两人回老家举行了热闹的婚礼，红英露出了久违的笑容。

花之道

城建局有个纪检干部，叫伊耿经，因做事认真、不徇私情，大家背地里都称他"一根筋"。

城建局科室以及下属单位，那在当地属于油水较多的部门。单位里的职工生个病、住个院，探望的人总是络绎不绝，有送慰问金的、高档营养品的、精美水果篮的，顺带送上一个花篮，有时花篮里还放着点有讲究的东西。

一次，伊耿经也生病住院了，单位内外没有一个人前去探望，只有局长让办公室送了一个花篮，以示慰问。第二天出院时，伊耿经特意把花篮抱回了家属区的家里，有邻居看见笑称，"老伊，你今天抱到楼上，明天还得抱下来扔掉，不就是个破花篮吗？"

伊耿经暗暗下了决心，让你们笑话我，明天我就是不抱下来。于是他专门来到街边的花店，向花店老板娘取经，打听鲜花保养的窍门，然后回家照着做。

一般的花篮放个两三天花就枯萎了，愣是过了一个星期，邻居们也不见"一根筋"下来扔花篮。有人特意从他家门口经过，偷偷往里瞧，只见花篮摆在一个柜子上，很新鲜的样子，大家不知其中道道，只是觉得有点奇怪。

"八项规定"一颁布，所有的口子都收紧，个别公家单位执行规定特别到位，干部职工的福利待遇一律取消，诸如逢年过节发点过节费、购物卡，现在都没有了，还有的像每年一次的职工疗休养、新春过节慰问品、中秋月饼、端午粽子等也被一律取消。

伊耿经每次开会都保留意见，说不合理的福利取消是对的，正常合理的职工福利还是应该有的。大家都觉得"一根筋"有点与组织唱对台戏的味道，只是他为人正直，工作也干得有声有色，于是大家也没太在意，组织上也没有给他换岗，还是让他继续做纪检干部。

过了一段时间，上面又明确发文，称"八项规定"的本意是取消一切不合理的职工福利，正常的福利待遇都应该按照规定与标准让职工享受，不应该矫枉过正，于是城建局系统纷纷遵照执行，这回倒显得伊耿经具有前瞻性了。

一次，局里分管规划的副局长生病住院了。这是在"八项规定"颁布之后，遇到有人生病，因公探望者流行送上一个花篮，祝患者早日康复。奇怪的是，副局长的病房里除了他夫妻俩和自己在，没有一个探望的人。原来大家私下里在传，这个副局长还有其他的病，可能要被"双规"。

其他人没来探望，纪检干部"一根筋"却来了，还送上了一个花篮。副局长夫妇感慨万分，连连道谢。

伊耿经说："大家都是老同事，我来探望一下也是应该的。特此送上花篮一个，你们可要学会养花之道。那就是，想要鲜花新鲜长久，需要不时地将已经腐败的花茎剪掉一截，这样能延长寿命。"他将"腐烂"特意说成了"腐败"。

次日，副局长的老婆来到城建局纪检办公室，找到伊耿经和相关工作人员，上交了一个包，说前段时间有个房地产老总送了她一个包，想不到里面还有很多钱，现在她已经将钱退给了对方，此事她是背着副局长做的，建议纪委介入，房地产老总要求私自增加项目容积率的事情千万要把好关。

包上交了，副局长的心病迎刃而解。

城建局纪委进一步调查，发现副局长确实不知情，而且副局长是前几年作为规划高级人才引进的，单位内外口碑一直不错，问题大概是出在他的家人身上。

就这样，伊耿经依样画葫芦，不少群众总反映、查查却困难、现实中又的确存在的城建局系统的老问题，还真被解决了不少。用的办法当然是，到医院送花、上办公室谈花、去"对象"家赏花，以养花之道引发感悟为政途中迷失方向的当事人指路。

花中有道、防微杜渐，养花成了许多同事的业余爱好。

城建局各项工作顺利推进，监督政府部门工作的群众满意度排名直线上升，伊耿经年底也被评上城建局系统先进个人，成为一名深受欢迎的纪检干部，"一根筋"的称呼也被大家渐渐淡忘。

琵琶奇缘

谢益龙

文兰是一家医院的医生，刚医学院博士毕业不久，与所有小姑娘一样，在这个网络时代，她也喜爱刷抖音。抖音的人工智能技术，能知晓每一个人上网浏览的喜好，为她匹配到这个城市喜闻乐见的事儿，以及她喜欢的越剧与琵琶乐曲的视频。但是文兰只看抖音，她在急救中心工作很忙，从不发抖音，刷抖音也只是为了紧张工作之余的精神放松。

文兰最近频繁刷到一个叫作"琵琶遇知音"的抖音号，这是最近滨海市出的一个本地抖音网红，拥趸众多，大约有十多万粉丝。他的作品与大部分本地网红不同，大多网红发布的是一些嬉笑怒骂、滑稽搞笑的作品，这个网红是一个帅哥，他的作品是纯粹文艺范的，有越剧演唱，有琵琶独奏，表演水平也颇有功底。一般这些都是江南女人才会有的爱好，所以他的粉丝队伍也是以女人为主，尤其是大妈、大姐这一类。

文兰打小就喜爱这些，爱屋及乌，时间一长，自然而然地对"琵琶遇知音"产生了一种好奇，并关注了他的抖音号，他的新作品发出来她偶尔也会去关注点赞，留个好评。"琵琶遇知音"的作品看得越多，文兰越欣赏他的才华。无论越剧还是琵琶，他的每个作品文兰都会看上好几遍，念念不忘，回味无穷。而且文兰对"琵琶遇知音"的容貌有种似曾相识的感觉，就是想不起自己到底在哪里见过他，作为急救中心的医生见的人也多，这个城市擦肩而过也是很正常不过的事情，是病人或者是路人都有可能，借用琵琶遇知音在抖音上说的话，"相逢何必曾相识"。

有一天晚上下班，文兰吃过晚饭闲来无事，又拿起手机刷起了抖音。

看到"琵琶遇知音"更新了作品，但这次发的作品是他的一张小学毕业照配上了一段琵琶乐曲《童年》，上面写着："回忆美好的童年，找寻曾经流失的时光。"而且在照片上特意把他自己的头像加了亮色。文兰看了照片很是震惊，这不是她的小学班级毕业照吗？她还是当时班级的班长，而这个加了亮色的小男孩就是当年的"差生"如松。文兰马上回忆起天真烂漫的岁月。当年班里如松是文兰的帮学对象，所以对如松印象十分深刻。

如松是一个十分捣蛋调皮的男孩，班里所有坏事都有他的份，因为他的作业问题或者纪律问题常被批评。而文兰是最受老师喜爱的学生，既是班长，又多才多艺，是班级的金名片。文兰小小年纪就会熟练弹奏琵琶，那曲《渔舟唱晚》，弹得余音绕梁。文兰之所以这么喜欢越剧与琵琶，因为她有一个在市越剧团弹琵琶的外婆，文兰的琴技是得到了外婆的真传；而如松父母是本地的一个解放军雷达部队领导，从小受军营熏陶，让他从小就颇有阳刚之气，但是父母工作繁忙，没顾得上管教他，养成了调皮捣蛋的个性，有一次还把文兰心爱的琵琶拿去乱弹，搞断了琴弦，让文兰伤心了好几天。但是从那次后老师决定文兰与如松坐同桌，帮助如松这个"差生"，无论学习还是行为习惯，都得让他进步。

有一年"六一"学校文艺汇演，她们班有个表演节目大合唱，都要穿白衬衣，但是如松早上穿来，却与同学踢球，白衬衣沾满了泥巴。眼看下午就要上台演出，如松父母又出差不在家，他没有钱，也就买不了新衣服，那个年代还没有网上转账，如松急得如热锅上的蚂蚁。文兰是领唱，知道这件事后，马上找她母亲替如松买来了白衬衣，让如松这个大男孩感动地掉了泪，从此心里暗暗下决心要听文兰的话，各方面也一点点在进步。

如松刚有所改变，小学就毕业了，两人后来完全失去了联系，本来他们应该是分在同一所初中，但是如松在新学期开学那天没有报到，听如松的好玩伴说他转学了，文兰那一刻感觉有点失落。

星移斗转，文兰渐渐长大，如松的形象在她脑海里也渐渐模糊。这次如松的突然出现让她又回到了当年一起上学的岁月，她主动加了如松好友。

但女生的矜持与对网络世界的复杂性的恐惧，让文兰多了一个心眼，毕竟分开这么久，不知他还是不是当年那个调皮捣蛋，不爱学习的"坏小子"。

她没有告诉如松实情，她想多看看，多了解他一点，也许不暴露自己会更容易了解如松真实的一面，"让子弹再飞一会儿吧"。她还是作为一个欣赏他的粉丝比较好。如松也没多问，两人只是礼貌的问候了一番，有时对作品话题寒暄几句。

这之后，如松又晒了他本人的一个视频，背后是"不忘初心，牢记使命"的白底红字背景，他穿着正式的西装，边弹边唱了一首《我的祖国》，嗓音还如以前那般洪亮，只是现在如松的歌声中多了成熟与自信。看到这个视频让文兰的心里瞬间感觉到了一种踏实与惊喜，如松怎么改变这么多，当初那个"差生"一下成了"先进"，让文兰喜出望外，有了更进一步了解他的想法。她马上发出信息："如松，我是文兰，你还记得曾经的小学同学吗？"

如松秒回信息："记得，我们是老同学了，将近二十年没见了。"

原来如松小学毕业后就离开了滨海市，由于父母突然的工作调动，如松也跟去了遥远的外地，再加上部队纪律严明，与外界联系不便，也一直没有机会回到故乡。如松大学毕业后回到了故乡法院工作，他说："这么多年不见，故乡改变真大，好想念同学们，特别是你，什么时候我们再聚一下。"

"好啊好啊，我也想见一下你这个网红同学，十多年没见了。没想到你也学会了琵琶与越剧，真是让人刮目相看。"文兰马上答应了如松的邀约，因为她心中有一份对如松的期待。

可没想到他们的见面，却因为一件事情的发生，提前了。

一天早上，如松急匆匆打来电话："老同学，你现在有没有在急救中心上班，我开车上班路上遇到了一个被电瓶车撞伤的老人，而电瓶车主肇事跑掉了，我想你医院就在附近，我马上送老人过来，你接一下。"

就这样两人见了面，虽然是匆匆忙忙，一个是在上班，一个还要急着去上班。但好友重逢，格外亲切，如松变帅了，变得成熟稳重了，根本看不到当年那个"坏小孩"的影子。现实中见到了，比网络上更真切，毕竟两个人当年感情就不一般，两人都有说不完的话要向对方说，但是在这种场合相见，只能默默地打量对方。老人伤得不重，一点轻微擦伤，只是当时被吓晕在地，家人赶来把老人接走了，走前对如松是千恩万谢。文兰看到这个情形，内心对如松更加喜欢，这么善良又品格高尚的小伙子，正是自己一直在寻找的另一半。本来就是有感情基础的一对，两人马上谈起了恋爱，一年下来经常约会，认定彼此都是生命中最爱的那个人。

这天，文兰说要带着如松去见外婆。外婆早已经退休在家，业余时间在青少年宫免费上弹奏琵琶课，发挥余热。敲开门，外婆热情相迎，马上发现了跟在文兰背后提着水果篮的如松，外婆的笑脸一下怔住了："你不是如松吗，怎么与文兰也认识啊？"

"外婆，是我啊，文兰是我小学同学，现在我们成了恋人。"如松羞涩得满脸通红，只留下了文兰在一边纳闷。"外婆，你什么时候认识如松的？奇怪了。"

"如松是我的青少年宫琵琶演奏班的学生啊，他可比你学得用心多了，你看他现在都成了抖音琵琶网红。"外婆满脸的欣赏。外婆又接着说道："去年我不是与你说过啊，我认识一个很不错的年轻人，想介绍你们认识，你直接说年纪还小，现在对男人没兴趣，想不到你们自己走到一起了，真是缘分啊。"

文兰事后好奇地问如松道："我心里一直有个问题，你一个大男人，怎么喜欢学弹琵琶、唱越剧，这与你一身阳刚的法院工作不符啊？而且你怎么做了我外婆的学生？"如松笑着说道："亲爱的，你说呢，我学这些还不是为了找到你，小城里没几个会弹琵琶的。而抖音就好像是一张大网，我想，只要你在这个小城里工作，凭着弹琵琶与唱越剧的人设，肯定能网到你这条喜好这个'诱饵'的美人鱼，让你关注到我。从小知道你最喜欢这些，所以我所有抖音的形象都是为了找寻你而设计的，小学毕业照片与我的工作场所视频也是为了告诉你，我的过去与我的现在有所改变。其实你加我微信时，我就知道我成功地网到了你，我在这座城市最牵挂的就是你，这是我回老家工作的主要目的。我从小就知道你外婆是琵琶高手，不难找，我通过同事打听到了外婆在青少年宫教琵琶，我在你外婆那里既学会了琵琶与越剧，又侧面在外婆那里打听到了你还在这座城市，不直接追求你也不告诉你外婆，是因为我在你面前一直很自卑，我估计在你脑子里印象不好。我想让你一点点了解现在的我。我还一直把你临别时送我的笔记本留在身边，因为上面有一句鞭策着我进步的话：'好好学习，天天向上，做一个共产主义的接班人'。"

　　如松从包里拿出那个封面变旧了的笔记本，文兰娇嗔地打了如松一下："想不到老实人也这么坏。"

山里人的情义

缪丹

　　张春林是个山里娃，大学毕业后，在城里找了工作，结了婚。由于父母已经去世，老家已没有什么亲人，因此这两年没回去过，上个月村里托人带来口信，说村里有大喜事，让他回去一次，可春林没有回去，为啥？

　　春林的老家在山区，民风淳朴，注重情义。全村八十多户人家，不论谁家有婚丧喜事，全村人都会去帮忙，并送上一份礼。春林想，我既然已走出这个穷山村，以后也不会回去了，再说自己买房、结婚也没有告诉村里人，我再去送礼岂不是吃亏了？因此他推说忙，就没回去。他本想这事就这么过去了，谁知没过一个星期，他的老同学，现在已当上村主任的张小毛找上门来了。

　　张小毛带着山里的土特产，敲开了春林家的门，脱了鞋子与春林一起走进客厅。春林的妻子兰兰见春林老同学来了，连忙端茶让座，又说："老同学难得上门，我去弄几个菜，你俩也好边喝边聊。"

　　张小毛连忙说："嫂子，你别忙，我已吃过饭了。"又解释道："我与春林虽是同龄人，但春林的生日比我大，所以我一直叫他哥。"然后转身对张春林说："林哥，你就这点不好，当了城里人，忘了老家人，你的户籍还在村里，乡亲们可没忘记你呀！"

　　张春林却不冷不热地说："我的大主任，你今天来找我，想必一定有事吧？"

　　张小毛喜滋滋地说："那当然了，前几天我托人给你带来口信，让你回村一次，可你没有回来，我这个村主任只得亲自上门来请了。"

"是谁家造房还是结婚了？"

"都不是。"接着小毛兴冲冲地告诉春林，自从打响脱贫攻坚战以来，乡里、县里花巨资帮村里修通了进村的公路，又利用竹乡的自然资源，帮助村里办竹制品加工厂，还与外贸企业签订了合同，我们负责生产，外贸企业帮助销售。由于村里底子薄，只好家家户户投资点钱，以集体合伙的形式办厂，每家都进一人做工，不出远门也能赚工资。因为原材料又都是山上自有的，卖出去的产品利润就高了，到时大家还可分红。

锣鼓听声，说话听音，原来张小毛是来拉投资的，张春林想了想说："我的大主任，这确实是件大喜事，值得庆贺，可我平时又不回去，家里也没人进竹制品厂。如今村里有这等好事，不如你自己多投资点。"

张小毛说："不行，村里规定，每户只能投一股，每股5万元，我家前年刚建了新房，债没还清呢，我打算借点钱去投一股。"小毛又说："林哥，你的户籍还在村里，山上的资源有你的一份，所以你也想办法投一股。"

张春林看看张小毛，终于明白了他的意思，原来张小毛嘴上说是叫自己集资，其实心里是来借钱的，于是张春林叹起了苦经："说起房子，我比你还急，农村建房还好，地基是自己的，造价总还可以，就算欠点债，但房子大，住着舒服，你看我这商品房，一平方就上万元，这一屁股大的地方，银行贷款每月要还好几千元的利息呢。"

张小毛听了，连忙说："林哥说的是，城里买房不容易，原来林哥买房子了，这房子不错，恭喜恭喜，为你高兴。只是……只是我们还没送贺礼呢。"张小毛边说边看看客厅，看看厨房，露出了赞许的目光。

"礼不用送，再说我也没请你们……"

张小毛临走时，客气地邀请："林哥、嫂子，咱有钱去集资，没钱等宽裕点了再集也不迟，你们有空回老家去走走，爹娘不在了，老房子不能住了，可以住我家，我家房子造好，宽敞着呢。"

夫妻俩把张小毛送走后，兰兰问张春林："春林，今天你老同学来，你冷冷淡淡不大欢迎似的，这可不是你的性格。人家好心来找你投资，多年不见的老同学了，你怎么一点也不客气？"

张春林说："这个你也信？他明明是来借钱的，你没听出来？我家确实没钱，就是有钱也不借，他这人从小就贪心，四年级时我就把他看透了，所以后来和他疏远了。"

"看着这张小毛很直率，四年级时能发生什么事儿，让你记到现在？"兰兰好奇地问。

于是张春林讲起了一件事儿，他说在小学三四年级时，教室的黑板边挂着一本好人好事记事本，谁做了好事，可以自己记上，也可以让知情的同学、老师帮着记上。那时评三好学生，注重德智体，除了成绩，这本好人好事簿就是一个重要依据，很多同学都挖空心思去做好事，有的相互帮忙记，今天你借我雨伞，明天我借你笔，甚至有的作假，而张春林因为老实，从不刻意做什么记什么。三年级时尽管他成绩不差，就因为这本子上记的好人好事他最少，最后没评上三好学生。眼见四年级又将期末评三好学生了，张春林灵机一动，他把积攒了很久的一元钱掏出来交给了班主任，说自己在教室外面捡到的。班主任在课堂上表扬了他，问这钱是哪位同学丢的？老师举着钱，问了几次都没人认领，可就在这时，张小毛站了起来，说这钱是他掉的。当他从老师手里接过这一元钱时，还向张春林笑笑，然后从容不迫地放进了自己的口袋。张春林当时就傻在那儿，心想这可是我从口袋中掏出来的钱呀，你张小毛怎么可以像真丢了钱似的认领？而且面不改色心不跳，还好意思朝我笑一下？

四年级，张春林顺利评上了三好学生，但从那时起他对张小毛有了看法，失去了信任，不再把他当好朋友，慢慢地和他疏远了。

兰兰知道了事情的缘由后说："那时都不容易，也许另有隐情吧？"

张春林说："这有什么隐情呢，他事后也没给我一个说法，他从小就这么贪心，你说我能借钱给他？能对他客气吗？"

张小毛倒也识相，回去后没有再来找过张春林，直到一年后，在一个周日的下午，张小毛又敲开了张春林家的门。

兰兰泡了茶，张小毛坐下后绘声绘色地讲起了竹制品厂如何兴旺，他说那些编织能手以及会操作机器设备的技术骨干，基本每月都有四五千元，就连普通工人也有三千元一月的工资。他还说，为了让大家脱贫致富，乡干部都帮着拓宽销路，镇上、市区不但有门市部，还有批发部，只要源源不断地生产，销路一点没问题……

张小毛兴致勃勃地说着，张春林猜想他说着说着又要说到投资的事儿了。果然，张小毛话锋一转，满脸笑容地说："林哥，我们吃肉，可绝对不能让老同学喝粥……"

张春林打断小毛的话说："我的大主任，谢谢你的好意，我和你说过了，我没钱！"

"我知道你钱紧张，这不，我给你送钱来了。"张小毛起身说。

"送钱，你不会来送还那一元钱？"张春林不客气地直接这么说了。

"林哥，我怎么会送一元钱呢，我今天给你送来的是五万元，这是你投资的本金，竹制品厂生意好，大家这本金都已赚回来了，下次就按股份分红。"张小毛边说边从手提袋里拿出整整齐齐的五万元钱。

这下轮到张春林惊奇了，平白无故地送来了五万元钱，还说以后会有分红。

这到底是怎么一回事呢？原来，张小毛去年回去后，把春林在城里结婚、买房的事儿和村民们说了。一个好汉三个帮，一个篱笆三个桩，村里一向都是相互帮着办事的，张春林工作在外，结婚、买房老家人都不知道，而他的爷爷、父母之前都为大家出过力，送过份子钱的，于是在小毛的牵头下，全村人都为张春林凑了份子钱，众人拾柴火焰高，大家一起凑了五万元钱。张小毛就帮春林把这五万元投资到厂里当股份了。

张春林拿着这五万元钱，不知说什么好，有惊喜，有感动，还有深深的歉意。

此时，张小毛问："林哥，刚才你说的送还一元钱是什么意思？"

"你我原本亲如兄弟，只因四年级时，你冒领了我的一元钱，从此你在我心里的形象大打折扣，觉得你是个见钱眼开的人，不能深交。"张春林不失山里人的本性，此时直接说出了这件事儿。

张小毛愣了下，然后抓抓头皮说："林哥，你误会我了，那一元钱当时我见没人认领，我就想到了你的'小九九'，于是我便说是我丢的，让这事儿看着更加像真的。在放学回去的路上，我看到你爷爷进理发店，和理发师傅说，他要理个发，先记着，等过些日子有了钱再还，于是我就用这一元钱替你爷爷付了理发钱。"

天哪！原来是这么一回事儿！这一元钱竟使两个好同学竟然误会了那么久，差点害了两人的关系，张春林那个尴尬和后悔呀，此时的心情他无法用言语来表达，只说了两个字："我……我……"

张小毛拍拍张春林的肩："林哥，咱们兄弟来日方长，别的不用说了，以后记得多回老家，你还是咱村里的人。"

"好，好。"张春林又对兰兰说："兰兰，快准备一下，我们与老同学一起回老家，看看家乡的新面貌和一直牵挂着我们的父老乡亲！"

理解

施兴娟

老李在全市最大的一家超市门口租了一个摊位，专卖糖炒野栗子。虽然野栗子个头比较小不怎么起眼，但由于他手上有祖传秘方，所以他炒的栗子，远远就能闻到独特的香味，刚开张不久，生意就火了起来。这不，还没有出锅，顾客就已经有两三个人等着买了。

今天是星期天，眼看着买栗子的顾客比平时更加多了起来，老李正愁着忙不过来，一个年轻人走了过来，笑盈盈地对老李说："如果你不介意的话，这会儿我来给你做帮手吧。"

见老李没有反对，年轻人立刻在摊位旁边的一把椅子上坐了下来，手脚麻利地帮着老李把栗子装进纸袋递给顾客。忙了快两个小时，年轻人突然和老李打了声招呼，说有人在找他了，他快速地起身离开了。

第二个星期天上午8点，老李正忙着要开张，年轻人又笑盈盈地出现了。他还是和上次一样坐在摊位旁边的一把椅子上帮老李忙生意，只是这次来得比较早，老李的栗子还在制作中。这次他给老李帮忙的时间比较长，直到快中午的时候才和老李告别，老李觉得很不好意思，马上拿出一张50元钱给年轻人作为报酬。年轻人先是一愣，但很快就明白了老李的意思，笑着对老李说："我这个帮忙是免费的。"边说边快步地离开了。老李赶紧拿起一袋糖炒栗子追了上去，可年轻人说什么也不肯收。

这天，老李收完摊回到家，对这个年轻人的行为在脑子里反反复复地回忆了一遍，并产生了一些疑惑……

第三个星期天到了，只见年轻人又是这个时间笑盈盈地走来了。老李突然明白："这个年轻人是来偷我祖传秘方的。"

当年轻人再次坐到摊位旁的椅子上时，老李对他不冷不热地说："呵呵！你又来了？"年轻人和颜悦色地回答："是的。"老李心想：哼，休想在我这里偷到半点秘诀！老李在炒栗子到关键环节时，他就有意识地用身体挡住年轻人的视线，不让年轻人学到一丁点的手艺。老李用这样的动作炒出了两大锅栗子，一会儿又卖完了。

快到中午时，见暂时没有顾客买栗子，老李开始向年轻人下逐客令说："年轻人，我一个人还忙得过来，不想动用你的宝贵时间了，你年纪轻轻的，有非常好的前途在，不要把时间浪费在这里。"年轻人笑着回答："我没有浪费时间，我觉得很有意义。"老李马上接着说："如果你想做学徒的话，我暂时还没有收徒弟的打算，你还是到其他地方去看看吧。"

年轻人听老李这么一说，下意识地离开椅子站了起来，先是怔怔地看着老李，然后笑盈盈地对老李说："大伯，您误会了！其实，我在这里是在等我母亲。""等你母亲？"老李不相信地说。"哪有你这样等母亲的？再说，也没有见你母亲来呀，而且是每个星期天都来等？"老李更加怀疑地说。

年轻人听老李这样反驳，知道自己被误会了，又笑盈盈地对老李说："我母亲进入了更年期，近来脾性越来越不好。一会儿要这样，一会儿要那样。最近，又迷上了购物，而且每周都让我陪她到超市买东西，我又患有腰椎病，实在陪她逛不动，就答应在门口等她，可我又不能长时间站着，那天看到你摊位旁有把椅子，就想歇歇脚，我看你生意也比较忙，就顺便帮你打个下手。"说完这些话，年轻人笑盈盈地起身走了。

老李看着走远的年轻人，突然想到了自己的老伴，这几年不也是这样的吗？一会儿说身体不舒服，一会儿又说心情不好不要烦她。更可气的是晚上睡觉，一会儿说热死了出大汗了，一会儿说冷死了发抖了。今天早上和老伴是拌着嘴出的门。老李想着想着，心里感到一阵内疚！很不是滋味……

这时，只听有顾客在问："师傅！你的糖炒栗子还有吗？"老李回过神来说："对不起！今天我家里有急事，要提前收摊了，明天再来买。"

老李收起摊快步地向家走去！

发起爱情的攻势

朱赟

在大学毕业前夕的一次舞会上，葛泰诚认识了美丽轻盈、舞姿翩翩的俞佩佩，并对其一见倾心。但遗憾的是，舞会后大家已各奔东西，所以他也就失去了向俞佩佩展开爱情攻势的机会。然而葛泰诚却不死心，他经过多方打探，了解到俞佩佩是中文系的毕业生。她的家就在离他们大学不远的一个叫"苕山村"的村子里，于是他推测，如果不出意外，她的就业目的地必定会选择留在这座城市。

葛泰诚学的是园林艺术专业，而且家里人也已经替他找到了一份专业对口的工作，就等着他去上班了，但是为了俞佩佩，他却放弃了这份工作，选择了留在这座城市。虽说这座城市很大，有几百万人口，但他相信，只要坚持不懈，就一定能找到那个他认定今生非她不娶的俞佩佩。或许是他的一片痴心得到了上天的眷顾吧，不久后葛泰诚又得到消息，这座城市要在应届毕业生中为周边农村招聘一批大学生村官，而且其中就有苕山村，于是他就毅然报了名，经过笔试面试，并最终如愿以偿地成了一名苕山村的村官。

上任那天，他发现这个村里虽然全都是一幢幢气派的小洋楼，但也全都显得很陈旧，看得出来，起码都是十几年前的建筑，就像曾经风光如今却已衰败的破落户，丝毫显示不出富贵的迹象。不过葛泰诚却没多想，他来这里的目的，说白了就是为了俞佩佩，所以一到村委会报到后，他就迫不及待地要来花名册看了起来。可是看了半天，却没有看到俞佩佩的名字，只好硬着头皮问了村主任。村主任笑着说："我还以为你在看什么呢，原来是在查俞佩佩的名字。不错，俞佩佩是我们村里人，不过她考上大学后户口就迁出去了，所以名册上没有。怎么，你们认识？"

葛泰诚红着脸说："哦，我们是同学。"

村主任说："原来是这样，那你应该去看看她。她就住在村东头，你只要问她爹俞长生的名字，大家都知道。"葛泰诚见村主任都这么说了，自然是求之不得，立刻就屁颠屁颠地跑到了村东头，找到了俞佩佩的家。可是找到后他却又犯了难，因为他虽然跟村主任说了是俞佩佩的同学，但其实俞佩佩有很大的可能还不认识他，就这么冒昧地闯进去，怎么去和人家说？人家又会怎么看他？正当他在那里东张西望犹豫不决时，屋里有个中年男子走了出来，对葛泰诚说："你在这里看什么？"

葛泰诚猜测他可能就是俞佩佩的父亲，赶紧自我介绍说："您是俞叔叔吧。我叫葛泰诚，今天刚来村里报到。"

此人果然就是俞长生，他见葛泰诚这么说，立刻就明白了，说："你就是新来的大学生村官吧，那还站着干什么，快进屋坐吧。"葛泰诚跟着俞长生进了屋，人虽然坐下了，但眼睛却还在不安分地四处乱转。俞长生觉得很奇怪，忍不住又问："你还在找什么？"

至此，葛泰诚已找不出什么遁词了，只好说："我和俞佩佩是同学，既然到了这里，就过来看看她。"

俞长生说："原来是这样。佩佩在城里找了工作。不过明天是周末，她今天下午就会回来。"真是说曹操曹操就到，俞长生话音刚落，门外就有一个清脆的声音叫道："爸，我回来了。"紧接着，那个葛泰诚朝思暮想的身影就出现在了他的面前。葛泰诚显得有些慌乱，不知道说什么好。俞长生却抢着说："佩佩，你同学来看你了。"这一说，葛泰诚更窘了。刚才他自称是俞佩佩的同学，但俞佩佩却不认识他，那不是暴露了他在说谎吗？幸好俞佩佩很善解人意，没有当面揭穿他，而是大方地和他打了招呼，还把他带到了她自己的房间。

等到房间里只剩下他们两个人时，俞佩佩这才板起脸说："你究竟是什么人？为什么要冒充我的同学？"到了这时候，葛泰诚也顾不得了，于是就把他如何在毕业舞会上对她一见钟情，又如何为了她放弃专业，应聘到苕山村当村官的事，一股脑儿都倾吐了出来。这一下，就轮到俞佩佩脸红心跳了。她想不到有一位男生对她如此倾心，这着实使她感动不已。再看看面前的葛泰诚，模样英俊潇洒，也正是她喜欢的类型。但模样毕竟只是外表，俞佩佩也是有文化的人，不会如此轻易就接受一个人的爱，她想了一下，说："谢谢你对我的欣赏，但我们还不了解，现在我是不会答应你的。"

葛泰诚说："那你要怎样才能答应我？"

俞佩佩说："等到你能证明你的诚意和能力的时候吧。"其实葛泰诚也知道，俞佩佩是不可能现在就答应他的，这样的回答已经给了他很大的希望和动力。他更知道，要证明自己的能力，目前最好的办法就是在村官的位子上干出成绩来，而且这里是俞佩佩的家乡，他能把她的家乡建设好，也就等于向她证明了自己的诚意，于是他就一心扑到了工作中去。

很快葛泰诚就知道了，原来苕山村是太湖石的产地之一。太湖石，又名窟窿石、假山石，是一种玲珑剔透的观赏石头，特别适宜布置公园、草坪、校园、庭院等园林景观，有很高的观赏价值。当年宋徽宗建造艮岳，在江南开采花石纲，运送的多数就是太湖石。改革开放以后，随着旅游业的兴起，各地对太湖石的需求量大增，苕山村的人靠着这得天独厚的资源，成了最先富起来的村落，家家户户都盖起了小洋楼。可是天然的资源毕竟是有限的，过了几年，地面上的石头便都开采完了，再要取石，就只能深挖，但深挖的成本很高，甚至要高于卖石头的收入，大家就只能作罢。而且由于当初的滥开滥采，破坏了地表，连农作物都生长不好了，所以苕山村的人就成了住着小洋楼的穷人。摸清了家底后，葛泰诚经过分析，觉得苕山村若要重新致富，还是得在太湖石上做文章。这个时候，葛泰诚所学的文化知识就显示出了力量。原来他发现，村民们以前卖太湖石，卖的都是原材料，这样既浪费资源，又得不到高的收入。而现在他要卖的是文化，也就是帮客户设计并建造太湖石景观，这样就能把太湖石卖出几倍甚至十几倍的价格，即使是深挖，也能获得可观的利润。

经过村委会的讨论同意，葛泰诚成立了苕山村园林艺术建筑公司，还亲自设计了一些园林景观的效果图，开始对外承接业务。也算是机缘凑巧吧，葛泰诚有个叫谢国兴的同学，所在的单位正好要建造一个园林景观，领导知道他是园林艺术专业毕业的，就把这个任务交给了他。葛泰诚联系上谢国兴，将自己设计的效果图拿去给他的领导看了。领导非常满意，尤其是对那块起到画龙点睛作用的太湖石，更是赞不绝口，当场就拍板将这项工程交给了苕山村园林艺术建筑公司。

掘到了第一桶金，葛泰诚自然非常高兴，还专门宴请了谢国兴。席间，谢国兴问起葛泰诚怎么会去当了一名村官。葛泰诚也不隐瞒，把追求俞佩佩的前后经过和盘托出。谢国兴听后沉思着说："你这么做我能理解，但你有没有想过，如果你做了这一切后她还是不答应，那你怎么办？"一句话就把葛泰诚给问懵了，说实话，他还真没考虑过这个问题，于是就赶紧向谢国兴求教。谢国兴想了一下后说："我的意思是，你最好能把俞佩佩拉进来共同参与你们现在的事业，两人在一起能加深感情，而且为了同一个目标去努力也能使双方更加珍惜这份感情。具体的办法你自己考虑吧。"

受到谢国兴的启发，第二天葛泰诚就打电话叫来了俞佩佩，装出一副为难的样子说："人家虽然把这个工程交给了我们，但还要我们递交一份详细的文案，你知道，我在这方面不太擅长，所以就只能求助于你了。"

俞佩佩爽快地说："那好，这个任务就交给我吧。"她答应了后，发现葛泰诚还是有些愁眉不展，又问："还有什么事？"葛泰诚说："我们的公司因为有太湖石这一别人没有的资源，今后肯定还会接到不少工程，我总不能每次都请你来帮忙吧。所以我想你不如干脆从现在的单位辞了，我们一起来干，如何？"说着他就把一张早已准备好的公司副总经理的聘任书递到了俞佩佩的面前。

俞佩佩感觉得到，葛泰诚的邀请是真诚的，而且苕山村园林艺术建筑公司也展示出了不错的前景。更主要的是，苕山村是她的家乡。一个外乡人尚且在为她家乡的建设尽心尽力，她有什么理由不参与其中，贡献出自己的一分力量呢。于是她爽快地在聘任书上签了字。

接下去发生的事不须多说，大家也一定能想象得到了。

爱玩手机的老人

孙燕华

　　柯敬禾自小失怙，是父亲柯满堂把他拉扯大的。柯敬禾心怀感恩，见父亲还在用落后的老人手机，就在柯满堂66岁生日的那一天，将一只智能手机作为生日礼物送给了父亲。但柯满堂并不需要智能机，对他来说，手机用途也就是打电话和接电话，一只老人机完全能够搞定，只不过有时和几个老朋友相聚，或者是在公园里和其他老人一起锻炼时，人家掏出来的都是智能机，他这只老人机就未免显得有些寒酸，所以也就笑纳了儿子所送的这份生日礼物。

　　紧接着柯敬禾就开始教父亲如何使用智能手机。这事说起来其实也很简单，柯满堂没有微信、QQ，他也不感兴趣，其他如公众号、抖音什么的，他更是不屑一顾，只不过他经常去外面吃早餐，看到很多人吃完早餐后，拿手机对着一个密密麻麻的小方块一照，不用付钱就可以走人了，常常羡慕得不得了，就希望儿子能够教会他这个吃早餐不用付钱的办法。于是柯敬禾就给父亲下载了支付宝，并教了他扫码付款的办法。第二天，柯满堂去巷口的点心店吃早餐时，对于自己终于能吃到不用付钱的早餐，心里很激动。他虽然要了他最爱吃的馄饨，但却没心思品尝馄饨的鲜美，注意力已经全都被别人扫码付款时发出的那些"支付宝到账6元""支付宝到账7元"的声音吸引住了，似乎这是他听到过的最好听的声音。等到一碗馄饨吃完，终于轮到他亲身体验这一全新的付款方式了，柯满堂的心激动得"怦怦"直跳，用颤抖的手掏出手机，按照儿子教他的方法，点开支付宝，又点了扫一扫，对准了那张印着二维码的有些脏了的纸片。很快，他就听到了"嘀"的一声，但之后等了好久，也没听到"支付宝到账几元"这句话。柯满堂一下子慌了，脸也一下红到了脖子根，就好像他吃了馄饨不付钱，又被人当场抓住了似的，尽管当时并没有人注意到他。不过幸好就像其他不太会用智能手机的老年人一样，他身上还是带着现金的，于是就慌乱地付了现金，逃跑一般地离开了点心店。

回到家里后，柯满堂一整天都气呼呼的，等傍晚柯敬禾下班一回到家，他就冲着儿子爆发了。柯敬禾听父亲发了一通脾气，总算弄懂了是怎么回事，说："爸，我不是跟你说了吗，我给你设置了密码，你扫码后要输入密码才能付款。密码就是你的生日。"柯满堂这才记起，儿子确实是跟他说过密码的事，但他却早就把这事给忘了。尽管如此，他还是愤愤不平地说："那人家怎么不用输入密码呢？"

柯敬禾说："人家不设密，那是人家已经有了抵御和规避网络风险的能力。"

柯满堂说："用手机付款吃个早餐还有什么风险？我也不要设密。"在父亲的执意坚持下，柯敬禾只得把他手机上的密码去了。自此后，柯满堂每次去外面吃完早餐，都洋洋得意地用手机一扫，听着那一声"支付宝到账几元"，心满意足地扬长而去。柯满堂吃早餐一般都是去他家巷口的那家点心店，现在他是到处跑，到处显摆，几乎没在同一家点心店里吃过两回，虚荣心得到了极大的满足。

可是有一天，柯满堂在一家点心店里吃了早餐后扫码付款时，却发现扫不出来了。他不知道又出了什么问题，而更要命的是，由于这段时间习惯了用手机支付早餐钱，柯满堂渐渐地也像年轻人一样，身上不带现金了，遇到这种情况，他总不能像吃霸王餐的地痞流氓一样拔脚就走吧，于是就只能红着脸对点心店的老板说："老板你帮我看看，我这手机怎么就扫不出来了？"

老板显然也不是很内行，拿过柯满堂的手机研究了半天才搞明白，说："你的手机里没钱了，难怪扫不出来了。"柯满堂觉得很纳闷，他明明记得他手机里还有几百元钱，怎么突然就没钱了呢？老板见他好像还有些不太相信，就把支付宝点开给他看，余额栏中果然显示为 0 。柯满堂这才确信他的手机里果然没钱了，而且身上又没带现金，那这早餐费该怎么付？正当他在那里不知所措时，老板显然已经看出了他的难处，大度地说："身上没带钱吧？没关系，几元钱的事，下次再来时记得补给我，不记得也就算了。"

柯满堂像是遇了大赦，急急慌慌地离开点心店回到家里，这一天也不知道是怎样度过的，等到柯敬禾下班回来，他就迫不及待地问儿子，究竟是怎么回事？柯敬禾仔细地检查了父亲的手机，面色严峻地说："爸，你的钱全让骗子给转走了。"柯满堂听了这话，顿时就像被摄走了魂魄似的呆住了。他倒不是特别心疼那些钱。他绑定支付宝的就是领养老金的那张银行卡，不过幸好他还保持着很多老年人都有的习惯，那就是每个月发了养老金都会去银行取出来，仿佛只有看到现金才相信这个月的养老金真正到了自己手上，所以留在卡上的钱并不多，基本上就是为了吃早点而特意留在卡里的几十元钱。柯满堂想不通的是，他的手机一直在他手上，从未丢失过，骗子又是怎么把手机里的钱转走的呢？难道是传说中的隔空取物？如果真是这样，那以后还怎么敢用什么手机支付？柯敬禾知道了父亲的疑惑后，笑着说："骗子也没你想象的那么神通广大，以我的推测，一定是你点了一个不明链接，骗子才会趁机侵入你的手机，把你的钱转走的。"

"侵入我的手机？怎么侵入的？"柯满堂像是在听天方夜谭，却怎么也想不通。柯敬禾知道这事一时也解释不清楚，就说："反正说了你也不懂，你只要记住，以后看到手机上出现'确定''同意''我知道了'这类的话，千万不要点击，那就不会有什么事了。"柯满堂记起手机上确实时常会跳出来一些页面，还有"同意""拒绝"之类的选择，他也不知道这是些什么东西，所以一般情况下，他是既不同意也不拒绝，而是直接就关闭了。这次难道是不小心点了同意，才会被骗子把手机里的钱转走的？从此以后，柯满堂在这方面就特别注意，一看到有"同意""允许"之类的字出现就忙不迭地立马删除，几乎已成了惊弓之鸟。

德寿宫遗址博物馆建成开放后，很快就成了热门景点。和柯满堂一起在小区公园锻炼的人们，这几天都在谈论这件事。由于柯满堂没去过，插不上嘴，显得很孤单，于是这天他也去了德寿宫。可是到了那里一看，博物馆人气太旺，为了保护文物，采取了限流措施，规定必须通过网上预约后才能进去参观。虽然对于到了一定年龄的老年人可以免约，但柯满堂却正好卡在那个年龄之外。其实预约也很简单，大门边就竖着一块牌子，上面明明白白地写着预约的流程，只要照着操作就可以。可是柯满堂不会呀，就在他唉声叹气干着急时，旁边有位漂亮的姑娘似乎看出了他的难处，热心地对他说："大伯，你是不会预约吧？我来帮你吧。"她拿过柯满堂的手机，按照牌子上注明的流程，很快就搞定了，然后就要柯满堂在提交申请中的"确定"上点一下时，柯满堂的脑子里突然像火花似的一闪，记起了儿子对他说过的话："以后手机上出现'同意''确定'之类的字，千万不要点击……"而现在这姑娘竟然要他在"确定"上点一下，这不是骗子还能是什么？于是在他的眼中，眼前这位美丽的姑娘似乎立刻就变得面目丑陋。他一把从姑娘手中抢回手机，怒冲冲地甩手而去，把姑娘惊在当场，不知道究竟发生了什么事。

当天晚上，柯敬禾对父亲说，明天他的女朋友李卉要上门来。柯满堂听了非常高兴，儿子娶亲的大事本就是这几年来他一直都盼望着的，如今准媳妇要第一次上门了，这可是大喜事啊。第二天一早，柯满堂就去买了许多好食材，准备好好地招待一下准媳妇，可是当那位准媳妇一进门，和柯满堂一对眼后，两个人都呆住了。李卉也想不到，她的准公公竟然就是昨天在德寿宫门前无缘无故向她发火的人。柯敬禾很快就感觉出气氛不对，询问之下，才明白了是怎么回事。误会当然很快就解除了，但柯敬禾和李卉却认真地考虑起了有关老人和手机的事，他们决定向有关部门建议，希望能研制出一款既能方便老人使用，又能保障安全的手机，毕竟现在老年人的比例越来越高了，我们不能让这么多人被时代和潮流无情地淘汰。

天要下雨娘要嫁人

沈永银

　　小丁头六岁时父亲生病走了，看病耗光了家产，只给娘俩留下了一间小平房。这些年，同村的酿酒师傅刘明一直照顾着小丁头娘俩，时不时来帮忙干农活，也时不时会给点补贴。

　　刘明是个勤快的老实人，和小丁头父亲是从小玩到大的铁兄弟，这几年来，一来二去，村里人也都看出了两人的情意，也有意撮合这门亲事。小丁头的娘秋兰一直没有开口答应下来，一晃六年过去了，小丁头也十二岁了，渐渐地看着刘明和小丁头关系还挺不错的，挺像父子俩，心里头也开始松动了。

　　初冬的农村，农活也不多，刘明再一次和秋兰表白了，这次秋兰搓着衣角应下了，当刘明拉起秋兰的手时，小丁头看见了，脸上先是惊讶的表情，转而又飞快地跑开了。秋兰甩开了刘明的手，转身回了小平屋，刘明也是笑嘻嘻地离开了，去父母家张罗事情了。然而当天晚上，小丁头不见了，秋兰找遍了整个村子的路口，问遍了小丁头的玩伴，也没找到，秋兰急死了，双脚直跺。

　　秋兰找来了刘明，两人拿着手电筒一家一户地找着。路过刘明的酿酒小作坊，刘明扫视了一圈，发现有人进来过，其中一缸甜米酒附近明显有人动过，刘明拍了拍大腿道："坏了坏了，这下要闯祸了。"刘明急得直拍自己脑袋，立马拉着秋兰出门找人，秋兰问刘明什么事情，刘明就是不肯说，秋兰此时的心越来越乱。

　　刘明沿着小作坊附近的路，一边闻着一边找着，在附近的一处稻草堆附近看到了呕吐物，浓浓的酒味。沿着稻草堆，刘明看到小丁头缩着身子躺在草堆角落，脸色很红，睡得很沉。

刘明背起小丁头直奔村卫生院，待小丁头挂上盐水之后，医生说小丁头没什么大碍只是酒喝多了，这时秋兰再也止不住流下了泪水，也许是内心压着太多的情绪，这次哭得很彻底，这时小丁头醒了，轻声说道："娘，我错了，我偷偷喝了明叔家的米酒，没想到这米酒这么上头呀。"

原来，小丁头经常去刘明的小作坊，有时看到刘明会喝几口，自己也想喝总是被刘明拦住，有一次刘明笑着对小丁头说："等我和你娘的事成了，我让你尝尝甜米酒的味道。"这件事一直搁在小丁头心里，那天看到刘明拉着秋兰的手，小丁头明白刘明叔和娘的事成了，于是偷偷拿起刘明藏在小作坊门口的钥匙，然后自己去尝米酒了。

一切都是虚惊一场，秋兰放下了心里的包袱，秋兰当初以为小丁头失踪是不同意自己和刘明的婚事呢，这样一来是自己多想了。

那晚小丁头特别开心，睡得特别甜，这些年来唯一一次看见娘流眼泪。

刘明与秋兰的事情，小丁头是一百个点头同意，两人的婚期也是越来越近，刘明也是特别高兴。一次家庭聚餐上，刘明或许是高兴酒喝多了，红着脸咧着嘴笑着对小丁头说道："小丁头，都说你聪明，这次我也考验考验你，都说娘要嫁人天要下雨，你看你娘嫁给我，会不会下雨？"

说完这话，气氛一下子冷了下来，原本大家有说有笑，却被这么一句话给泼了冷水。谁都知道，这初冬的农村，要想下雨是一场奢侈的梦。秋兰看在眼里急在心里，一边是未来的丈夫，一边是儿子，两个男人怎么这么拧，给杠上了呢。

秋兰狠狠地掐了一把刘明，刘明这才意识到自己酒多失言了，但是在这么多亲人面前，也无法收场了。这次聚餐显得异常的无味。

小丁头回家的路上一声不吭，只管自己往前走着，谁叫他都不应。秋兰上前去拉小丁头，小丁头则狠狠甩开了秋兰的手，哭着跑开了。刘明跌跌撞撞地跑着跟了上去，拉住小丁头说道："小丁头，叔刚才酒喝多了，叔不是这个意思！"小丁头哭着咆哮道："我不就是偷喝了你一口酒，你不至于这么为难我娘为难我啊。"小丁头抹着眼泪哭道，刘明紧紧地抱着小丁头。待小丁头情绪稳定了下来，刘明说道："小丁头，不管怎么样，你们娘俩就是我的人，我也是高兴过头了，说酒话了，别放心上噢。"

三人就在村头的转角口分开了。月光下，刘明看着娘俩离开的背景，一点点在变小，他的心事却没有变小，在怪自己兴奋过头，酒后胡言乱语。

结婚的日期越来越近了，小丁头却每天心不在焉地逛着村子，小伙伴们叫他时，也是有一搭没一搭地应着。这时迎面开来了一辆拖拉机，小丁头没有注意到，小伙伴急着跑上来把他推到边上，撞到了一边浇庄稼的粪水桶，弄得自己一身脏，这小丁头看着地上粪水流了一地，拍拍屁股笑道："有了，有了，太棒了！"说完抛下小伙伴自己回家了。

被小伙伴推了一下以后，小丁头不再每天愁眉苦脸，每天都在为了张罗秋兰的婚事跑进跑出，秋兰看着小丁头终于放下了之前的心事，觉得自己的苦日子终于熬出头了呢。

秋兰结婚那天，艳阳高照，亲朋好友都前来祝福。有个好事的亲戚在角落处叫到怎么不下雨啊。秋兰在屋内没有吱声，屋外也没有了声音，这时刘明来接亲了，左看右看没有看到小丁头，此时也没有在意。

待刘明和秋兰走出屋外时，突然天空下起了雨，大家抬头一看，是小丁头和小伙伴们人手拿着一个洒水壶在平台上向下撒起了水，小丁头哽咽着说道："娘要嫁人，天要下雨；天要下雨，娘要嫁人。"

秋兰掀开头盖，紧紧拉着刘明的手，激动地流下了眼泪。

小丁头在上头欢快的洒水，看到母亲第二次流眼泪，那是幸福的眼泪。

看见猪肉就患病

项彩芬

南犁头村的张灿东通过相亲认识了北高义村的赵羽西姑娘，眼看着中秋节要到了，张灿东姆妈想想南北乡风有些不一样，特意去媒婆那里打听了一下，好让礼数达到点子上，媒婆给了北面的中秋礼单，但特别指出了蹄髈不要送，张灿东姆妈有些吃不准了，这蹄髈是南北礼单上的必需品怎么说不要了呢，张灿东姆妈一拍脑门："敢情是准亲家觉得现在的猪肉价格是芝麻开花节节上升，替我们着想呢。"

中秋节那天张灿东拿着姆妈给他准备的礼物，烟酒、月饼、补品等十大件八小样，还有一只白白胖胖的猪后腿和一只野鸭，张灿东皱皱眉头："现在谁还送这些。"姆妈说："毛脚女婿第一次上门送礼叫'垫矮凳脚'，意思是把未来的丈人、丈母娘摆平，这个是传统，不能少的。"喜滋滋地把这两样带味的礼物塞进儿子的后备箱，又千叮咛万嘱咐一定要注意礼节，别让人家笑话咱。

张灿东到了赵羽西家，羽西正在大门口，身后是笑颜如花的赵羽西妈："请进请进，哦哟，您家太客气了，拿这么多东西。"邻舍们投来羡慕的眼光，"这么多东西啊，这个蹄髈好啊，现在这猪肉太贵了，一只后腿可以买一辆自行车了。"赵羽西妈一听蹄髈眼神一变，朝赵羽西挤挤眼，赵羽西朝娘瞪瞪眼没有理会。

"不好意思，刚才我有点事，来迟了。"赵羽西爸开着车远远地喊，赵羽西妈连忙把所有的礼物拿进里屋，并且把蹄髈以最快的速度拿进里屋，像是要藏起来，张灿东一脸懵。"妈，别藏了"，赵羽西一把夺过拿到礼物堆最显眼的位置。

赵羽西爸进来，一看到蹄髈，突然"啊"的一声，昏了过去，张灿东一个箭步扶住，三个人七手八脚地把他扶进灿东的轿车飞速赶往附近医院。

医院里张灿东鞍前马后，帮忙挂号、缴费、拿药，推着他检查，帮忙抬上抬下，羽西妈说幸亏有灿东在，不然两个女人真是束手无策了，赵羽西问医生："我爸到底得的是什么病？""目前根据病史结合检查，你爸爸应该没什么器质性疾病，就他近段时间的表现来看，应该是患了心病，你们家人多开导开导他。"赵羽西把张灿东拉到一边，跟他私聊了几句，然后张灿东走到病床前跟赵羽西妈安慰了几句，先行离开了医院。

赵羽西爸醒过来问："小伙子人呢？""还用问，被你吓跑了，这门亲事泡汤了。"赵羽西爸直呼算命先生算得真当准。赵羽西气急："爸，命是人家算的，日子是自己过的，这段时间怕您生病，我们一直由着您，真把您宠坏了。"说着夺门而出，赵羽西妈连忙安抚："别生孩子气，这个小伙子她蛮喜欢的，所以心情也不好。"赵羽西爸叹了口气。

接下来几天家里的气氛有点沉闷，女儿也不回家吃饭，一回家就躲进卧室，赵羽西爸沉不住气了："她妈，明天给我煮蹄髈，把小伙子给约上，我要跟他谈谈。"

晚上，赵羽西爸拿出了灿东送来的五粮液满上，筷子往红烧蹄髈那一伸，六只眼睛直勾勾地盯着他，赵羽西爸一笑，夹起一块，放进嘴里："不用看了，我是装的，嗯，好吃。"

原来赵羽西爸喜欢炒股票，猪肉上涨带动猪肉股票上涨，可惜是在他卖掉后涨的，赵羽西爸不甘心，又追涨买进不少，没想到连着三天跌停，把老本都输光了，可这猪肉价格却一路上扬，赵羽西爸有些想不通，那天在菜市场碰到盲人先生，就让他算了一卦，先生说最近几年家里不要有猪肉出现，否则自己的身体会不好，还会影响到家人的福气。赵羽西爸又不好意思跟老婆孩子说，所以每次她们买猪肉他就装病，头晕、恶心、胸闷……要他去看病他说只要没看到猪肉就好，虽然羽西也怀疑老爸在装胖

（假装不舒服），但又不懂医，不敢说，毛脚女婿上门他不得不装，又怕演不下去，索性晕倒了，也好趁机考验一下小伙子。没想到影响了女儿的终身大事，他后悔了。

"小伙子，不好意思，不管你俩走不走得下去，我还是得把话挑明，那天在医院，你的所作所为我是看在眼里的，谢谢你，如果因为我这个蹩脚老头子让你产生了想法，我表示歉意。"

"不用道歉，因为我们也是装的。"张灿东拉着羽西的手说道。羽西妈笑着说："自从知道你身体没什么大碍后，女儿跟灿东商量好要我配合演分手戏，就看你再怎么装。"

李梅开店

楼飞

话说20世纪80年代的农村，有个叫李梅的女人三十几岁死了丈夫，那时儿子钱小山才刚刚读小学。母子二人靠几亩田地过日子，李梅独自一人拖着儿子，日子过得紧紧巴巴。

看着儿子一天天长大，为了让儿子有个好身体，李梅想方设法地给儿子置办点有营养的东西，自己总是有啥吃啥，随便应付。可是村子太偏远，到镇上还要走上半小时的山路。菜贩子都开着三轮车，山里的路根本进不来，村里人要吃上肉都不容易。全村只有村口一个杂货铺，里面卖生活用品和油盐酱醋，难得批发点肉，村民们才能吃得上。

李梅平时都舍不得花钱，但每次杂货铺进肉，她总会去买，不多买，一次买二两。有时红烧，有时白切给儿子改善伙食，自己从来不碰。

小山上了初中，渐渐懂事了，看到妈妈这么辛苦供自己读书，有好吃的也舍不得吃一口，心里很不是滋味。直到有一天，妈妈兴奋地跑回家，看到小山就笑着说："今天杂货铺搞活动，买二两肉能送一两，妈妈用二两的钱，买了平时三两的肉。"妈妈第一次哼着小曲做晚餐，小山也开心地等着妈妈的红烧肉。

可是，当晚餐上桌的时候，妈妈端上桌的肉还是和原来一样多，李梅将肉碗推到儿子前面，催他快吃肉。小山第一次没有听妈妈的话，腾地一下站起来问道："妈妈，不是说有三两肉吗？为什么还是这么一点点？"

妈妈神秘地笑着说："小傻瓜，哪能一口气吃完，妈妈把剩下的肉做了肉饼子，明天给你带上，中午学校里吃。"

小山一听，一扔筷子不吃了。李梅急了，问儿子："小山，怎么不吃肉？是不是身体不舒服？"

小山听了生气地说："妈妈不吃肉，我也不吃肉。"

李梅还要说什么，可小山根本不听，反正妈妈不吃，他也不吃。李梅知道拗不过儿子，只能将剩下的肉拿出一半自己吃，小山这才开心地吃起了饭。

从这以后，李梅像是找到了窍门，总是能买到便宜的肉，有时候是买二两送一两的肉，有时是买一送一的松花蛋，母子俩的伙食也得到了改善。

一转眼，小山到了考大学的年纪，他从小懂事，读书也好，这点从来没让李梅担心。高考时，他填了军校，一来当解放军是小山从小的愿望，二来考上军校可以有军费补贴，省一点的话，就不用从家里拿生活费了，如果成绩进入前三，还能获得入学奖励。功夫不负有心人，小山成绩优异，顺利考入军校，还拿到了1万元的入学奖励。小山给自己留下了1000元生活费，其他的全给了妈妈，还郑重地告诉妈妈一定要好好吃饭，不能亏待自己，每周两次的肉不能少。

没想到李梅笑着说："放心吧，我儿子这么出息，妈妈要养好身体享福呢！妈妈以后不仅要一周吃两次肉，还要开个肉铺，让村里人能天天吃上肉。"

原来，李梅早就打算在村里开个肉铺，之前赚钱都给儿子读书用了，现在儿子能自立了，她准备用儿子的奖学金开个肉铺。一来多赚点钱给儿子备着娶媳妇；二来，儿子上学后自己就是闲人一个，每天早起去镇上批发点肉，村里人也就能买上肉了。

等小山开学后，李梅开始张罗起她的肉铺店，只是，连着几天去镇上打听，也没有进到比杂货铺更便宜的肉，这下李梅有点泄气了，她准备去杂货铺取取经。

没想到，她的话一问出口，杂货铺的老板大笑起来："李嫂，你生了个好儿子啊！"

李梅听了一头雾水。

老板接着说："哪有什么打折，卖肉是我顺带的买卖，看到村民买肉困难才帮忙进来，本来就不赚什么钱。都是你的好儿子，看你不肯自己买肉吃，才在我这里打了欠条，每次你来了都买二送一，送的肉他都打着欠条呢！"

李梅一听，心中猛地一击，瞬间泪流满面。回过神来问："我家这么穷，你怎么放心给个孩子打欠条？"

没想到老板轻松一笑："旁人可不行，你家儿子不同，我从小看着他长大，这孩子懂事又孝顺，迟早能出人头地，我不会看错的。"

李梅听了很欣慰，连连道谢，说："那欠的钱我还你。"

老板听了又是一阵大笑："你儿子出远门前付了，一共400元。"

李梅听到这里，又是哭又是笑，虽然丈夫走得早，她一个人含辛茹苦养大了儿子，但所有的付出儿子都看在眼里，记在心里。

时间一晃三十多年过去了，村里的路通了，老百姓生活也都富裕了，李梅和儿子的故事也成了村里人教育子女的样板，李梅曾经的肉店也成了综合超市，取名：孝心超市。

小单的心机

陈芳芳

小单这几天，有点心事重重。自新员工芃芃来了他所在的部门后，他的心思便活络开了。单身28载，总算是来了一位长相、身材、性格都符合他审美的姑娘，而且经了解她还没男友，小单准备抓住机会：脱单！

明里暗里约了几次，芃芃总不接招，怎么办呢？一筹莫展之时，机会来了。

部门团建组织去郊游，正逢端午节，同事们带上了粽子、水果，边吃边聊，很快夜幕降临了。小单把话题往预先想好的妖怪故事上引："据说，这世上有一种妖怪，最喜欢跟人回家，尤其是长得年轻漂亮的单身姑娘，你就不能回头，一回头让妖怪看见你的脸，它就会附在你身上……"

如小单所料，故事把大伙的恐惧给调了出来，看天也黑了，收拾好东西要散。小单趁机提出送芃芃回家，他打着哈哈说："妖怪可最喜欢跟着漂亮的单身女孩了。"

芃芃想了想，眼珠一转，欣然接受，收拾剩余的粽子、水果，说不要浪费，带回家吃。"还是个会过日子的好姑娘啊"小单不由得对芃芃的喜欢又添了一分。

并肩走在路边人行道上，路灯把俩人的影子拉得又细又长。小单又讲起妖怪故事，按他的预想，此时夜深人静，孤男寡女，女孩子胆小，一害怕，说不定就会紧紧挨着他，或者再"哎呀"一声跳进他的怀抱。

可是芃芃看起来无动于衷，若有所思。小单讲得太起劲了，以至于到了芃芃家门口都没发现，正当他为失去这难得的单独相处机会可惜时，芃芄居然剥起粽子，"听你讲了一路，肚子饿了吧，这粽子还软乎呢，吃了再走吧！"

小单受宠若惊地接过递到嘴边的粽子，心里这个美呀。芄芄还真体贴呢，是个好姑娘，他有点觉得不该说妖怪故事来吓她，来日方长，以后得用正招追求才是。

吃了粽子，小单依依不舍转身离去，芄芄从后面追上来，拍着他肩膀，一本正经的嘱咐："我小时候，也听外婆说过，这大晚上的说什么可真来什么，你路上可要小心哦，要真被那啥跟上了，千万别回头呀！"小单失笑，芄芄是以其人之道还我，想不到她那么调皮！

告别芄芄，打着饱嗝，小单心满意足地走在回家的路上，脚步轻快。

路上行人稀少，梧桐树影婆娑，路灯把他孤单的影子拉得又细又长，风吹过来，一片"窸窸窣窣"之声，好似有人在耳边细语，小单都有些陶醉了。

不对，好像并没有风啊，可"窸窸窣窣"的声音又从何而来？真实的如影随形。小单停下脚，声音消失了，起脚，声音又来了，走得越快，声音频率也越快，仿佛长在他身上似的。

小单此刻心里是有一点发毛，转过身去，无人，他轻轻地走，空气中轻轻的"窸窣"之声。他跑起来，声音伴着他的脚步也急速地响起来。跑的过程中，他几次迅速立定转身，如果真有什么不可描述的东西应该不会躲那么快吧，他要和"妖怪"说清楚，凭什么半夜出来吓人，还讲不讲"妖德"？

后面空无一人，连自己影子也因路上时有时无的路灯，不时跑在他的前后左右。小单心里毛了，他后悔自己干吗要出此等劣招说什么故事追芄芄，这世上难道真有"妖怪"？真是说什么来什么吗？

小单想快快回家，打开家里所有的灯，让"妖怪"无处藏身。转过墙脚就是小单家的楼了，他气喘吁吁，"窸窸窣窣"的声音也气喘吁吁，要命啊，真跟我回家了？

实在是腿软了，跑不动了，一背脊的冷汗，扶着墙喘气，一阵风吹过来，惊悚地看到墙上他的影子后背上有两只像戏台上女子的袖子的东西，又像是"九尾狐"几条绵软的尾巴，在随风一摇一摆。

天哪，这世上真的有"妖怪"，救命啊！小单浑身发抖，脚却如灌了水泥般沉重，寸步难移。

正在此时，一个保安大哥骑着助动车巡夜路过，小单急忙求救："快！快快！大哥，有妖怪有妖怪啊！"

保安大哥问明来龙去脉，在小单身后一番查找，原来呀，是小单的衣服后面粘了两片粽子叶。

好邻居

临近春节，因疫情防控需要，一到天黑小区里静悄悄的，人们都窝在家里看电视。这天晚上九点多，老沈正在看电视中的有关疫情的新闻，他的老婆阿琴却一下掐断了电源，老沈正要发火，阿琴却把食指放在了嘴上做了个不要作声的动作，并指了指楼上。老沈侧耳一听，楼上果然有响动，这下他的神经也不由得紧张起来！但他马上让自己镇静了下来，因为在妻子阿琴面前他得像个男子汉。

于是老沈顺手拿起个手电筒，站到了楼道口，用电筒光朝上晃，并大声叫："楼上是谁？"楼上的动静一下没了，老沈让阿琴站在楼道口别动，他开始悄悄地侧着身子摸上楼去，谁知，他还没走几步，一个用衣服蒙住头的人从楼上快步冲了下来，还顺势将老沈带倒了，站在楼道口的阿琴赶紧上前扶起跌坐在扶梯上的老沈。

老沈揉着跌痛的屁股，对阿琴说："我们得上去看看！"一对惊魂未定的老夫妻相扶着上了楼，见门锁完好无损，才松了口气。他们是老小区，门还是老式门，就是门前多了一道铁的栅栏门。这种门是很容易被撬的。老沈问老婆阿琴："你看要不要报警？"阿琴说："这门没有撬过，看来小偷没有得逞，报警也没意思，要不我们再来加把锁吧！"老沈想想也对，别看老沈是个男子汉，每当关键时刻，老沈总是听从阿琴的主张。

他们又给楼上的门加了一把弹子锁后，才安心地回家，重新坐下看电视，可他们却不能再集中注意力了，老沈说："老王他们也该回来了吧？"阿琴指了指电视，说："老王他们在武汉，还回得来吗？"老沈看看老婆，觉得老婆就是比自己想得多。

老沈他们这幢楼有六层，他们住五楼，顶楼住着老王一家，老王两口子，一个多月前去武汉女儿家，说是去帮助照看外孙女，要在武汉过了年才回来，让老沈他们帮着看家，钥匙也交给他们了。这段时间老沈夫妻每天早晚都要上去看一下，有太阳的日子，还帮着开窗通风，今天怎么会有小偷光顾呢？

老沈说："现在的小偷精得很，他们一定来踩过点，知道老王家没人才来的，现在十点都还没有到，他就敢来作案，真是贼胆包天！"阿琴也说："现在的贼，知道居民楼里互不关心，所以才敢来，他不会想到我们不一样！"老沈拍了拍阿琴的肩膀说："是呀，我们阿琴是个热心的好邻居呀！"夫妻俩说笑着好像把刚才的惊慌给忘了，并熄灯睡觉。

谁知他们刚躺下不久，楼上又有了响动，阿琴以为自己听错了，可老沈也实实在在地听到楼上的门锁在响，夫妻俩不由自主地搂在了一起，静静地听着楼上的动静。只听到门锁响了一会，有人轻轻下楼的声音，老沈说："幸亏加了把锁，贼没有得逞，溜了！"阿琴说："今晚这事蹊跷啊，这个贼是认准了要偷王家的了？"老沈搂住了惊恐的阿琴说："别怕，再有响动，我们就报警！"

这么一折腾，时间已近半夜了，夫妻俩也累了，可他们刚迷糊睡去，楼上又有响动了，夫妻俩不约而同地坐了起来，老沈眼睛还迷糊着手却伸向了电话机，阿琴止住了他。

阿琴披衣下床将门开了一条缝向上叫："上面的人听着，我马上报警！"说着将门一关，人靠在门背上直喘气，可没等她喘过气来，门却被敲响了："沈嫂，别，千万别报警啊！"此时老沈早已站在了妻子的旁边，门外的声音让他们听着熟悉，他们赶紧打开了门，只见门前站个戴着厚实口罩的人。阿琴指着他问："你是……"那人说："我是楼上的老王啊！"夫妻俩一听忙让他进门说话，可老王却说："我不能进你家的门，你还是把弹子锁的钥匙给我吧！"阿琴一惊："难道你感染了？你还回来，这不是来害人吗？"说着把钥匙扔到地上，又说："这次不是报警，而是必须要报有关部门了。"想不到阿琴话间一落地，忽见一团黑影"扑"的一声在他面前跪下了，说："阿琴，看在多年邻居的份上，你帮帮我们吧，我们还没有感染上病毒呀！"老沈夫妻一看竟是抱着孩子的王嫂，夫妻俩一下愣住了，他们不敢上前去扶，只是一个劲地说："起来，起来！"可王嫂却不肯起来说："那边情况危急，我女儿让我们带着孩子回来，又听说这里有规定，凡是从外边来的人都要隔离，所以我们趁夜归来，想不知不觉地进门，想不到你们为我们看门看得这么负责任，你们要是不答应……"说着王嫂就哭了起来。此时老王捡起钥匙说："老沈啊，请你们帮帮我们吧！"说完扶着王嫂一起上楼去了。

他们两家楼上楼下住了十几年了，互相帮扶的事不算少，可病毒传播不是小事啊！老沈也乱了方寸，阿琴咬了咬牙说："你马上报防控中心，报完后，把那个备用的煤气罐背上来。"老沈一听说："他们可是我们的好邻居啊，我怎么忍心啊……"阿琴说："这可不是好邻居的事，是人命关天的大事啊！你不能含糊。"说完阿琴麻利地穿上一件披风，戴好了厚实的口罩，也把另一件风衣和口罩放在一边，让老沈也要穿戴好，然后从冰箱里取出一些菜，拿着一包面条上楼去了。

来到老王家，她说："王嫂，我知道你们这一路走得很辛苦，也不可能吃过东西，而你家里什么也没有，这些东西你们就先将着吃吧！不过这件事我们不得不报，我们已经接触过你们了，所以从今天开始我们与你们同舟共济！"说话间老沈背着煤气罐上来了。

看到眼前的情景老王夫妻还能说什么呢？老王叹了口气说："想不到我们自己逃不出，把你们也连累了！"阿琴说："这是一场没有硝烟的战争，我们人人有责任啊！我们大家一起共渡难关吧！"

正说着，几位穿着防护服的防疫工作人员来了……

一幅山水画

田永梅

方华是个退休教师，本来她退休后学校还想让她留校几年，只是家里添了孙子，儿子媳妇要上班工作，方华只好放弃自己的工作，去儿子家管孩子。

方华爱人走得早，儿子是自己一手带大的，现在儿子也有了孩子，理当帮帮他们。

辛苦了几年后，方华孙子可以上学了，方华好像感到一下子轻松了下来，但在家待了几年，自己仿佛与社会脱节了，以前经常走动的朋友也因不常联系而疏远了。

方华不想让自己的老年生活枯燥无味，于是，去老年大学报了一门绘画课，画画是方华唯一的爱好，她想重拾自己的热爱。

方华报的是山水画老年班，没有想到的是，教她们画画的老师竟然是方华的初中老师，李林。

几十年没有见过的师生，自然认不出他当年的学生了，而方华不可能记不住这个李林老师。想当年，李林来学校当老师时，还是师范大学刚毕业，年轻帅气，活力四射，李林教的是化学课，而业余爱好却是画画，每当放学后，李林拿着画夹，换上一双洁白的球鞋，戴上一顶灰白色的斜纹小平帽去野外写生时，方华都会看得发呆。由于对绘画的热爱，有时候还会紧跟几十米路，心怦怦跳得不行。

有一次李林去外面写生时突然遇上了一场大雨，正当他手忙脚乱地收拾画夹去躲雨时，一把大大的雨伞为他挡住了风雨，原来是方华！

李林很惊奇地问："方华？你怎么忽然出现在这里？"

方华说："李老师，其实我经常跟在你身后看你画画的。"

"哦？你很喜欢画画？"

"嗯！"

"那以后不用偷偷地跟着老师了，你可以跟着老师学。"

"真的吗？老师！"方华激动得差点跳起来。

只是时间不长，一个月后李林老师突然离开了这所学校，听说是他爱人得了病，他要求调到自己老家小山村的学校当画画老师，主要是为了照顾生病的妻子。

从那以后，方华也一直没有跟李林老师学画，为此，方华伤心了很长一段时间。

但李林老师的形象已经深深地刻入方华的记忆里了。

"李老师，您还认识我吗？我是方华呀。"老年大学的走廊里，方华站到了李林面前，微笑地问。

"方华？抱歉，我好像记不起了。"

"那你还记得你在某个中学教书时，一个女孩跟着你画画的事了吗？"

"我想想，我想想，哦哦，你原来是那个方华，哈哈，我们快有五十年没有见到了吧？我怎么会想到当年的小姑娘如今会出现在这里呢？幸好你还叫得出我，不然，我永远无法认出你来了。"

"是的，老师，你的样子变化不大，虽然满头银发，但走起路来的挺拔和轻盈，还是年轻时的样子。你一走进教室我就认出来啦！"

"原来你的爱好没有变，也迈进老年大学来学画画了，好好，老师继续教你！"李林看上去很高兴的样子。

一晃一年快过去了，每周开一节课程，再加上老年大学因疫情防控的需要，时不时放假休课。

转眼快到春节了，学校也早早放假了。

方华本来打算春节去李林家给老师拜个年，只是年前一场大雪，春节时又下了一场大雪，不知道老师住的小山村道路是不是也不通了。

方华拿出手机给李林打电话，电话嘟嘟的没人接，后来再打竟然关机了。方华忽然开始不安起来，李林的妻子早就不在人世了，只有一个女儿，已经出嫁了，平时都是他一个人生活，今年遇上这么大的雪，不会出什么事吧？毕竟也是七十多岁的老人了。

方华越想越不放心，第二天，她赶去山里看李林。

李林的家在山脚下，周围的雪堆得厚厚的，只有一条小路还可以行走，方华按着李林以前跟她描述过他家乡的位置，一路询问找到了李林的家。

敲了敲门，出来一位六十多岁的老妇，"你找谁？"

"我找李林老师，请问这是他家吗？"

"老李头，有人来找你了！"老妇冲着里面的房间叫了一声。

李林听到声音，右手推着轮椅出来了，左手让绷带吊在脖子下横放着，左脚也绑着绷带。

方华吃惊地冲到李林身边："李老师，你怎么了？为什么成这个模样了？发生什么事啊？"

"唉，人老了，没有用啰，下第一场大雪的时候，我在家画画，看到外面的雪压在竹林上，感觉很好看，刚巧我的一幅山水画中在画冬天的竹子，我想画得真实一点，于是把门打开，想近距离画几笔，门口有只垃圾桶，想去拿拿开，没有想到一出门就摔倒在雪地里，当时周围也没有人，折腾了很长时间才爬起来，结果伤了一只手一只脚。幸好没有伤到老骨头，邻居们帮我去医院拍了片子就回来了，女儿又回不来，我只好请了村里的阿婶照顾我。"

李老师好像有点激动的继续说："这个倒不是问题，最大的问题是我的那幅山水画恐怕要拖延时间了，这是我余生唯一想完成的一件大事。"

"那幅画在哪里？我可以看看吗？"方华问。

李林把方华带进了一间画室，哇，一幅足足有12米长的山水画呈现在了面前，画面右上角是高耸醒目的寺坞岭望江阁，连绵的山脉拥抱着美丽山村，一抹炊烟轻绕竹林，蜿蜒的盘山公路像一条舞龙的彩带，特别优美，画下面是黄石垄水库清澈明朗的水面，映着波光粼粼的线条，一群白鹭轻盈展翅飞向天空。画里描述的是山村的一年四季，作品基本可以收工，但还有许多细节需要修饰，积墨、破墨等表现手法还没有完全到位。这样的一幅巨作，老师不知道画了多少年了。

"这幅画我已经画了快3年了，我一直很喜欢我的家乡，希望我的家乡能够越来越好，让更多的人来这里感受山村之美，本来我是要赶在我们杭州开亚运会前送到展览馆展示的，唉！距亚运会时间还有几个月了，我的手脚不知道什么时候可以利落。"

方华从来都不知道老师原来在家还在做如此浩大的工程，她热血沸腾起来："老师，可以让我试试吗？接下来的我来帮你完成，一定保证在亚运会前送出！"

方华的功底李林是认可的，现在听到方华自告奋勇，李林当然开心啦！

于是方华一边照顾李林，一边在李林的指导下绘画。

五十年前师生同写生，五十年后师生共绘画。

"老师，我想把我们的这幅山水画在五月一日前完工，你可以把这幅画的名字想好了！"

"嗯，早就想好了，叫'云峰山水情'，我还让女儿把你的名字的印章也刻来了，到时候我们一起按在这幅山水画上，你愿意吗？"

李林温柔地看着方华。

方华开心地笑了！

良方

韩成兴

　　老韦退休后，不知不觉睡眠出了问题。他好想有一个良方，来治疗他睡眠不好的毛病。

　　邻居桂花老嫂来叫老韦，对老韦说："我们邻村的东河庙，来了一个外地和尚，年纪还比较轻，不到四十岁，说有一个良方，能治百病，你睡不好觉的毛病可以去试试看。"老韦听了，说："我不太相信这种事。"桂花老嫂又劝说："你不相信，你可知道现在的明星、大款都非常相信和尚、道士，有的还拜和尚、道士为师呢，这些名人比我们聪明多多少，我们有什么可以不相信的呢。我有肩痛病，我俩一起去请和尚师父出方子，配些药。"老韦觉得也是，心想：反正闲着无事，去就去。两人一边闲话，一边走路，不到半个小时，就到了东河庙。

　　东河庙里，人气倒真的很旺，善男信女虔诚地烧香拜佛。两人拜了观音菩萨，拜了如来佛，就来到了外地和尚所在的东厢房。只见和尚的桌子旁边，围着十来个人，他们都在请这和尚师父看病，这些人有头疼脚痛的，有胃疼肚痛的。只听和尚对一个老妇人说："我给你开七天的丹药，吃了我的这方丹药，你的毛病包好，请你付功德费三百元。"老妇人交付了钱，既虔诚又礼貌地说："谢谢师父恩德。"

　　轮到老韦了，他也很虔诚地向和尚说明了病情。和尚看看他的相，摸摸他的头，触触他的手，就对他说："你的病不治好，以后会发展成抑郁症的，要赶快治。今天你找我算找对了。"接着，和尚给老韦配了十四天的丹药。说："吃了我的这方丹药，你的毛病包好，请你付功德费六百元。"

161

老韦听了，先是一惊，六百元呀！随后还是规规矩矩地付了钱，取了药，并点头道谢。邻居老嫂也照样地看了病，付了钱，也点着头，道了谢。

过了十四天，老韦的丹药吃完了，也丝毫不见睡眠问题有所好转，他本想去庙里问问和尚，但一想，可能药效还会慢慢起作用，再过七天去问和尚也不迟。

三个七天过去了，老韦去了东河庙，到了庙里，这和尚不在了。一打听，说他云游四方行医去了。也有与老韦同样来治病的人说："我请和尚师父看了两次，钞票花了一千多元，毛病根本没有好。"老韦意识到自己是上当受骗了。

又这样过了个把月，有一个老同事来他家做客，两人喝茶闲聊，其间，老韦说起自己睡眠不好的毛病。老同事说："你何不去买点有利于睡眠的保健品吃吃。"老韦说："我不太相信保健品。"老同事说："保健品有时候也要相信的，多多少少有点好处，要不人家怎么会起劲地买呢，再说我们劳保工资也用不完。"老同事接着说："要么我明天带你一同去'夕阳红健康吧'，听听关于老年人的健康讲座，看他们有没有适合你的保健品卖。"老韦经同事这样好心地劝说，觉得去听听也好，看他们有没有治睡眠不好的良方。

第二天，他们去了"夕阳红健康吧"听讲座。这天的讲座内容正好是关于提高睡眠质量的问题。老师讲了引起睡眠不好的种种原因，其中有一个原因就是退休后出现的"退休综合征"所引起的睡眠不好，这一点可讲到了老韦的心里。

课后，他们着重推荐了一种叫"利眠汤"的瓶装液体保健品，说这"利眠汤"能完全改善睡眠不良的状况，还有利于降三高。原价五百八十八元一盒，八瓶装，现在搞活动，现价四百八十八元一盒；如果买两盒，每盒再降一百元，只需三百八十八元一盒；如果买三盒，下星期他们可以组织顾客去富阳免费一日游；还有今天现场买的，买一盒还送"康来"袜子一打，"黄芩"牙膏十支。老人们都认为有这样的实惠，蛮不错呀。结果有二十来个老翁老妪先后买了这保健品。

老韦听了讲座，看了人家买保健品的火热场面，心里也热了，他想：花上千元钱，能解决我的睡眠问题，也值！他袖子一卷，从两用衫内袋里挖出钞票一叠，挤到柜台前，对老板说："我买两盒。"当即付了七百七十六元钱，拿了保健品，还领了两打袜子，二十支牙膏，欣欣然地与老同学一起回家了。

回家后，这保健品老韦是认认真真地吃，每天早饭前一瓢匙，中饭前一瓢匙，晚饭前一瓢匙，两盒十六瓶"利眠汤"，吃了一个月。哎，这一个月下来，老韦觉得睡眠没什么好转呀，这保健品没效果！老韦又失望了。

有一天下午，老韦的老同学来请老韦两老去参加他发起的京剧社团的随唱会，并答应明天给他一个治睡眠不好的良方。老韦就跟着老同学去了，心里还巴望着第二天老同学会给他良方。

说起老韦唱京剧，还是在他年轻时学唱革命样板戏唱会了一些京剧唱段，今天去唱，心里觉得很不踏实。

来到现场，见熟人有好几个，老韦的神经也放松了一些。随唱会开始，老韦先是跟老伴唱，唱了一曲革命样板戏《智取威虎山·我们是工农子弟兵》，然后跟别人唱《沙家浜·祖国的好山河寸土不让》，几曲下来老韦就单独唱了。接着是越唱越有味道，越唱越有劲头，把年轻时学的革命样板戏唱了个遍，一直唱到下午五点才回家。

晚上，老韦照常地吃了饭，饭后片刻，又照常地去走路，然后看了一会电视，就睡觉了。

第二天，老同学来到老韦家，老韦急不可待地向老同学要良方，只见老同学面带神秘的微笑，慢慢地从制服的内袋里挖出一张方子，递给老韦，老韦摊开一看，不是几味药，而是两句话："请参加我们的京剧社团，睡眠自然会好。"老同学紧接着问老韦："你昨天晚上睡得怎样？"老韦不觉跳起来说："我昨天晚上睡得出奇的好。"老同学深情地说："老韦啊，这就是我给你出的良方。"

从此以后，老韦爱上了唱戏，京剧、越剧、黄梅戏都唱，这睡眠问题也就自然解决了。老韦说道："哈哈，老同学的这一个良方了得！"

救命一刀

王炳铨

再一次接到父亲的病危通知单，坐在山城医院重症监护室门口的叶宜文，简直感觉天要塌了！

叶宜文的父亲叶成钢还只有四十九岁，十年前母亲患绝症去世，自己十三岁，弟弟才八岁，为了抚养一双儿女，父亲拒绝再娶，又当爹又当妈，把全部心思放在她俩身上。好在叶宜文也争气，考上人人羡慕的省传媒大学新闻系。原本再有半年就可以毕业了，现在实习单位也很好，是省城的一家大报社。她对自己大学毕业后的规划很务实，尽快挣钱养家，让辛勤劳苦大半辈子的父亲歇歇脚。偏偏天不遂人愿，自己反哺计划尚未实施，父亲却病倒了！医院包括亲戚朋友都劝她放弃这无效救治，让父亲留口气回家，早日入土为安，你说叶宜文会同意吗？

"小叶，方主任叫你去他办公室一趟。"

沉浸在悲痛中的叶宜文被护士这一声叫，猛地一激灵醒过来，瞪着眼睛问："是不是又催我们出院？"

"应该是的。"

叶宜文拖着沉重的双腿，来到内科主任、也是她父亲的主治医生方恒生的办公室。

"主任——"

"小叶来了。"方恒生瞧瞧愁眉不展，满脸憔悴的叶宜文，于心不忍，但还是硬着头皮问："小叶，我昨天和你说父亲出院的事，决定了吗？"叶宜文咬着嘴唇一言不发，直到被方恒生问急了，才语气坚定地回答："我们不出院，我要救我爸爸。"

见叶宜文态度坚决，方恒生也是理解，只有耐心继续劝道："小叶，你还是听我一句，别在这里花冤枉钱了。这肿瘤晚期，多脏器衰竭并发，人都昏迷几天了，如果不是靠呼吸机在支撑，你父亲的命早没了。我早就跟你说过，如果有一线希望，我和你一样都决不会放弃的，可现在事实情况摆在那里，确实无力回天了！"

"方主任，我相信你说的都是事实，我也清楚我爸的病十分危重，但现在你要我放弃对父亲的抢救，我做不到啊！"说着，叶宜文哭着蹬蹬蹬走了。方恒生望着远去的叶宜文，也只有无奈的摇头。这时，财务室的工作人员来到方恒生的办公室，进门就说："方主任，重症监护室的叶成钢已欠费一万多了，按规定，该停医停药了。"

方恒生听后想了想，果断地说："药不能停，欠款的事我会处理的。"说完走出门去。他本来想去找叶宜文，最后自己去了财务室。

内科主任方恒生其实也只有二十八岁，研究生学历的他是土生土长的当地人。他本来完全可以在省城大医院谋一份好工作，因为立志要为家乡的父老乡亲贡献自己的一技之长，就申请来到山城医院当了一个内科医生，可地处山区的山城医院，由于资金紧张，医院的各项工作十分落后，软硬件设施的严重滞后，和医生技术水平的良莠不一，导致误诊、延诊等医疗事故时有发生。而这样的事情发生多了，导致全院上下人人自危，缩手缩脚，稍有些疑难重症的病人来求治，都是能推则推。就拿叶成钢来说，叶宜文几次要求动手术，可院长就是不同意，目的很明显：怕病人下不来手术台，家属又来追责闹事，经济赔偿事小，名气损失事大，而方恒生则是倾向于动手术的。可他的想法一出口，就被院长挡回去了，还批评他不要感情用事，以免给医院惹出麻烦。

当天下午快下班的时候，一直交代方恒生要叶成钢尽快出院的陈院长，在住院部得知叶成钢还未出院的消息后，心里不免责怪起方恒生办事不力，就亲自来到方恒生的办公室兴师问罪。

"小方，两天了，怎么叶成钢还不出院，他这样赖着不走的后果你难道不清楚吗？"

听了陈院长的指责，方恒生很委屈，解释道："院长，这两天我做了多次工作，可叶宜文就是不听，那我有什么办法，总不能强制地把叶成钢推出监护室吧！"

"方主任！"

二人正说着，叶宜文手拿一卷白纸，气喘吁吁地跑了进来，一看陈院长也在，就说："陈院长，方主任，这是一份免责协议书，请你们过目。"

"啥意思？"方恒生接过协议书，满脸疑惑地看起来，完了又把协议书递给陈院长。

"为打消医院的顾虑，一切后果我自己负责，我特意拟了这份协议，目的只有一个，要求医院为我父亲做开刀手术。"

"你这不是强人所难吗！"看完免责协议书的陈院长满脸不同意："小叶，不是我伤你的心，你父亲这病是根本没希望了，凭我几十年的临床经验，如果动手术，肯定下不来手术台。你何必还花这个冤枉钱，何必还让你父亲受这个痛苦？要晓得，尽管你写了这份协议，可一旦出了事情，你能保证按照协议来，不求偿，不闹事吗？"

"陈院长，我不会这样做的！"叶宜文十分诚恳地说："请你们设身处地为我想想，十年前我妈就离开了我们，如果父亲没了，那我的家也没了！再一个，医院要我这样不明不白地把爸爸抬回家去，我爸会死得瞑目吗？我们做子女的这辈子能安心吗？"

说到这里，叶宜文已是声泪俱下。陈院长虽然坚持着自己的观点，但似乎没之前坚决了，而方恒生则是一脸同情和怜惜，从办公桌上扯了几张餐巾纸递给叶宜文，轻声安抚："小叶，擦擦眼泪吧！"

叶宜文接过纸巾，把眼泪擦了，平息了下自己激动的心情，继续说："二位领导，不好意思！我太激动了！可我的主意是不会改变的，要求你们给我父亲做手术，就是死在手术台上，我也心甘情愿，否则，我是决不同意出院的！"说完，头也不回地走了。

陈院长和方恒生两个人看到叶宜文如此坚决的态度，一个是心事重重摇着头，一个是瞧着叶宜文的背影低下头。陈院长无计可施也只好准备走，方恒生一把拦在他的面前说："院长，我决定了，给叶成钢动手术！"

"你决定了？"陈院长惊愕万分，盯着方恒生问。

"是的，我决定了！"方恒生神情坚定，语气坚决。"叶宜文说得对，就是死也要让病人死个明白，否则，我良心上也过不去。院长，我向你保证，一切后果由我承担！"

看到方恒生如此坚决的态度，陈院长也是低下了头，好一会，他才低着声问方恒生："小方，你有没有想过这一刀下去，后果会是怎样？你来山城医院也快两年了，医院的现状你是清楚的，其他不说，光是前两次的医疗纠纷还未了结，批评通报还挂在卫生局的官网上。说句难听话，我们医院现在是人心涣散，都觉得待在山城医院已毫无希望，这几天，我办公桌上的辞职报告都有一大沓了。小方啊，请你慎重一些，我们医院可不能再出任何差错了啊！"

陈院长说着，把叶宜文的免责协议往方恒生的手里一塞，也未等方恒生做任何回应，顾自走了。方恒生待了一会，最后迈着坚定的步伐往重症监护室走去。

叶宜文见自己签了免责协议，医院还不肯给父亲动手术，很是伤心，坐在监护室门口，暗自抹着眼泪。

"小叶！"听到有人叫，叶宜文抬头，一看是方恒生，抹抹眼泪站起来。方恒生把手中的免责协议塞还给叶宜文，语气坚定地说："我决定给你父亲做开腹手术。"

"真的？"

"你要有思想准备。"

"横竖都是死，我不会怪你和医院的！"叶宜文咬着牙说："我努力了，你尽职了，如果父亲再无救，我也没有遗憾了，对我弟弟和亲友们也算有个交代。"

"那好，今晚就做！"说着方恒生就匆匆走了。

方恒生走远，叶宜文想起刚刚从同学那里借来的5000块钱，父亲要动手术，本已欠款了，赶紧去缴款窗口交钱。

"同志，重症监护室的叶成钢欠费多少了？"

"欠费？"收款员查了查电脑说："上午不是方主任来缴过15000元，没欠费呀！"

"哦——"

叶宜文这才明白医院白天为何没催款，原来是方主任替她垫付了医药费。她本来想去找方恒生，但一想到他连夜要给父亲做手术，就不去打扰他，只是待在原地心里默默念着："方恒生，我会一辈子记住你这份情。"

晚上八点，插满管子的叶成钢被推进了手术室，不用说，是方恒生亲自主刀，他把平时几个合得来的科室尖子医生叫来，组成一个手术小组，尽量做到万无一失。

喧闹的小城已慢慢地静了下来，山城医院也回归了宁静，这种宁静对叶宜文来说，却不乏寒意，每过一分钟，她都觉得十分缓慢和难熬，大约过去三个多小时，叶宜文的手机震动了几下，她以为又是弟弟来问手术进展情况，谁知打开一看是一条短信："小叶，恭喜！你父亲的命救回来了。"显示的手机号码是方恒生的，这一刻，叶宜文的脑子是一片空白，也不知道过了多长时间，她才从惊喜中反应过来，大喊道："我爸被救回来了，我爸不会死了！"喊着向医院门外跑去。在医院大门口的草坪上，她向弟弟发了"爸爸已平安"这条短信后，再也控制不住自己的情绪，放声大哭起来。

再说今天晚上，陈院长也没回家，虽然不同意做手术，但也不放心，一直坐在办公室里等待消息，深夜十一点多了，见还无动静，他再也坐不住，换身衣服，急匆匆往手术室奔去。可等他到了手术室，方恒生等几个医生已在洗手洗脸了，他走到方恒生身边："小方，情况怎么样？"方恒生转身一见是陈院长，不无得意地汇报说："院长，手术十分成功，叶成钢的命救回来了！""不是肿瘤晚期？"陈院长还是不相信。方恒生穿上衣服，开心地说："院长，去办公室，我详细向您汇报。"

在院长办公室，方恒生把叶成钢的手术经过做了详细的汇报，最后才说："院长，本来只是一个小小的阑尾炎，硬是被叶成钢拖到腹膜炎穿孔，导致满肚子脓水，要是再不开刀，真的就没命了。"

听完汇报，陈院长的脸色丝毫没有轻松，心情似乎更加沉重，他盯着方恒生满脸喜悦的脸，忧心忡忡地问："小方，你想过吗，这手术是成功了，可严格意义上说，这难道不是我们的一次误诊？"

"院长，最重要的是叶成钢的命救回来了。"

陈院长还是一副愁眉苦脸，方恒生却笑着劝道："院长，你别总把事情的结果想得那么悲观，这些天没少被叶成钢的事情搅得吃不下饭，睡不着觉，今天终于可以轻轻松松睡个安稳觉了，我先走喽！"

方恒生一路小跑来到自己的办公室，一眼看到门口站着叶宜文，赶紧收敛神态，端正语气："小叶，恭喜你了！"

叶宜文没说一句话，只是傻傻地盯着方恒生看，方恒生被叶宜文看得不好意思起来，问道："小叶，你没事吧？不，不，你还有事吗？"

"没事。"叶宜文觉得此刻说些感激感谢的话显得多余，她只告诉方恒生自己要回省城一趟，两三天后回来。

叶宜文倒是安安心心回去了，可陈院长这两天老是惴惴不安，第六感觉似乎总有啥事要发生。上午，他去各科室转了几圈，还专门去了趟监护室询问叶成钢的情况，护士向他汇报，叶成钢恢复情况很好，他心里这才放心不少，就回到办公室，可没等他喝口茶，院办主任小王冲了进来："院长！"一声叫差点把陈院长的心都叫了出来，他站起来急急问："出啥事了？"

小王满脸通红，激动地喊着：《救命一刀》，省报头版头条！写我的——不，不是，是写我们医院的！院长，喏，你快看看。"陈院长从小王手里接过报纸，只见头版头条果然登着一篇由实习记者叶宜文采写的长篇通讯，题目是："救命一刀"，副题是："记山城医院给我父亲第二次生命纪实"。

叶宜文在通讯中先是写了自己的父亲为省钱有病久拖不治导致生命垂危，接着写了山城医院如何不放弃，不抛弃，在亲属们都想放弃治疗的情况下，年轻的主治医生方恒生，在医院领导的支持下，毅然决然地为患者做了开腹手术，凭着敬业的精神，精湛的医术，硬生生把挣扎在死亡线上的父亲救了回来……

文章的最后还重点描述了山城医院当前面临的种种困难和不足，如病人多，医院小，再者医院设备陈旧，一些重症病人被迫舍近求远，赶几百公里山路去省市医院救治，既浪费钱，也耽误了救治时间，而且医院职工的待遇也远远落后于其他单位。可就是这样一个困难重重的山区小医院，从领导到员工，个个不忘初心，牢记使命，尽心尽力地为周边一百公里、近300万的村民服务着，贡献着！

全篇通讯近万字，因为是采用第一人称，读来亲切自然，声情并茂，情真意切，十分感人。陈院长一口气读完全文，特别是读到"在院领导的支持下"这段话时，他禁不住两眼发热，嘴里边也不由得自言自语："惭愧啊，惭愧！"

"叮铃铃！"

陈院长正在擦眼的时候，电话机响了，他拿起电话，就传来市卫生局赵局长的声音。

"陈院长吗？"

"我是！"

"陈院长，山城医院的事迹上了省报的头版，实属难得啊，可喜可贺！这真的是为我们全市卫生系统争了光啊！刚刚省厅的领导打来电话，要亲自来你们医院调研听汇报，你们好好准备准备，另外，造综合大楼的报告重新拟定一份，还有医院需要增添的设备，也核计一下，列份清单，记住，拣重要的，就这样！"

那边电话机撂了，陈院长似乎还在梦中握着电话机不放。

"院长，院长！"

这时，院办主任小王又兴冲冲跑进来，未进门就喊道："这下不得了！院长，刚才电话一个接一个，都是各大媒体，新闻单位，说要来我们医院采访报道！"

"你别这么大声，来采访是好事，正好省领导也要过来听汇报，把他们都安排到一起。""好的，这事儿交给我。"

由于关心父亲的恢复情况，叶宜文也早早地回到了医院。来到监护室门外，碰到刚刚给父亲检查完身体的方恒生，"小叶，你回来了啊，你父亲恢复得非常好，过两天就能转到普通病房了！""方主任，真的非常感谢，您是我们全家的救命恩人，还有您为我们垫付的医药费，恐怕以后我要一边工作，一边还您了，因为家里实在是凑不出那么多钱了！""没事，没事，我也不着急用钱，你目前的情况我也知晓，以后慢慢还就行了。"

正说着，陈院长走了过来，"小叶，这两天都不见你人，你这是上哪去了？""院长，是这样，在得知我父亲已无性命之忧之后，我实在不知道该如何表达对医院的感激之情，就想着自己该写点什么，好让更多的人知道我们山城医院的实情实况。""小叶，你这话说得真是让我惭愧之极啊，若不是我们胆小怕事，名利思想作怪，也不至于让你父亲面临如此境地。你说我们救了你父亲一命，可你的这篇报道救了我们山城医院。小叶，好姑娘，我在这里代表山城医院向你表示感谢。"陈院长向叶宜文深鞠一躬，抹着眼睛走了。

叶宜文被陈院长的诚意打动，也很激动，刚想追上去说几句，可一双手被人抓住了，她回头一看，是方恒生紧紧抓住她的手，而且正满脸深情地盯着她，毫无思想准备的叶宜文，霎时满脸发红，人也变得笨嘴拙舌，只是呢喃地看着方恒生："快松开手啊，被人看到不好意思呢！"

第四辑

杭州市萧山区
原创故事作品集

爱心摊主

戴祯桦

张超在大学主修工商管理，他在江南林业公司任董事长助理，深得江董事长的赏识。

张超的收入不算低，但作为一个山里孩子，想要在寸土寸金的城里买房子，那是远远不够的。张超有生意头脑，摆起了地摊。除了卖口罩，还卖生活必需品，各种男女袜子，家用拖鞋，等等。别人的地摊生意一般般，而他的摊前总是围满了人，为啥？除了价格公道，他还是个爱心摊主，对那些路过没戴口罩的老人和孩子，他会免费赠送口罩，所以大家送他一个"爱心摊位"的美称。

这晚，摊前来了一位长发的漂亮女孩，女孩看看袜子看看头饰，张超一见，就知道她是一个知性白领。东西还没挑选好，女孩一不小心高跟鞋被脚下的石头一拌，人差点摔倒，美女花容失色，捧着脚蹲在地上直叫"哎哟"。张超立马走到女孩面前，也蹲了下去，关心地问："扭着脚了？"女孩皱着眉头苦着脸，向张超点点头。张超一边搀扶她坐到凳子上一边又问："有朋友一起来逛街吗？叫她们送你去医院检查下？"

女孩难为情地说："就我一个人出来随便走走的，哪承想到会崴了脚？"

"那——那要不我送你去医院？"张超问。

"这，这多不好意思呀，你还得做生意呢。"女孩说。

"谁叫我是爱心人士，救人急难应该的，何况还是一位大美女呢。"张超调侃说。

女孩笑着说："哪有这么夸自己的？那好，麻烦你送我去医院检查下吧，我不是大美女你都这么热情，若是遇到真正的大美女，不知你是什么样了。"

"一般不承认自己是大美女的就是最美的，你就是我所遇见最美的女生。"张超本来就觉得她很美，见她这么说就自然而然说出了这话。

女孩咯咯地笑了，说："这么会哄人开心，一定深得女朋友喜欢吧？"

张超没有直接回答她的话，拿起地摊上一双女式拖鞋给她换上，免得她高跟鞋不好走，然后把摊位上的东西收起，放进停在边上那辆桑塔纳的后备箱，把女孩扶上车。车子启动后，张超一本正经地告诉女孩：他还从来没有恋爱过。

张超告诉女孩，他是山里走出来的穷孩子，父亲在他十岁时因病去世了，全靠母亲含辛茹苦把他培养成人，他为走出大山一直在努力，根本没有心思去注意女同学。大学时很多同学都在花前月下时，他勤工俭学，付出比别人更多的努力，才能完成学业。毕业后，他努力工作，自己若是一无所有，如何找女朋友，怎么养家糊口？所以他必须先有一定的基础才能恋爱结婚。

女孩认真地听着，并露出了赞赏的眼神，然后说："不容易啊，有想法也很努力，难能可贵。"

张超趁机说："我叫张超，我把家底都和你说了，你是否可以告诉我你的芳名。"

"叫我三三吧。"女孩说。

"姗姗却没来迟，这名字好听。"张超说。

"是一二三的三，希望我的人生之路也如这三字一样，简单、笔直、没有弯弯绕绕。"女孩说。

"那还不如直接取个——吧，听着像依依，也不错。"张超打趣着说。

哪知三三姑娘竟然大大方方地说："——就——吧，三三归一嘛……"

就这样说着说着，三三似乎忘了疼，一路上笑声不断。到医院后，张超忙前忙后地挂号、付款，扶三三去拍片，所幸，医生说没有大碍，只是韧带扭伤。张超想送三三回家，但三三坚持自己打车回去，说这么晚了，万一被父母看到就不好了。

看看时间也确实不早了，张超只好让她自己打车回家。张超车子开出不久才突然想起，刚才光顾说话，连个微信也没有加。

一连几天，上班时，张超都指望时间过得快些，希望在摊前再次见到三三。

谁知一周过去了，还是没见到三三，张超心不在焉地做着生意，时不时地往两边张望，总是盼着三三再次出现，越是希望却越是失望。正在张超苦恼时，三三突然站在了他的摊位前，张超乐得傻傻地问："三三，你——你怎么来了？"

"我怎么来了？难道你不欢迎？那我走了。"三三说着假装转身要走，急得张超马上说："不行不行，别走别走，上次忘了加微信，现在先加上好友吧，免得我找不到你。"

"看把你急的，我这次来，一是为了还上那次的挂号费和拍片的费用，还有那双拖鞋的钱，二是……我还没找到工作，想跟你一起摆地摊呢。"三三拿过手机边加微信边说。

"真的假的呀？一起摆摊好是好，可以天天看到你，但摆摊太辛苦，你学什么专业的？我们公司行政还需要人，要不到我们公司来上班，老总人好，公司待遇也不错，至于那些钱么，等你找到工作了，请我吃饭吧。"张超说。

"到时我一定请你吃饭。我学的是财会专业，你们财务需要人不？"三三问。

"我们公司的出纳，下个月要生孩子了。我们江董事长的女儿在美国也是学财会的，听说近期就要回国了，董事长想让女儿来公司管财务，但他女儿好像不想来。江董这几天出差在外，明天回来我去接机时问下，若他女儿决定不来公司，我帮你推荐下。"

"那太好了，去接机时帮我推荐？你具体做什么的？"

"我是董事长助理。董事长晚上若有应酬之类，我就给他开车，若是晚上没事儿，我就出来摆地摊。"

177

"你们江董有几个孩子，就一个女儿吗？你工作那么认真出色还体贴人，会不会让你做女婿。"三三眨巴着眼睛问。

"这怎么可能呢，虽然有时我和江董喝酒时，他会开玩笑说，我若是他儿子该有多好呀！但是，三三，你想想，他女儿是海归，我有自知之明，癞蛤蟆怎么能吃天鹅肉？再说了奋斗总要靠自己的，否则会让人说闲话。感情也有个先来后到，我好像——好像喜欢上你了。"张超鼓起勇气说出了自己的心里话。

"你又哄人开心了，哪有这么快喜欢一个人的。"三三娇羞着脸说。

"三三，你相信一见钟情吗？反正我是信了。"张超认真地说。

三三轻轻点点头，表示同意了。

第二天中午，三三接到张超电话，让她下午两点去江南公司面试。

由于财务工作的重要性，出纳是要董事长亲自面试的，于是张超带着三三去了董事长室，一进门，江董就问："江南，你怎么来了？"

张超愣在那里，江南？之前听说这公司的名字就是江董女儿的名字，难道……

只见三三跑向江董："爸，张超让我来应聘出纳岗位。"

江董笑着说："原来这样啊，你小子推荐的出纳竟然是我女儿啊！还是你厉害，我让她来公司管财务，死活不肯来，还想去外面锻炼下，你一推荐就马上来应聘了。"

原来，江董见张超为人不错，不但工作能力强，还吃苦耐劳，对他又敬重又体贴，就有了想让他当女婿的念头，所以私下悄悄和女儿说起过。江南在美国读了几年书，但她不失传统和孝心，心想：爸爸说的那么好，也许这人真的不错。当她知道张超业余时间在摆地摊时，故意假装看东西时扭伤了脚，又假装自己是个寻找工作的打工妹，去考验一下张超的为人。当张超问她名字时，江南故意说了个曾经用过的网名"三三"。

江南兑现了承诺，晚上请张超吃了饭，还有她爸爸江董事长也一起去了。

父亲的藤篮

楼黎明

今年春节在小妹家看见一只藤篮，这是一只很熟悉的篮子，因为它是父亲留下的遗物。

想当年，父亲自行车上常挂着这只藤篮。我家有姐弟四人，父亲那时在供销社工作，每月工资45元，因为我们家不是纯农业户，所以每月要交生产队口粮钱15元，这样一来，我父亲的收入只有每月30元，这30元钱父亲留下15元钱的生活费。到我娘手里只有15元钱了。

父亲在十里路外的河上供销社上班，他的自行车上就挂着这只藤篮。每当我父亲的自行车铃声在门外响起时，我们姐弟四人会拥上前去争相看藤篮，因为父亲的藤篮里总有好吃的，经常有水果、炒货或糕点，但最多的是肉骨头。那个时候像我们这样的人家常买肉是不可能的，而肉骨头也是当时的紧俏货，因为父亲是供销社的所以能买到肉骨头。

那时我们姐弟几个都处于长个子的时期，一篮骨头有五斤，每斤1角3分、六角五分不等，而吃过的骨头卖到收购站还有8分一斤，这是一件很经济实惠的事。骨头烧汤当油用，什么菜只要往骨头汤里一放就成了美味，汤直接喝，那个味道就更好了！由于我们经常吃骨头，练就了我咬骨头的功夫，一根骨头到我这里被啃得光光的，妹妹们说姐你吃得这么光，不用去卖钱啦？没斤两了！那时他们还小，咬不动，我常常把他们啃过的骨头再啃一遍。

这种啃骨头的习惯一直伴随着我，直到20世纪80年代我到河上镇工作时，同志们都说楼大姐爱啃骨头，我们给她留着。镇广播站编辑开玩笑说，大姐你前世一定是狗投胎的，这么喜欢咬骨头！其实不光是我，我们姐弟都喜欢啃骨头，现在想起来总感叹父亲之爱，也常回忆起那只带骨头回家的藤篮。

有一次父亲回家时又挂着这藤篮，我们又一齐围上去看有什么好吃的！只见里面一只大陶瓷杯，我们问这是什么啊？父亲叫我们猜，我们一个说猪肉，一个说带鱼，乱七八糟说一通，老爸笑着掀开杯盖，只见里面满满一杯什锦菜，有肉、有笋、有蛋花、有猪肠，还有荠菜，那时我已有点大了，问老爸这是啥菜。父亲说，单位办会餐，他说他不吃，让同事把他这份盛出，拿回家给我们一起吃，当时我听了很感动。老爸为了养我们四姐弟，他总是省吃俭用，一个腌鸭蛋他说要吃的三日不见黄，七日不见底，他还说那时的日子是：来不得客人，请不得菩萨。日子过得很拮据，但我家还不算苦，饭总能吃饱。母亲也是一个会打算、会持家的贤妻良母，在严格的家风和家教下，我们姐弟间很少吵架，从不骂人，如骂一句就会遭到母亲严厉的批评，直到现在姐弟几个相会总会想起父亲的藤篮，母亲的教诲，这和父母的言传身教离不开。父亲退休后还积极参加社会活动，他主动无偿地担任楼塔居委会的工作，参加菜场管理和大队的公益活动，当被评上"老有所为"的奖状时高兴得像孩子一样。他还写过一篇文章《激战文昌阁》在萧山日报发表。他也常常讲故事给我听，特别是神仙太公的故事，还有我们的老祖宗五香太公的传说……由于父亲的影响，我对搜集楼塔民间故事有很大的兴趣，而母亲也常讲一些伦理道德的故事给我们听，教育我们要有感恩之心，做人要懂得知足。所以我们对现在的生活都感到满足、幸福！

藤篮，它装满了父亲的爱，我要把它永久保留着。

彩票中奖

和数字打了一辈子交道的张海，退休前是县供销社会计。

一天，张海从二楼阳台上看去，发现斜对面楼下早餐店旁有一个大大的霓虹灯在闪烁，聚神定睛一看，好像是一个"中国福利彩票"售卖点。虽然门面只有巴掌大，但凡是有数字的东西都会吸引张海的眼球。他兴奋得来不及和老伴商量，拿走了家里仅有的2000元现钱，以最快的速度奔了下去，一下子买了1000注。这次的冲动，被老伴狠狠地含着泪数落着："这2000元钱，你说是要给我买养老保险的，你都这把年纪了，还这么任性。"

老伴为这事气得颗粒未进，睡了一整天。张海之后也有一点歉意，他想："万一这次真的没有中什么奖怎么办……"但他很快又燃起了信心，释然了！宽慰老伴说："这2000元钱肯定不会打水漂的。今天我实话告诉你，我隔三岔五都在买的，而且每次都有小奖获得。"老伴愣在那儿说："怪不得你天天在看什么《彩票中奖内幕秘密》的破书。原来你又'贼性'不死了！我问你，那你得了奖没有？"张海不气不恼地说："得了。""得了也是芝麻绿豆奖，还换不回本钱的10分之一。"老伴大声回应。张海赶紧解释说："这些小钱是我早餐省下来的，我不会扣你伙食费的。大不了和以前买'有奖贴花'中大奖一样，拿半屋子方便面也不亏呀！"老伴更来气地说："上次吃了好几个月的方便面，大便都拉不出。再说了，你怎么知道这次一定能得大奖呢？"张海没有直面回答，但他得意地想：就凭我对数字的敏感和对彩票的研究呗！老伴，你就等着我们过好日子吧！

开奖是第二天上午九点，这天晚上张海睡得很踏实，倒是边上的老伴一直没有合眼，翻来覆去、唉声叹气地折腾了一晚上。

第二天，张海早早起了床，在对面早餐店用完餐后去老街喝茶、吹牛了，这个习惯张海自从住在这里时就养成了。

张海来到茶馆，他一边喝茶聊天，一边时不时地看着时间，今天他心神有点不安，花掉这2000元钱，对于只靠张海一个人的退休金来维持生计的家庭来说，还是有点揪心的！快到九点的时候，突然，买彩票的朋友阿三打来了电话。

张海连忙接听："喂，阿三，你好！什么，你只差一个号，我是在你后面买的。"这时，张海的心跳加速了起来，他给自己说："淡定，不能慌乱！"但他的手还是不由自主地抖了起来，他马上从口袋里拿出彩票翻看，果然有这组号码。他压抑着激动淡淡地说："这组号是在我这里。什么？你问我怎么不兴奋啊，我告诉你吧，这个事我曾经经历过，有思想准备的。谢谢你老朋友！"

这时，张海见旁人没有人注意到他，就悄悄地离开了茶馆直奔彩票店，不动声色地记下了中奖号码。

回到家，张海对着房间喊："老伴，发财了！500万！"老伴阴着脸说："别发疯了！""是真的。刚才有一起买彩票的朋友打电话给我，我还不敢确定，我去看了。"张海激动地拿出彩票和记下的号码说。这时，老伴张大着嘴巴愕然，半信半疑地说："你掐我脸一下。"张海掐了一下老伴的脸，老伴激动地说："我有痛感的，难道这——是真的？"张海狠狠地点了下头。

这时，张海面对满头白发，憔悴的老伴，心里一阵难受！动容地说："老伴，你跟了我大半辈子了，还从来没有享过一天的福，从今以后我要把欠你的都给你补回来。"老伴又好像回到姑娘时那样既憧憬又羞涩地看着张海说："真的？那——那我们有这么多钱，你怎么安排呀？"张海见老伴有点不知所措，他淡定地说："首先，这个事你嘴巴要贴住，隔壁邻居也不能透露，外扬的话要坏事的。第二，我们要去旅游。"老伴兴奋地说："对，去国外新、马、泰。"张海摇手否定说："不，去欧洲、美洲，那才叫去国外旅游。第三，改善生活，买房子、买汽车。"老伴打断说："车给儿子买。"张海肯定地说："那是必须的。"老伴想了想说："要给孙子留一笔钱。"张海眉飞色舞地补充说："给孙子起码留100万。第四，把多下来的钱存银行，它的利息肯定比我退休工资还要多，这样你的养老金就不用愁了。"

听了老头的话，老伴越想越美好，说："老头子，我们快到彩票店去兑奖吧。"张海不慌不忙地说："别急，现在去人肯定多，我们先去阳台看一下。"老两口从阳台上远远看去，果然门口还涌着很多人，好像还在议论着什么。张海拉着老伴回屋内说："记住，闷声大发财。等大家把这个事冷淡下来了，我们再去也不迟。"老伴兴奋地点头认同。

接下来的半天，张海时不时地从阳台往下张望，到了下午快下班的时候，张海见彩票店门口不怎么有人了，和老伴说："现在我们可以去了，但千万不要说我们就住在对面，如果一定要我们留住址，就写儿子的地址。"老伴赞赏地说："老头子，你太有才了！"

老两口装着若无其事的样子来到了彩票售卖店门口，张海拿出获奖的一张彩票，又从兜里拿出了放大镜，老两口仔细对照了一遍，确认无误后快速地走进了店内。

店内只有一个20岁左右的姑娘坐在那儿，张海拿出中奖彩票递给姑娘说："这是一等奖的一组号码。"姑娘诧异地看了一眼张海说："啊！这样的啊？那我查一下。"姑娘快速地对查了一下，然后笑着对张海说："对不起！我们这里没有中一等奖的号码。"听着这话，张海顿时脑子一片空白，老伴更是嘴巴张得硕大愕然着！"这组号不是门口写着吗？你再仔细看看。"张海激动地说。

姑娘这时也有点紧张了起来，她赶紧拿起电话："哥，彩票中奖号码对吗？你赶紧过来。"老伴指着姑娘说："你们是怎么搞的？这种事能有错吗？"姑娘红着脸带有歉意地放下电话，拿起拐杖一瘸一瘸地从柜台里面艰难地走了出来，说："对不起！我到门口去看一下。"老伴看着眼前的姑娘，心里很不是滋味，也不好再说什么了……

这时，从外面急呼呼跑来一位年轻人，张海看着年轻人，气不打一处来说："这是怎么回事？这种事能开玩笑吗？我们都是上了年纪的人了，你们这样做事要出人命的，你知道吗？"年轻人着急地说："我们没有弄错啊！"张海一听没弄错，就大声责问："还说没有弄错，这是我抄下来的一组号，你睁大眼睛看看吧！"

正当张海气得手脚冰凉准备要讨个说法的时候，从门外进来了一个头微微颤抖的老人，姑娘委屈地叫："爷爷！你来了？"老人说："我不放心你，来帮帮你！"年轻人好像意识到了什么："爷爷，外面的这组号码是你写的？"老人回答说："你妹妹腿脚不便，是我写的。难道写错了？"

张海一听"写错了"三个字，血一下子冲到了脑门……老伴更是待在那里一动不动！

张海看着眼前这位80岁左右的老人，知道是怎么回事了！

这时，年轻人几乎是哭着说："爷爷你怎么能写错了呢……"

张海见此情景，心里像倒翻了五味子一样！但马上宽慰自己：原谅别人就是放过自己！微笑着对老伴说："我们走吧！"

老两口转身走出了店门……

为什么喜欢你

朱赟

　　大学毕业后的就业率，是衡量一所大学含金量的重要标准，北大清华的毕业生在就业上自然比其他学校毕业生更有优势。对于丹城学院这座没有多少特色的地方高校来说，毕业生的就业率始终都是需要全力解决的一个重点。就业率高了，学校对外宣传的底气也就足了，就能吸引更多的高考学子来就读。为此，学校把解决毕业生就业的任务分配到了每个系，甚至每个班。经过一段时间的努力，虽然离毕业还有将近一个月，但多数班级的就业率已经达到了百分之五六十，有些甚至还超过了百分之七十的合格线，可是张碧红的班里，就业率却还只有可怜的百分之二十几，她为此几乎天天都眉头紧锁。

　　张碧红研究生毕业后来丹城学院任教还不到一年，还是个姑娘，又是外地人，在这里既无亲无故又人地生疏，真的没有能力能帮得上任何一个学生的就业。但学校的规定是，如果一个班级的就业率达不到百分之七十的底线，班主任就要调离工作岗位，而对于张碧红这种尚在实习期内的教师，那就意味着解聘。可是张碧红对自己的工作到没有想得很多，更多的是想到她的学生。张碧红一直都很关心自己的学生，把他们都当成自己的弟弟妹妹，对于那些家庭困难的学生，她还经常把自己的工资拿出来补贴他们，所以同学们都一心想要帮她。班长高霞和大家讨论后对张碧红说："张老师你放心吧，其实就业对我们来说并不是很困难，只要抓得紧，很快就可以解决的。现在我们已经决定了，马上加紧去找工作，保证达到百分之七十以上的就业率。"

同学们行动起来了，果然很快就见到了成效。首先是高霞成功应聘了一家大型娱乐公司，紧接着捷报便阵阵传来，有几个同学甚至还被巨龙集团公司录用了。巨龙集团公司实力雄厚，产业牵涉到房地产、旅游、机电、文创等多个行业，是本地的龙头企业。老总范祥龙更是全省著名的青年企业家。同时有几个学生签约巨龙集团，据说这在省城的重点大学也不多见，这几位同学可是大大地替学院露了一回脸。更使张碧红没有想到的是，一段时间后，她班里的同学竟然全都找到了工作，实现了百分之百的就业率。为此，学院领导专门表扬了张碧红，不光向她颁发了正式聘书，还决定等新学年开始后发给她一笔数目可观的奖金。

　　毕业生们找到了工作，一个一个都离开了学校。张碧红也回家乡过了一个舒心的暑假，回来时她把母亲也接了来。母亲一辈子没有见过世面，她把母亲接到丹城来玩几天。这天，她们去了当地有名的一家娱乐城，玩乐了半天，然后进了一家餐厅吃午饭。她们点了两个菜，服务员很快就把菜端了上来。这时张碧红发现，那位端菜的服务员竟然是高霞。高霞也发现了张碧红，脸一红说："张老师，你们也来这里玩啊。"

　　张碧红说："高霞，今天是下基层参加劳动的日子吗？"

　　高霞沉吟着说："张老师，现在告诉你也无妨了，其实我当初签的就是服务员合同。"

　　张碧红着急地说："那怎么可以？怎么说你也是个本科生呀。"

　　高霞说："现在就业竞争激烈，大学生下基层也属正常。我在这里端盘子还算好的，毕竟是在室内，去巨龙集团的那几个同学都还在建筑工地上干呢。"张碧红的心像被重重地撞击了一下。她很明白，同学们这么自降身价，迫不及待地把自己推销出去，目的就是为了给她一个就业率，使她能继续留在学校里。吃完饭后，张碧红已经无心再游玩，她把母亲送回了住处就急急赶往了巨龙集团公司，她要去见见那几位学生，把自己的想法跟他们说一说。

　　可是她没想到，由于她说不出几个同学具体的工作部门，公司的保安不让她进去。但就在她垂头丧气地走出大门时，却有一个年轻人拦住她说："小姐，我刚才听你说要找你的学生。学生怎么会在我们公司里？"张碧红本来是窝着一肚子气的，但见这年轻人和颜悦色的，气也就消了大半，于是就耐下心说："是这样的，我是丹城学院的老师。我这几个学生是今年毕业的，现在在巨龙集团公司的建筑工地上干活。"

年轻人有些不解地说："大学生怎么会在工地上干活？"

张碧红说："是啊，我也是刚知道，所以才急着要找他们。"

年轻人说："可是巨龙集团的建筑工地目前有三处，都很大很分散，找起来不太容易。要不这样吧，我请个假，陪你一块儿去找如何？"张碧红正不知道怎么去找，对年轻人的热情自然是求之不得。年轻人去开了一辆车来，带着张碧红去工地找到了那几个学生。张碧红看着这几个明显黑了瘦了的学生，眼泪止不住地流了下来，一定要请大家晚上一起吃顿饭。几位同学盛情难却，下了工后就跟她进了工地附近的一家餐馆。

菜上来后，张碧红端起酒杯，再一次流下了眼泪，哽咽着说："同学们，我知道你们是为了我才这样做的，但你们毕竟是大学生，我不允许你们这么浪费人才，所以我希望你们马上把这里的工作辞了，重新去找合适的工作。"

同学们说："张老师，其实你不必为我们操心的，我们觉得在基层锻炼锻炼也不是坏事。您看，我们现在虽然黑了点瘦了点，但不是比以前更强壮了吗？"

张碧红说："锻炼是没错，但也得有个期限，你们准备在工地上干到什么时候？"

同学们说："张老师放心，我们是决不会把学到的知识轻易丢弃的。"

一顿饭使师生间的感情又加深了不少，临别前张碧红千叮咛万嘱咐，要同学们一定要把握住每一个机会，尽快找到能施展自己知识才华的工作。同学们走后，张碧红把服务员叫过来准备结账，服务员却说："已经有人买过单了。"张碧红吃了一惊，几个学生都是她目送着离开餐馆的，即使要转回来买单也没有这么快呀。她问服务员："是谁买的单？"

"是我买的单。"一个男声回答道。张碧红抬头一看，原来就是那位帮她来找人的年轻人。不禁奇怪地说："你还没有走？我们素昧平生，你为什么要替我买单？"

年轻人直视着她的眼睛说："因为我喜欢你。"这话说得很大胆很直接，张碧红的脸"刷"地一下红了，其实在年轻人陪她找人的过程中，她就已经从眼神中觉察出他喜欢她，而她对他的印象也不错，所以年轻人的话虽然说得很冒失，张碧红却并不感觉唐突。但谁知年轻人又"得寸进尺"了，他说："张老师如果同意，我想送你回家。"

在车上，年轻人说："你知道我为什么喜欢你吗？"

张碧红说："为什么？"

年轻人说："你作为一名老师，对已经毕业的学生都还这么关心，足见是个有仁爱之心的人，说句不客气的话，像你这样的人现在已经不多了。"

张碧红叹了口气说："你错了，这一次不是我在关心这些学生，而是他们在关心我。"于是她就把同学们为了帮她达到就业率，甘愿去做餐厅服务员、建筑工地小工的情况都告诉了这位年轻人，最后她说："可是我觉得，大学生如果不能找到和他们的知识相匹配的工作，就不应该算已就业，所以我准备明天就去找学院领导，把我们班百分之百的就业率改过来，然后接受学院的任何处理。"

年轻人沉默了，似乎在思考着什么问题。车子到了张碧红的住处，就在张碧红正要下车时，年轻人突然说："张老师，我有个请求，你能过两天再去跟领导说这件事吗？"

张碧红说："为什么？"

年轻人说："或许这两天里情况就发生变化了呢。"张碧红虽然觉得两天内要使几位同学的工作状况发生变化不太可能，但还是答应了年轻人。两天后的傍晚，张碧红从学校回来，年轻人果然已经等在了那里。他说：

"张老师，你的那几位在建筑工地上干活的学生已经全都调入了公司的管理层，此外，在娱乐公司及其他一些公司打工的学生我也和他们的单位联系了，相信不久也会有一个使你满意的结果。"张碧红呆住了，有些不相信地说："你究竟是什么大人物，竟然如此神通广大？"

年轻人笑了笑说："我并不是什么大人物。我叫范祥龙，只不过是个普通的生意人。"张碧红这才知道，站在她面前的原来就是巨龙集团公司的老总，不禁感慨地说："范总，你不光照顾了我在你公司的学生，而且还动用关系照顾了我在其他单位的学生，究竟是为了什么？难道就是因为喜欢我而在帮我？"

范祥龙说："我喜欢你不假，但并没有帮你。那些能够无怨无悔地在基层吃苦耐劳的大学生，对任何单位来说都是个宝，根本就不需要照顾和动用关系。"

牢记使命

孙燕华

曜湖集团的安全员大庞为了救一名不慎从六楼脚手架上摔下来的民工，英勇牺牲了。大庞的家在农村，父母、妻子都是农民，儿子不久前刚收到大学的录取通知书。可以说，大庞是这个家庭唯一的经济支柱。现在这根支柱倒了，整个家庭立马就陷入了一片愁云惨雾之中，妻子更是哭得死去活来。都不知道以后的日子该怎么过了。好在曜湖集团是一家国企，实力雄厚，对死亡员工的抚恤和善后措施也都很健全，更何况大庞是为救人而死的，是体现了企业精神的英雄人物，所以集团公司经过讨论决定，将大庞的妻子范树芳招了进来，并顶替大庞的职位，也成了一名安全员。

一段时间后，大家都高兴地发现，范树芳对工作极其负责，几个工地上每天都能见到她的身影，遇到安全隐患，她就会盯住不放，一遍一遍地缠着相关人员，直至整改到她认为安全为止。而遇到那些工地里的人解决不了的大问题，她就会去找集团公司的领导，不管是总经理还是副总经理，谁有拍板权她就找谁，而且是死缠烂打喋喋不休，不让你有片刻的清静，直到她反映的问题圆满解决。也正因为如此，曜湖集团的安全工作比以前有了很大的改善，上面几次来检查都得到了高分，还将他们树为了安全生产的标兵单位。

对此，曜湖集团的领导们都很高兴，对范树芳也是刮目相看，赞赏有加。领导中有个叫裘良兴的，是公司的副总，而且正好是主管安全的，对范树芳则更是青睐。这个裘良兴也是丧偶的单身人士，年龄也与范树芳相配。范树芳虽然已经将近四十了，但却仍然明眸皓齿，别有一种成熟的风韵。裘良兴觉得，她可以成为自己理想的妻子，但是考虑到范树芳丧夫还

190

没多久，向她表白的时机还不成熟，就暂时将这层意思埋在了心里。

但谁知又一段时间后，大家对范树芳的看法却悄悄地发生了变化。范树芳刚来的时候，公司的一些地方确实存在着安全隐患，她敏锐地发现了这些隐患，不厌其烦地一次一次找领导和相关人员反映情况，督促整改，对公司的安全生产工作确实作出了较大的贡献。可是现在公司已经是安全生产的标兵单位了，上面来检查的人也都已经很满意了，范树芳却还是不肯消停，还是不断地向领导反映她认为的安全隐患。但在领导看来，她反映的所谓隐患其实很多都是些鸡毛蒜皮的小事，比如原来建筑工地上的脚手架防护网都是从三楼开始拉的，她却坚持主张要从二楼就开始拉。她觉得一个工人从二楼掉下来，一般情况下是不太会有生命危险，但如果下面有竖着的钢筋，或者是棱角锋利的石块，那就不好说了，所以这不是小事，而绝对是个严重的安全隐患。领导们还发现，不知从什么时候开始，范树芳还练出了一种"牛皮糖"的功夫，如果领导在开会或者有其他重要的事，她就会在吃饭的时候逮住领导，甚至也会把领导堵在厕所门口，迫使领导憋着气听她滔滔不绝地反映她认为的安全隐患。到后来，领导们见了她都忙不迭地绕道而行，唯恐避之不及。也有人背地里叫她"碎碎念""祥林嫂"，甚至很多人在遇到爱唠叨的女人时都会说一句，你怎么跟范树芳一样？或者说，你比范树芳还惹人厌。

裘良兴把这一切都看在眼里，心里也暗暗地替范树芳着急。他想劝劝范树芳，要她别再草木皆兵地整天"安全安全"的挂在嘴上，但又觉得以他一个主管安全的领导的身份，说这种话不太合适。考虑再三后，他最终决定，提前和范树芳确立关系，以一个恋人的身份去劝说她，这样效果就会完全不一样。这天，裘良兴找了个机会拉住范树芳说："树芳，今晚我想请你吃饭，你肯赏光吗？"范树芳爽快地答应了。这使裘良兴很振奋。裘良兴虽然尚未向范树芳表白过，但心里喜欢一个人，对这个人的神情举止都难免会有些与众不同，而这个人只要不是在感情上过于迟钝，也必定会有所察觉。今天范树芳爽快地应邀和他共进晚餐，就说明她对他必定也有好感。这样的话，事情就方便了，他不仅可以重组幸福的家庭，而且他也有信心重树范树芳在公司的形象。

裴良兴特意选了一家格调浪漫的餐厅，还要服务生把包厢的灯光调得朦胧柔和一些。他已经在网上查阅过一些情感大师的文章，说是在这样的氛围中求爱，成功率会提高百分之三十。范树芳如约而至。等菜上来后，裴良兴清了清嗓子，正要把那些已经打好腹稿的话向她表白，谁知还没来得及开口，就被范树芳抢着说：“裴总，真的谢谢你给了我这次机会，让我可以将公司的安全问题全面仔细地向你汇报。”说完也不管裴良兴爱不爱听，更不问裴良兴请她共进晚餐的用意，滔滔不绝地又说起了安全的话题，连插话的机会都不给裴良兴。通过这件事，裴良兴明白了，范树芳一心想着安全，甚至于到了执着的程度，其实是她的内心还没有从丈夫大庞死亡的阴影中走出来，害怕再有这样的悲剧发生，所以在这种情况下，任何人想要她在安全问题上不再唠叨，不再碎碎念，都是很难收效的。当然了，时机还没成熟，裴良兴也不得不暂时打消了向范树芳求爱的冲动。

然而就在那些公司领导和有关人员被范树芳的执着搞得苦恼不堪时，转机忽然出现了。事情是这样的，省里出于对安全生产的重视，决定成立一个安全生产巡回宣讲团，在全省各地巡回宣讲，时时给大家敲响安全生产的警钟，并指定曜湖集团也要派一个人参加。文件一下来，所有的公司领导都几乎同时想到了一个人——范树芳。范树芳不是一心装着安全吗？不是爱碎碎念吗？让她去宣讲团，正好能发挥她的特长。而更重要的是，她一走，公司就又可以重获清静了。

范树芳去了宣讲团后，整个公司的气氛果然一下就轻松了起来，领导们吃饭、上厕所时，再也不担心有人来打扰了。于是，一切好像又都回到了过去，三个月后，大家似乎都忘了曾经有范树芳这样一个人存在过。可就在这时，公司接到了上面的通知，说在一次突击安全检查中，曜湖集团暴露出了很多安全问题，决定撤销他们的安全生产标兵称号，责令限期整改。这一下可得让公司领导们操心一阵子了。可谁知一波未平一波又起，这边的整改还没结束，工地上却又传来消息，有人从二楼的脚手架上掉了下来，掉在一堆切割下来后又胡乱堆放在那里的钢筋上，其中一根钢筋插进大腿刺破了股动脉，现在正在医院抢救。而且那个伤者还是一名公司刚招聘进来的大学生。

出了这样的安全事故，公司老总和主管安全的副总裘良兴立刻就提心吊胆地赶往了医院，如果那个大学生有个三长两短，他们都负有不可推卸的责任。不过幸好经过抢救，大学生的命是保住了，但腿部还是留下了一些残疾。一个风华正茂的青年，因为这次事故，有了一生都抹不去的阴影。

曜湖集团的领导们心情也都很沉重，这时，大家又几乎不约而同地都想起了范树芳。范树芳曾经啰里啰唆地坚持脚手架外的防护网要从二楼开始拉。而且她也指出过，将切割下来的钢筋头胡乱堆放，会造成安全隐患。如果当时能听她一句，又何至于出现今天这样的事故？

痛定思痛，在公司核心层专门召开的一次安全会议上，裘良兴首先提议："我们去和上面商量一下，把范树芳再调回来吧。"

柿子红了

傅金祥

金色的秋天，陈家村后山的几十亩百年柿树，挂满了红红的果实，远远望去，山岭被红色所染，一番丰收的景象。可是，村民们却无心打理，都在关注村两委班子要换届的话题。大家关心和猜测的是陈家村的担子由谁来挑，老书记是否继续带领着大家走共同富裕之路。

陈家村是十里八乡有名的富裕村，村民们都知道这是靠老书记陈金龙带领班子成员兢兢业业、脚踏实地干出来的。如今，老书记虽年过花甲，但精力还旺。村民们还少不了这个"主心骨"，都希望他能继续为村民再干一任。

老党员陈有根听到了村民们的议论，感到有必要与老书记沟通沟通，表达表达自己的想法，所以他今天来到好久未进的老书记家门。

一进门，看到老书记正躺在椅子上闭目养神，有根见状就大嗓门嚷嚷起来："你倒好会享清闲啊。"老书记瞥了一眼，脸上露出了一丝笑容："有根啊，连你都稳不住了，看来这次是该动真格了。"

有根与老书记是一起摸爬滚打几十年的老党员。当年围垦海涂时，他俩同是青年突击队的队员，因不怕苦拼劲足，双双被评为"新长征突击手"，一起入了党，从此成为心照不宣的好战友。只是近几年因劳累成疾，有根才逐渐淡出老书记的视线。今天见到有根，老书记心里很高兴，心想我正少一个可以掏心窝的人，他倒来了。

老哥俩相互寒暄了一番，就在客厅落座。有根正要和金龙说说此番来意，金龙的老伴玉珍来告知要开饭了。老书记笑着说："来得早不如来得巧，我们边吃边聊。"说着就起身往餐厅走去。这次，陈有根见来得不是时候，就向玉珍道别。玉珍哪肯答应，非留他不可。架不住女主人的这番热情，陈有根觉得不好推辞了，就随她来到餐厅。

餐厅不大，一张八仙桌围放着四张椅子。老书记让陈有根坐上座，两人一番客套后就面对面落座。"不知老兄要来，未做准备，只是几个家常菜，请老兄将就将就喽。"陈有根听老书记如此说，不免想起了一桩往事：那是在围垦海涂的时候，因体力消耗大，再加上吃的东西油水少，一到半夜就被饿醒。那年月又没东西可吃，就偷偷地把金龙从家里带来的霉干菜蒸萝卜干当零食吃了。金龙好像对此事浑然不知。后来他才知道，其实金龙一开始就看到了这一切却不作声而已。

"菜来了。"随着玉珍的一声吆喝，陈有根的思绪回到了现实，他看到桌上已摆好了一碟萝卜干炒青豆、一碟霉干菜蒸肉、一碟倒笃菜蒸新鲜菜、一碟蒸鲫鱼。四碟菜两荤两素以清蒸为主，都是老书记平时爱吃的家常菜。

玉珍说："你们先吃起来，我再去炒两个菜。"但被老书记阻止了："有根不是外人，还是以常相待为好。你去拿壶酒来，老哥俩要好好地喝一杯。"老书记一边指使老伴去拿酒，一边对陈有根说："老伙计，其实你今天不来，我也要找上门去和你探讨探讨，我们这些老党员应该做些什么，怎样来保证基层党组织的堡垒作用，传好接力棒；如何让村民过上美好而富裕的生活；如何培养好接班人。"这时，玉珍拿来了绍兴老酒给他们各斟上一杯。

陈有根呷一口老酒问："难道你真的有退下来的意思了？"老书记卖着关子说："难道我真的还要再干一任？"陈有根听老书记这么说，也不正面回答他，而是夹了一块霉干菜肉细细地品尝起来。"咸淡适中，肉糯味鲜，与众不同，玉珍的手艺是越来越高了。"陈有根一连串的赞美词，连自己都觉得好笑，就笑了起来。老书记说："老不正经，我在问你话呢。"陈有根放下筷子认真地说："从你的身体状况和村民的希望来看，再干一届还真没问题。我倒也希望你再干一届，把我们的生活水平更进一步提高。但是……但是这后面的话不太中听，还是不说了。"老书记说："叫你说你就说，别卖关子。"陈有根一字一句地说："人老是自然规律，长江后浪推前浪。我们要敢于退出，让后辈有作为的人来担当。想当年我们不是也从年轻不懂开始的吗？"

有根话音刚落，只听"啪"一声，老书记用力在桌上一拍，说声"难道我真的老了？"陈有根见状赶紧刹车："真话难听，你也别急。我是就自然规律而言，不是说你非得退下来，你当然可以勇挑重担，继续为建设美丽乡村做贡献。村民们也少不了你这个主心骨。"老书记说："有根，你怎么话锋一转又恭维起来了，这可不是你的作风。"有根说："金龙啊，人性是相通的，对权利的欲望是很难割舍的，放着是我，也会左一个不放心，右一个不满意，还不如自己干。可是我们总不能老占着位子不放手，让年轻人到哪里去施展才华呀？"

老书记听了有根的话觉得没必要再藏着掖着了，就说："有根啊，不愧是老兄弟了，知根知底，你的话正合我意。"陈有根被说糊涂了："那你刚才这架势，好像要问罪于我？"陈金龙笑着说："哈哈哈，我这是在考验你的意志是否坚定。其实我已下了决心交班了。"陈有根说："我有什么好考验的。主意你自己拿，我可不是来逼宫的哦。"老书记说："这当然是我自己做的决定，你逼也没用。但你的意见还是可参考的。对于人选你有没有可供参考的意见？"有根说："能者上，这是我个人的看法，但话要说回来了，接班人这是上级党组织考虑的问题，我们不必费心。"老书记说："话是这么说，但作为一个党员，我们可以向上级推荐人选，让他们来考察鉴别。""既然这么说，我倒觉得你的阿侄是个不错的人选，他大学毕业，有文化，头脑灵活；又是村党委委员，有组织工作经验，作风正派，群众基础又好；领导能力嘛，你可以传帮带呀。"老书记："有根，这有搞裙带之嫌。可不能开这个口子。"陈有根："举贤不避亲。古人都有这个胸怀，我们共产党人就不能光明磊落地发掘人才？"老书记说："你这话到还中听。阿侄确实不错，这几年的工作大家有目共睹。但你有没有发现，那个来村委兼职的小伙子是不是更优秀？更具有做带头人的素质？我们不能把目光老盯着自己身边的人，要有五湖四海的胸襟。"陈有根被老书记的话打动了，他说："金龙啊，想不到你有如此胸怀，我放心了，那个外来兼职的小伙子确实值得我们推荐。"

老书记说："老伙计，别光顾着说话，来，喝酒。"有根举起酒杯说："好，干了。"

天降垃圾

当今社会上，有几句话特别伤人心。

配钥匙：你配吗？

网络打车：你搞不搞得清楚自己的定位？

眼下，包晴天正在遭受言语痛击，几个小学生围住了她，喝问道："你是什么垃圾？"

当然，这不是指包晴天品性低劣，以至于被人视为废物，而是在问她要丢的是什么垃圾。

包晴天叉腰气鼓鼓地说道："我不是什么垃圾……"突然意识到有歧义，慌忙改正道："我不是来丢垃圾的——话说，你们能不能不要省略词语，很容易引起误会的啊！"

"那你来干吗？"

"我，是来帮你们破案的！我就是传说中破案如神人称'包青天'再世的美少女名侦探——包晴天！"包晴天摆了一个姿势。

小学生们目瞪口呆，面面相觑，半晌才有人说道："想不到中学生居然会这么中二？""中二？中二不是中学二年级才会发作的精神病吗？""真是可怕的疾病，这个小姐姐废了。"

包晴天不由得一阵气恼，无可奈何。

包晴天，就读于科学大学附属中学，自称是历史名人包拯的后裔，因为洞察力惊人，破获过不少奇怪的案件，人送外号"小青天"，令她踌躇满志，满脑子都是想干一番大事。

然而，她生活的月牙镇，是一个和平的地方，既没有密室杀人案件，也没有留下预告信的稀奇古怪飞贼，更不会发生连环杀人案，就连小偷小摸都非常罕见，这叫包晴天无处下手。终于，同桌兼好友，著名的学霸——公孙罗平不忍心她变成废人，于是介绍了一个案件过来，帮一伙小学生侦破乱丢垃圾的案件。

　　如今，环保理念深入人心，各地开始实施垃圾分类政策，月牙镇也不例外。但是很多人还改不了习惯，为了推进政策实施，众多人士纷纷组建志愿者团队，劝导人们进行垃圾分类。月牙镇小学的一帮五年级小学生，就组成了一个组织，维护明珠小区的垃圾分类。

　　只见这帮小学生摆了一个极其中二的姿势，一起叫道："我们是GCG！"

　　"嗯，什么意思？"

　　一个眼镜小学生说道："是垃圾分类小卫士Garbage Classification Guard的首字母缩写。亏你还是中学生，这都不知道。"

　　包晴天再次被扎心，好在习惯了，问道："到底发生了什么事情，让我这个美少女名侦探过来。"

　　一个短发女生说道："有人不仅不按照分类扔垃圾，还高空抛物，从天上把垃圾扔下来，差点把我们砸到，实在太可恶了，我们要找到这个坏人，然后报告给城管，让城管好好地惩罚他。"

　　"哦？这么点小事？太容易了。"包晴天漫不经心地说道。

　　眼镜小学生叹气道："这个问题才大啊！"他伸手一指居民楼，包晴天顺眼看过去，顿时眼花缭乱。

　　居民楼的住户实在太多了。这个小区有三栋居民楼，每栋居民楼有三十六层，每层八户人家，整整有八百六十四户人家，要排查到猴年马月呀！

　　短发女生说道："不过我们已经计算过了，可以排除很多住户。"

　　包晴天好奇地问道："你们怎么排除的？"

短发女生指着眼镜小学生说道："他计算的喽！"

眼镜小学生扶了一下眼镜说道："通过从天而降垃圾袋掉到地上的位置与居民楼的距离，考虑到重力加速度、空气浮力，以及排除风速等因素，可以轻而易举地算出，垃圾袋是从居中那栋居民楼二十六层以上的高楼被扔下来的。"

包晴天听得目瞪口呆，半晌突然问道："你是不是姓公孙？罗平和你是什么关系？"

那眼镜小学生说道："你怎么知道我的姓？公孙罗平是我堂兄，我叫公孙罗方。"

包晴天喃喃自语说道："果然，不是一家人不进一家门，姓公孙的都是学霸。"

顿了顿说道："把垃圾检查一下，看看里面留有什么线索，就可以找到那个家伙了。"

几个小学生一脸"就等着你这句话"，把一黑袋垃圾扔过来。包晴天话已出口，不得不硬着头皮打开了垃圾袋，还好没有迎面扑来的臭气，只有水果腐烂的稍许发酵味。

小学生们做事充分，还带了塑胶手套过来，扔给包晴天。包晴天戴上以后，蹲下来仔细检查垃圾袋里面的情况，东西不多，以废纸、水果皮为主，没有找到诸如快递盒等能够发现个人信息的玩意儿。不过叫她产生疑惑的是在垃圾袋的边缘，有一排牙齿咬过的痕迹，非常醒目，莫非是宠物动的嘴？

眼镜小学生叹道："看不出什么吧。"似乎他们已经检查过了。

"不。"包晴天淡淡地说道，"现在这种天气，易腐垃圾放个两三天也不会烂，但是里面的却已经烂了，说明水果垃圾已经被丢进垃圾桶至少一周了。然而一周的分量，才这么点垃圾，说明丢垃圾的人最近在小区里面生活时间不长，而且有出差或者旅游的情况。另外，从垃圾的种类来看，以水果和废纸为主，没有尿不湿、化妆品残骸等小孩或者女人会产生的垃圾，所以丢垃圾的人极有可能是一个单身的年轻男子。"

小学生们一脸崇拜，小姐姐名侦探果然厉害，这令包晴天得意洋洋，说道："现在我们开始排查吧！我们要把这个只顾着自己贪图方便，而不顾安全和环保的家伙揪出来！走，我带你们来见识见识。"

她犹如老母鸡带着一群小鸡一样，带着一帮小学生进入居中居民楼的大厅，指着金属打造的半镂空式信件箱说道："线索就在这里。"

公孙罗方果然聪明，叫道："你的意思是，既然那个人曾经一周没有回来，他的信箱应该有很多信函、广告、报纸，我们只要仔细找寻哪个信箱塞得最满就可以了？"

包晴天笑道："聪明的小孩，你猜对了一半，但也错了一半！"

公孙罗方愕然，问道："为什么？"

"因为那个人已经回来了，回来的人当然会信函、报纸取走，所以他的信箱反而是空荡荡的。"

公孙罗方打量了一圈信箱，里面很多东西都是空空荡荡的，根本没有办法判断究竟是哪个信箱曾经被塞满过，于是挠挠脑袋问道："那应该怎么办？"

包晴天得意洋洋地笑道："感谢环保吧！"

她指着一个纸篓，公孙罗方顿时恍然大悟。

须知，各种废纸都可以回收循环利用。居民楼的物业为了有效提升循环利用，在信箱旁边放置了一个巨大的纸篓，居民在取信件的时候，可以把各种看一眼就没用的广告单、DM杂志扔到里面去。

包晴天解释道："那个人一周没有回来，信箱里面塞满了东西，他只会取走有用的报纸、账单等，至于广告函、DM杂志等，都会扔掉。我们现在开始翻纸篓，找上面印有地址的物件，而且只找二十六楼以上的。行动！"

众人一拥而上，翻腾纸篓，折腾了半天，找出了若干带有地址的东西，又详细分类，地址在二十六楼以上的物件按照一户一堆分开。

那个扔垃圾的家伙出差至少超过一周，说明他积累的物件数量超过一周的分量。考虑到纸篓三天清理一次，本次清理正好在今天晚上，三天内扔的物件都还在，超过三天的则不会留存，不用考虑历史积存。幸好各种物件上面都带有日期印戳，可以很容易辨认时间点。只要某一户积存的物件日期超过七天，那户就住的有可能是扔垃圾的家伙。

同一个地址，物件份额超过一周的，他们一共找到了五堆，这五堆里面，一定有"凶手"！

包晴天最后统计道："好了，一共有五户。2601、2703、2708、2807、3003。我们走，一户户地去拜访。对了，记得带着垃圾袋，那是罪证！"

小学生们兴高采烈地跟着包晴天，气势汹汹地坐上电梯，去寻找乱扔垃圾兼高空坠物的"坏人"！

他们按照从下往上的顺序拜访，第一户是2601，敲门打开，一看进去，就会发现有老人、有婴儿，与分析的垃圾袋主人不一致。户主询问他们什么事情，好在他们早有准备，短发女生热情地向户主宣传垃圾分类的意义，户主表示非常赞同，并且邀请他们入户休息，GCG以任务繁忙婉拒。

2703敲门没人。

2708打开以后，有男有女，与分析的垃圾袋主人不一致，他们照例宣传垃圾分类的意义。

2807打开以后，有小孩，与分析的垃圾袋主人不一致，里面的小孩居然还是小学生们的熟人，大家啰唆了半天才离开。

3003敲门没有回应。

这下调查完毕了，但是毫无结果，不由得令小学生们垂头丧气，包晴天也有些发愣，为什么没有答案？

"难道我们在哪个步骤弄错了？"公孙罗方挠挠脑袋问道。

包晴天摇摇头，不是弄错，而是遗漏了什么。

她将目光移向垃圾袋，上面一排齿印依旧非常显眼。

"这齿印，到底意味着什么呢？"

包晴天将垃圾袋拿了起来，仔细观察。齿印应该是人类留下的，凑近闻闻，上面还能够闻到口臭味。是什么人发神经，用牙齿去咬垃圾袋，难道不嫌脏？

包晴天猛然灵机一动，询问公孙罗方："公孙罗方，你会在什么情况下在高楼上往下扔垃圾袋？"

"懒病发作的时候。"

"此外呢？"

公孙罗方是个很聪明的小孩，想了一下说道："也有可能是不小心掉下去的；另外的话，那只有求救了！用扔垃圾袋的方式提醒楼下的人——你的意思是有人在求救？如果求救的话，好歹留点反常的东西。我记得以前看过新闻，有人被拘禁，靠扔钞票引起了别人的注意。"

包晴天把垃圾袋送到公孙罗方眼前说道："齿印，就是最大的反常。这个人甚至已经无法动手了，只能用嘴巴咬动垃圾袋。他有可能突发疾病，例如脑出血、中风等！"

公孙罗方大吃一惊，叫道："难道他在求救？但是我们找了几户人家，都没有得到反馈！"

"2703、3003敲门以后都没有反应，我怀疑他就在其中之一里面，因为已经不能说话了，所以无法回应我们。"

公孙罗方跳起来叫道："那我们快去救人吧！但是在哪个房间呢？"

"3003！"包晴天迅速判断，"因为2703门口没有任何东西，可能还是空房。而3003门口有擦鞋垫，说明里面住着人！我们报警！"

他们报了警，警方和消防队一起过来，破门而入，果然发现3003的房主，是一个年轻人，因为加班过度，导致突发脑出血，浑身瘫痪。当时他正在阳台，倒下之后只有嘴巴和脖子能够动弹，情急之下，咬住垃圾桶，拖下垃圾袋，将垃圾袋塞出阳台栅栏缝隙，从天降落，试图求救。幸亏垃圾袋里面没有重物，不会伤人，又被GCG小队发现，开始搜查，最终救了他一命。经过医院救治，年轻人已经逐渐康复。如果没有人发现，他可能叫天天不灵，叫地地不灵，最终会活活地病死！

包晴天洋洋得意，去找个垃圾袋都能够破获一起案件，真是神探附体。

至于GCG小队，在宣传垃圾分类之余，还顺便救了人，得到了许多人的赞誉！

红灯笼村风波

谢益龙

大柿村也叫红灯笼村，地处偏远山区，大柿村盛产柿子，之所以称为大柿村，是因为村口立着两棵几百年的大柿树，远远看像立着的兄弟俩。尤其是一到冬天，柿树上挂满了红红火火的柿子，又像两盏喜庆的大红灯笼，所以村庄也被外乡人称为"红灯笼"村，而外地游客也以来过这里为荣，能带给他们吉祥与喜庆。但这些天这个村的两大姓家族争吵起来，以村书记龚海为首的龚姓家族，与童来山老人领头的童姓家族。

矛盾的冲突是为了村口柿子树，新上任村支书龚海要为大柿村美丽乡村建设统一规划，准备在村口的两棵大柿树周围建一个花坛，安上木围栏，挂上红灯笼，做上大牌子，写上村名由来。而童来山老人认为是龚姓家族要霸占村口两棵大柿树，坚决不同意，号召族人阻拦，把已经进场施工的工人都赶跑了，还把施工设备丢进村口的田地里。

关于村口两棵柿树一直有个传说，在明朝洪武年间，陕西龚童两家结拜为异姓兄弟，因战乱一起逃难于这江南的大山里，开枝散叶，后来人口增多，逐渐形成了龚童两姓大村子，直到现在成了上千户的大村落。那两棵柿树据说是在先人逃难来的那年种下，是陕西老家带来的种子培育，那边是柿饼的产地。童姓始祖会看风水，在龙头地形上与龚先人一起种上两棵柿树，算是点了睛。所以子孙们很看重这两棵柿树，甚至把它上升到代表家族兴衰的高度。

虽然传说两姓先人是结拜兄弟，后辈们的感情就不一样了，更何况是两个姓氏。牙齿与舌头也免不了会打架，久处的两姓后代为各自家族利益纷争不断。在清朝时，两个家族甚至还打过官司，居然为两棵柿子树告到了县太爷那里，县太爷断案，柿树归二姓共有，今后谁也不准动两颗柿树，包括树上的果实，当然也不能让村里人采摘这两棵大树上的柿子了。冬天两棵柿树总是红红的，柿子挂满了枝头，近看像无数个小灯笼，远看像两个大灯笼。"红灯笼"直到来年柿子被鸟吃光或柿子自然掉落才消失。这规定使这个村庄因祸得福，让"红灯笼"村远近闻名。

童姓家族对新上任的支书龚海意见特别大，龚海可不是一般人物，以前是一家外地大型建筑公司的老总，据说资产有几个亿，房屋盖遍了全国。前几年他毅然把公司交给了弟弟打理，接下上级重任，自筹资金，回乡来立志改变大柿村贫穷落后面貌。

有这么好的青山绿水资源，有这么好的国家乡村振兴政策，何愁大柿村不共同富裕，这在龚海这个见多识广人眼里是笃定的事情，但是他也很担心两姓家族不和睦带来的阻力。

因为有几件事，童姓家族对龚海心存芥蒂。龚海因村里太穷，又从小受童姓家族小孩子欺负，决心走出大山，去外地建筑工地做小工，聪明好学的龚海后来掌握了技术，做了包工头，开了建筑公司。

龚海发家致富后，他年轻气盛，发达后做的第一件事就是要修一条大马路，把村口两棵大柿树砍掉，让路一直修到自家新盖的小别墅门口，光宗耀祖，为龚姓家族争气。

听上去是他把村上的小路与外面乡道马路连通了，造福于村民，但是实际上他也有私心，是赌一口气，要把村口的吉祥柿树砍了。龚海简单地认为砍了柿树就没了两姓之争，因长期积怨很深，更激化了两个家族之间的矛盾，两个家族差点发生械斗。最后在乡里协调下把路拐了一下弯，避免了一场悲剧，大路也就绕过了两棵大柿树，柿树幸存了下来。

也正因为这起事件，本来龚海弟弟与童来山的女儿是一对恋人，他们是高中同学，同村加同学，一来二去，两个人自由恋爱，难舍难分，童来山坚决不许他们来往。俩人就不顾父母反对，私奔在外多年，结婚生子，这事让童来山气得半死，发誓与女儿断绝关系。

这次龚海能当上村支书也是经过上级再三协调，童姓家族才勉强同意，否则童姓家族是一定不会让龚海回村当支书的。龚海承诺捐助几千万把大柿村打造成一个美丽乡村，集柿子产业，旅游观光为一体的"红灯笼"家园。以红灯笼为特色的旅游古村落，那漫山遍野的柿树和冬天立在村口红红火火的大柿树，此等景观是独一无二的。

其实大柿村早名声在外，每年秋冬季节很多画家、摄影家会慕名来到这里写生、拍摄。近几年来很多网红也来这里创作视频，通过新媒体把作品传遍了全国，这里成了美院的一个创作基地，也是有名的网红打卡地。

"不许你们龚家霸占柿树，这里谁也不准动一草一木，这是当年县官老爷判清楚了的。"童来山粗着脖子，大着嗓门说。

"来山大叔，我都是为了乡亲们着想，把村口装扮好才是村子的门面，才能把我们的美丽乡村牌子打出去，吸引更多游客，以后形成特色农业，带领村民共同富裕。"龚海耐心地劝说道。

"算了吧，说得好听，没有我们童家，这两棵柿树早成灰了，还有你现在的门面吗？黄鼠狼给鸡拜年，不安好心，哼！"童来山轻蔑地说道。

"来山大叔，那时我年轻气盛，目光短浅，也比较自私，是我的错，我以为砍了柿树拉直了大路，两家族少了引起争执的东西，会大家太平，一了百了，我这里再对童家说声对不起。"龚海朝童来山躬了个躬。

"你现在难道没私心吗，是不是真为了村里好，谁也不知道，只有你自己心里清楚，司马昭之心，路人皆知，你们龚家没一个好人。"童来山不依不饶，意有所指，坚决阻止龚海施工。

"来山叔，我问你一个问题，你知道我们两个家族先人为什么要在村口种两棵柿树吗？而不是三棵四棵的。"龚海问道。

"当然知道，这个问题村里两岁小孩子都知道，龙头上两个眼睛啊。还有柿树是老家带来的，不忘先人。柿子是代表吉祥如意，红红火火，是吉祥树。"童来山从小听这些事长大，都会背了，不只是他，而且村里人都会背，但就是不相信两个家族当初的相亲相爱。

"不光这些，我们祖先想得可比我们后辈更周全、用心，他们想得很长远。"龚海边说边从随身带的包里拿出一本古版线装书，书已经旧得发黄破损了，童来山一看居然是童氏家谱，这是龚海从县档案馆借来的，还通过县长周旋，档案馆领导才同意借阅。

童氏家谱早已经失传多年，这次龚海为了打造美丽乡村，更细仔、深入地了解了大柿村历史，特意去了县档案馆查阅有关大柿村的资料，令人意外地找到了大柿村的童氏家谱。家谱中有一篇明朝人写的大柿村始祖《宝鸿公建村功德传》，其中有写到关于村口两棵柿子树的事，大概意思是：龚童两家世代相亲，建村时，村口植两株柿树，代表柿柿（事事）如意，兄弟齐心，龚童两家，共同富裕，不起争端，永远和睦亲如一家。

童来山一看是自家家谱，很是吃惊，龚海把工作做得这么细，居然把他童姓老底都挖出来了，心里暗暗佩服，龚海还真是想为村民干点实事。本来以为两家祖先结拜成兄弟只是传说，经过多次纷争，这种情义已经荡然无存，甚至两个家族发展到两姓不能通婚联姻的地步。现在看到了真实记载，知道两家相亲是真事。他好像得到了童家先人的指令，童来山已经无话可辩。

这时候只见一辆小汽车驶来，远远停下后，车上下来三个人，来人正是龚海弟弟一家三口，原来他们接到村民打给他们的电话，怕龚海与童来山打架出事情，两边都是自己的亲人，他们是来劝架的，活泼的小外孙边跑边喊着"外公"。

童来山知道是在喊谁，这几年他明显老了，体弱多病，他与老伴越来越想念独生女儿，有心与女儿修好，也想念外孙，想享受天伦之乐，但大人有自尊，找不到台阶下，这次正好是机会，他嗓子都哽咽了，说不出话来。

这一切的发生，一下击中了老人的软肋，他拍了拍龚海的肩，口气不再生硬，和颜悦色道："以后就听你这侄子的吧，后生可畏。我已经老了，思想跟不上时代了，我们两个家族应该团结了，兄弟齐心，其利断金。"

"来山叔说得真好，我很惭愧，大柿树能留到今天，多亏了你们童家，特别是来山叔，我差点成了一个败家子，如果砍了柿子树，我就成了一个背祖叛宗的家族罪人。"龚海一个大男人流下了两行热泪，激动地小声抽泣起来。

三本《西游记》

小斌和刘强是邻居，也是劲松小学三年级的同班同学，两人从小无话不说，一起学习一起玩耍。可是从昨天开始两人闹矛盾了，竟是因为小斌的课外书《西游记》不见了，引起了两人的误会。

小斌在怪刘强"偷"走了书，刘强在怪小斌误会自己，两人就这样冷战了两天，那天开始不再一起上学，也不再一起回家写作业。

小斌的妈妈发现了这个情况，找小斌谈了谈心，知道了原委后，笑着说道："书还在的，友谊也还在的，这两样明天你都找找看。"

那晚小斌妈妈悄悄去新华书店买了一本一模一样的《西游记》，悄悄地塞在了小斌的书包里。

第二天，小斌还是一个人去上学了。在上学的路上，刘强从后面追上了小斌，气喘吁吁地对小斌说："小斌，我知道你很心疼那本书，那书是你自己省下的零花钱买的，也是你最爱看的课外书，那书真不是我偷的。我不想失去你这个好朋友，昨天晚上我去买了一本新的《西游记》送给你，我不想你误会我，希望我们还是好朋友。对了，昨天晚上我看见你妈妈也在新华书店呢。"

小斌听了刘强的话，奇怪妈妈为什么一个人去新华书店。小斌没细想下去，回神看着刘强真诚的眼神，顿了一顿，接下了那本书，低着头对着小斌说："我没有找到证据就说是你偷的，对不起。这书我们以后一起看吧！来，我们一起上学吧。"

两人就这样和好了，一起拉着手高高兴兴地去上学了。

一到学校，小斌从书包里拿出作业本的时候，发现书包里竟然还有一本新的《西游记》。小斌拿着《西游记》若有所思，想起了刘强的话，突然明白了这本应该是妈妈买的，小斌此时明白妈妈的心意，妈妈说书还在，友谊也还在的！于是小斌拿着两本一模一样的《西游记》走到刘强面前，笑着对刘强说："拿着，这本送你，我们一人一本，也是我们友谊和好的见证哈。"

小斌和刘强两人的误会解除了，两人都不再提之前丢失的那本《西游记》。那天傍晚放学，小斌和刘强一起回家的时候，发现小斌弟弟小小斌正在院子里安安静静地看书，不像往常一样闹着来找小斌和刘强。

小斌疑惑着，想着这刚上一年级的弟弟怎么突然同之前不一样了呢？以前老是缠着我们，自从丢书之后，弟弟就再也没来找过我们。

小斌和刘强轻声轻脚地走近小小斌一看，发现小小斌正拿着那本"消失"的《西游记》看得起劲，完全不知道后面的两位哥哥。

小斌和刘强见到这情景，相视一笑，对这个弟弟真是又气又好笑。两人没有打扰这位爱学习的弟弟，一起回小斌房间做作业去了。

过了两天，小小斌拿着《西游记》来找小斌和张强，很不好意思地说着："哥哥，我拿走了这本书，妈妈告诉我，你们还因为我闹矛盾了呢，对不起哥哥，这书还给你。"

小斌和张强相视一笑，异口同声对小小斌说："这本书送给你了，我们也有。"

三人各自拿着一本《西游记》，很开心。

忠烈

蔡月校

　　杨惠兰是区第一人民医院的胸内科主任医师，她医术高超，为人和气，在医院里是个受人尊重的权威医生，在患者当中知名度很高，有好多粉丝，来找她看病的患者要预约才能就诊。

　　这几天，医院里的医生、护士、清洁工、护理工，只要一看见她都会别转头，假装不认识，当她像空气一样，有几个还会鼻头支管里出气"哼"的一声，心里骂她缺德。这样一个人人尊重的好医生，怎么会被人嫌恶呢？事情还得从十天以前说起。

　　自2019年年底以来，新冠疫情来势凶猛，各级政府领导发出了支援武汉、防控疫情、救治病人的号召，各地单位、个人积极响应，有捐钱的、捐物的，但最紧缺的，也是最危险的就是医务人员。区第一人民医院响应政府号召，选派了一支由三十位医务人员组成的医疗队去支援武汉。在出发的当天，二十九名队员都到了，只有杨惠兰医师没有来，医疗队的队员和前来送行的员工们都交头接耳议论起来：杨医师是个时间观念很强的人，平时医院里开会、搞活动从来没有迟到过，今天要去支援疫区这么大的事情，发车的时间到了，她怎么还不到呢？就在大家议论纷纷的时候，一个二十来岁的姑娘急匆匆地跑了过来，迅速地站进了援鄂医疗队伍中。大家都认识她，是去年医科大学毕业，到医院来实习的实习医生王晓月。王晓月说："杨医生的公公得了急病，不能去武汉了，由我顶替前去。"

　　王晓月生得娇小玲珑，聪明美丽，待人热情和气，在医院实习的大半年中，她工作负责，刻苦耐劳，大家都很喜欢她。今天见她眼泡红肿，分明刚刚哭过，更兼满脸愁容，让人觉得可怜心疼。医院里的员工都很同情她，这次去武汉支援疫区，对医院领导临阵换将的做法都有了看法，对杨惠兰医师的评价也一落千丈。年年被评为先进工作者，月月都拿最高奖金，到了要紧关头，借口公公生病，调个枪花，自己安全留下，弄个实习医生去挡头阵。王晓月一个实习医生就算排资论辈也沾不到这个边，医院领导的屁股是不是都生了毛病，歪到一边去了？

医院干部病房里住进了一位满头白发的老人，脸孔蜡黄蜡黄的，看来病得不轻，杨惠兰医生专职护理他，医院领导也经常来看望他，可是小张护士却说："老头没有什么大病，只是身体虚弱而已！"小张是实习医师王晓月的好姐妹，她就看着老头不顺眼，为了这点小毛病，害得自己的好姐妹去了疫区，心里特别不舒服。

说起这个老头，医院里几个年纪大的医生、护士都认识他，他就是区第一医院的前任老院长王秀山。说起王秀山，在医学界大有名头，内科、外科双修，在国内外发表过不少论文，不但医术一流，医德也是人所共知的。十年前退休后，但凡医院里出现一些疑难病症，很多年轻医生都会上门请教。而且医院荣誉室内，病人赠送的锦旗、条幅，一半以上都是他挣来的。而老院长的媳妇正是杨惠兰医师。小张护士明白了：老院长急病住院，留下儿媳妇主治护理，真是一举两得，就是对好姐妹王晓月有点不公平了。

又是十多天过去了，老院长还住在病房里休养，武汉却传来了实习医生王晓月被病毒感染隔离治疗的消息，医院里的员工有的叹息，有的不平，小张护士更是哭得一塌糊涂。病房里老院长和杨医生也默默地流着眼泪，小张在心里骂：猫哭老鼠假慈悲！她气愤不平地说："就算老院长以前劳苦功高，也不该以权谋私，因为一点小毛病，把经验丰富的媳妇留下来护理，换了个初出校门，经验不足的实习医生去危险疫区，现在看来是凶多吉少了！"其他员工听了，嘴上不说，心里却都在想：有道理！

疫情还在扩散传染，全国人民都在关心武汉人民，希望他们早日渡过难关。区第一医院又一次组织医疗队，去支援疫区，当支援疫区的大巴车停在医院大门口时，大家看见杨惠兰医生第一个坐在了车里，员工们都热情地向她打招呼，只有小张护士心里在想：总算良心发现了，这次再不去，恐怕今后再也没有脸孔待在医院里了！

杨惠兰医师去了武汉的第二天，大家发现满头白发的老院长坐在了杨医师的胸内科诊室里一丝不苟地为患者看病。小张护士有点弄不懂了，她来到院长办公室，把自己对老院长的不满以及对杨医生的意见好像竹筒倒豆子似的向院长倒了出来。

院长沉思了一下，向小张讲述了老院长一家的故事：老院长王秀山有一个美满幸福的家庭，夫妻俩都是医生。十多年前，中国发生了非典传染病，老院长的妻子在抢救病人时，不幸感染，医治无效殉职。老院长痛失爱妻，落下了心口痛的毛病。老院长的儿子名叫王斌，医科大学毕业后留校任教，和同班同学杨惠兰结了婚，不久生下一个可爱的女儿。经过几年努力，王斌已成为副教授，杨惠兰也成了区一医院胸内科主任医师。最近由于武汉疫情形势严峻，王斌副教授作为支援武汉的第一批医疗队员去了武汉。当区第一医院组建医疗队要去武汉时，杨惠兰医师第一个报了名，老院长十分支持。可是就在区第一医院医疗队要出发去武汉的前夕，武汉传来通报，王斌为抢救病人，被病毒感染，已不治身亡。老院长闻听之下，心口病旧疾复发，人也晕倒地上。杨惠兰痛失丈夫心如刀绞，痛不欲生，硬撑着把老院长送到医院抢救。医院领导在这样的情况下，就做出了取消杨惠兰去武汉的决定。可是医疗队的名单上三十个人是通过上级部门审核批准的，不能少一个，尤其是这样危险系数较高的工作，不是随便更换一个医务人员这么简单，而为了稳定人心，不影响即将出发的医疗队员情绪，也不便向大家透露王斌感染病毒去世的消息。正在两难的时候，在医院实习的王晓月主动站了出来，要求代替杨惠兰医师参加医疗队去支援武汉，医院领导就安排了杨惠兰护理老院长的工作。

小张护士听到这里，也禁不住泪流满面，院长继续说："武汉疫情有增无减，院里又第二次组建医疗队去武汉，杨惠兰得知消息后，和老院长商量，取得老院长的同意后，又一次报名去武汉支援，昨天已经出发了，而老院长见医院医生短缺，就不计报酬地坐到了儿媳杨惠兰的诊室里为患者义诊。"

更让小张护士想不到的是，实习医生王晓月就是老院长的亲孙女，是王斌和杨惠兰的独生女。小张护士为误解杨医生感到深深的愧疚。等到她把老院长家的事告知同事们时，医院全体员工都被老院长一家舍小家为大家的壮举而深深感动。他们齐声祝福老院长！祝福杨医师！祝福武汉人民！

婚事

韩成兴

那是六十多年前的事了。

一天，隔壁大婶的儿子阿根从部队里写来了一封信，说抗美援朝胜利了，部队要复员一批志愿军，他也在第一批复员之列。并且告诉父母，他从部队带来了一个漂亮的姑娘，给父母亲做儿媳妇。父母亲得知这事后，高兴得晚上都睡不着觉。

二十天后，阿根回到了自己的家乡——浙江萧山。这天阿根的父亲和大哥早早地来到了城西火车站接阿根。

上午九点十五分，火车一声长鸣，进了站。父亲、大哥站在月台外，踮着脚，翘着头望着阿根过来。一会儿，十多米外的阿根看见了自己的父亲、大哥，就大声地喊："爹！哥！"两人赶紧迎上去，接过了阿根两只手里的行李袋，看见阿根身边紧跟着一位手拉着小孩的年轻女人，两人懵住了，哥哥问阿根："这是谁？"阿根不慌不忙地说："这是我对象的姐，小男孩是姐的儿子。"我对象说："她今天不跟我来了，她要请姐姐先来看看咱家的情况。"

阿根他们由父兄担着行李来到了家里。家里早有亲戚邻居来帮忙了，他们杀鸡杀鸭，淘米洗菜，忙得不可开交。他们一边忙着，一边议论着。这个说："两老真有福气，儿子从部队里找了这么个漂亮媳妇来。"那个说："我们不要瞎说，有可能是他的亲戚或朋友。"

吃中饭了，大家围着两大桌子吃，好是热闹。这时，阿根母亲对那个漂亮女人说："他大姐你随便吃，叫小孩吃的多点。"周围的人听了，都觉得丈二和尚摸不着头脑。

吃完饭，亲戚邻居都在收拾碗筷，扫地抹桌。这漂亮女人叫小男孩去旁边玩，自己也帮着打扫起卫生来了。

下午亲戚邻居都回了，这漂亮女人说要给阿根洗衣服了，阿根也说："姐姐帮我洗洗没有关系的。"这两老看到这漂亮女人帮他们搞卫生，洗衣服，着实有点犯疑惑了，母亲心里想：这漂亮女人怎么跟阿根这么熟呢？

晚上，在城里念高中的阿根妹妹也到了，一家人围坐在八仙桌上，喝茶、嗑瓜子、聊着家常。这样过了一会儿，阿根说，我准备了一个发生在部队里的故事，想讲给大家听听，怎么样？大家都说好。阿根把故事讲了下去：

"在我们部队里，我的亲密战友陈阿彪是营长的警卫员。"

"在一次战斗中，营长亲自率领部队作战，手里提着冲锋枪，小陈与营长并肩战斗。就在战斗即将胜利时，营长的胸部被敌人的弹片击中，身负重伤。小陈立即背着营长进了掩蔽所，医生马上对他紧急抢救。"

"当时，营长因流血过多需要补血，小陈立即向医生说：'我是O型血，抽我的血输给营长吧。'医生当即给营长输了小陈的血，但因营长伤势太重，支撑不住了。眼看着营长的脸色越来越不对劲了，小陈贴着营长的耳朵说：'我的首长、我的大哥，你要挺住。'营长用了很大的力气对小陈说：'小陈，我不行了，我托你照顾好我的爱人和儿子……'"

讲到这里，坐在桌边的漂亮女人眼睛里溢出了几点热泪，这一轻微的举动，被机灵的阿根妹妹看到，她心里起了一个不小的疑窦。

阿根继续讲："从此后，小陈战斗一间歇，就写信安慰在军部后勤处工作的嫂子。这样相处了半年多，小陈亲热地称呼营长夫人为嫂子，营长夫人称呼小陈为弟弟。"

阿根继续讲："一次，小陈所在部队休整三天，他赶去军部后勤处看望嫂子，嫂子也热情地接待了小陈。小陈告诉了嫂子一件事，说家里妈妈写信来，为我提亲了，我在回信中同妈妈说：'妈妈，别急，我自己的婚姻自己会考虑。'说到这，小陈看嫂子的面孔红了，嘴唇哆嗦了一下，终究没有说出话来。小陈心里有了点数，但没有说出口，也没有说下去。"

听到这里，阿根娘心里想，去年我也跟阿根说过提亲的事，这故事里的人会与我们如此相似？

阿根继续讲："后来，小陈得知部队要安排他复员了，就毅然向这位营长夫人、他的嫂子求婚，并请她向部队打报告复员。部队批准营长夫人复员，并且在军首长和双方亲密战友的玉成下，小陈弟与嫂子终成美眷。夫妻双双复员，小陈带着他们母子俩回浙江老家生活。"

讲到这里，阿根与漂亮女人两目相对，已泪眼婆娑。这时，母亲好像悟到了什么，指着阿根说："那个警卫员是不是……那个营长夫人是不是……"聪明的阿根妹妹已憋不住了，迫不及待地说："妈妈不要问了，她就是我的亲嫂子！"说着，已经抱住了嫂子的头。妈妈"呼"地一下站了起来，两手紧紧地握住了漂亮女人的手，连声说："我的漂亮媳妇！我的贤惠媳妇！我的宝贝媳妇！"一家人沉浸在无比欢乐的气氛之中……

原来，复员前，阿根同他嫂子商量好的，回到家里，要暂时不挑明身份，因为他们的婚姻比较特殊，等到阿根把准备好的故事讲完了，取得了家人们的同情、认可与理解后，才现出夫妻的真实面貌。回到家里，阿根夫妻俩这么做了，效果也就这么出来了。

第二天，乡亲们也了解了真实情况，大家都为阿根的婚姻感到高兴。不几天，阿根父母就为阿根办了喜事，阿根家里也着实热闹了一番，乡亲邻里，亲戚朋友也着实忙碌了一番，阿根夫妻俩也着实高兴了一番。是年，阿根正好三十岁，阿根妻子比他大三岁。

后来，阿根与妻子又添了一个女孩，夫妻恩爱，合家和睦，生活过得非常幸福。

我想，如果营长在天堂有知，也会感到安慰，感到庆幸！

门上的记号

陈芳芳

明月小区6幢的住户这几天有些恐慌。

马上春节了，大家搞好卫生，家里的大门也贴上了崭新的对联，准备迎接新春。可是，第二天，出门一看傻眼了。大门对联上，有记号笔打了"×"，也有打一个"√"。

居民们猜啊，谁干的，多不吉利，好好的大门上有个"×"，这副对联算浪费了，没办法，又买了新的再贴上。

可第二天，新对联上又出现"×"和"√"，打的还比之前的要大不少，究竟是谁这么讨厌。

问来问去，也没人见着，抓不到现形怎么办呢？有警惕性高的就说："会不会咱们这幢被人盯上了，你看啊，别的几幢楼都没听说这事。快过年了，有的要春节举家旅游，有的要回老家探亲，别是小偷在踩点吧？或者谁结了仇家欠了债。前不久另一幢二楼的一个住户家门被泼了红油漆，整个楼道刷了'欠债还钱'的几个大字，弄得是一塌糊涂，那刺鼻的油漆味好几天都散不掉。更讨厌的是几个花胳膊的大汉还敲开邻居的门，让那欠债的回来打电话通知，不然邻居也得跟着倒霉。"

大家越说越怕，这个说他女儿胆小，眼看大学放假要回家，真这样可得吓够呛，那个说，正月里新媳妇要上门怕要误会，还有说父母要来过节，别给吓出毛病来。

越想越觉得后果严重，新春佳节平安才最重要。6幢的居民赶紧到小区保安室汇报这个情况。保安马队长很重视，调出这几天小区的进出视频，看看是否有可疑人等，看得眼睛都酸了，也没发现谁特别可疑。

　　只能加派夜间巡防，特别要多在6幢附近转转。住户们重新换上新对联，连着几天没事。正当大家走进走出置办年货，又有几家对联被打上了"×"，这次打的比任何一次都大，看起来作记号的人很生气，还有一户说之前他的两副对联打的是"×"，这次却是"√"，这是要动手的意思吗？太可怕了，居民们真的是心有不安。

　　幸好，马队长那及时传来消息，说破案了。马队长的手机视频里，一个十一二岁虎头虎脑的男孩，进了6幢，在每一扇贴了对联的门前停下脚，念念有词，大概几遍后，脸上有赞许或生气的表情浮现，只见他掏出一支记号笔，在对联上打"×"，或者"√"，然后又上一层继续重复，直到被马队长从身后叫住。视频里的小男孩一脸无辜，有人认出这是新搬来不久502的王小宝。

　　王小宝怒其不争地说："你们门上的对联大多数是错的，或者贴倒了！上联最后一个尾字应该是仄声，就是第三声和第四声，下联的尾字应该是平声，也就是第一声和第二声，你们总是一错再错，小学都是怎么读的？都给你们批了好几遍啦，我去奶奶家几天，回来一看你们还是错的，哎呀，都把我气死了。"

变形的手镯

田永梅

我们农村有这样一个习俗，姑娘出嫁时，手上、脖子上都要佩戴金银首饰，还要放很多压箱钱，这样觉得到了夫家后自己有底气了，不怕被人看低。

微微姑娘出嫁当天手上、脖子上也挂满了金银首饰。

八十一岁的老外婆颤颤巍巍地走到外孙女身旁，从自己胸前掏出一只红色的袋子慢慢拆开，显现在人们眼前的是一只暗旧的并且还有些变形的银手镯，人潮中有人说了句；"原来只是一只破旧的歪手镯！还包得那么讲究，哈哈。"

这时，微微觉得脸上有点挂不住，轻声问外婆："外婆，您不是藏着许多金镯子吗？为什么不挑个好看一点的镯子送我呢，我可是您最心疼的外孙女呀。"外婆低着头回答说："我没有什么金宝贝，只有这只银手镯，如果你肯听外婆的话，外婆要你今天把手上的金银首饰全部取下来，只戴这只银手镯出嫁，你敢不敢做？"

微微本来就是个不爱虚荣的姑娘，只是结婚是大事，既然家里人让她珠光宝气地出嫁，她也不敢反对，现在听外婆这么一说，微微马上同意了，于是，微微身上只戴着外婆的这只变形手镯出嫁了！

新郎许荣站在迎亲的队伍里，见到微微手上只戴着一只银手镯上了婚车，脸色难看得没有一丝笑容。婚礼场面很大，人很多，微微和许荣在向客人敬酒，手上的那只变形手镯一晃一晃的，吸引着许多人的目光，有好奇的，有轻蔑的，有嘲笑的，有交头接耳的，微微只是微笑着没有理会，可许荣受不了这场面了，敬酒结束后，他把微微拉到门外，生气地说："把你这只破手镯扔了，你不要好看，我还有脸啊！"说着，一把拉过微微的手，把手镯扯了下来，并随手把手镯扔进了垃圾筒。

可想而知，婚礼进行得很不愉快。当外婆知道许荣把手镯扔进垃圾箱后，一下着急了起来，马上打电话给微微，让许荣必须把手镯找回来，不然，就取消这桩婚事。所有人都没有想到外婆对这只手镯会重视到如此紧张的地步，于是，让许荣出去找手镯，不巧的是，垃圾筒刚被清理车拉走，许荣就开始一路追赶上清理车，并跟师傅商量让他找寻手镯。好在许荣平时对垃圾分类意识还是有的，他记得当时是把手镯扔进干垃圾箱的，尽管知道是类别，但还是费力的花了几个小时才找回手镯，身上还弄得全是味道。

当许荣回家时，微微外婆也坐在他家堂前了，外婆拿过手镯，轻轻抚摸起来，当确定手镯完好无损时，她才松了口气。

于是，外婆开始讲述她与这只手镯的经历。那年外婆刚满4岁，跟父母上山砍柴时摔了一跤，右手骨折并让石头划破了皮肉，还留下了疤痕。当时外婆的奶奶很心疼孙女受到了这样的伤害，于是拿出自己一直珍藏的一只银手镯让孙女带上，因为老人们相传，小孩老人最怕跌到，而且容易骨头受损，如果手上或脖子上带上金银首饰可以辟邪，即使跌倒了也不会伤得太重，就这样，这只银手镯传到了外婆的手上。

土地改革时期，私有制变为公有制。为了私藏一些金银物品，外婆被送往外地，这样外婆手上的手镯才保存了下来。

外婆十七岁的时候，在一家纺织单位上班，有一天，上夜班中，迷迷糊糊中手指让线头缠住了，差点被线头拉进机器上，幸好当时纱线又把外婆手上的银手镯扎住了，才保住了一只手，机器停了下来，外婆跌坐在地上，吓得脸色发白，抚摸着被纱线缠得变形的手镯，外婆不由得彻底相信了奶奶的话，从此，这手镯没有离开过外婆的手。

外婆的父母在她去外地亲戚家的时候过世了，为了养活不到十岁的妹妹，外婆二十一岁就嫁人了。但外婆手上的那只手镯没有传到微微妈妈肖梅的手上，外婆觉得自己为了这只手镯背井离乡许多年，最后连一个完整的家也没有了，所以外婆出嫁的时候把手镯放在箱子底下，不想多见到它。

微微妈妈两岁那年，一场大病夺走了外公的生命，不久外婆还被婆婆赶出了家，还不让外婆拿走属于她的东西，包括那只手镯。为了夺回银手镯，外婆跟她婆婆扭打成一团，把手镯拉扯得完全变了模样，要不是当时公公的吼声拉开了这两个女人，手镯估计也扯断了。

讲到这里，外婆把手镯举了起来说道："其实当时这只手镯根本不成样子了，现在这个样子是我后来去金店里打理过的。"外婆突然又把手镯扭转过来，只听到咔嚓一声，手镯分成了两半，中间跌落一张纸条，原来手镯上装了机关。外婆拿起跌落的纸条送到微微的手里，"微微，这是外婆一生的积蓄，里面有50万元钱，是送给你们的结婚礼物。外婆之所以要你在结婚时不戴那些东西，就是不希望你们铺张浪费，不要为了所谓的面子而忘记人生最根本的东西。结果还是让你们闹得不开心了。"

许荣听到这里，一下跑到外婆面前跪了下来："外婆，我错了，我不应该为了自己的虚荣心那样对待微微，我们一定牢记生活来之不易，珍惜一切。"

阿木的烦恼

金柏泉

陆阿木蜷缩在家中那个阴暗的屋角，一手拿着刚刚通完话的手机，蹲在那里发呆。

本来还抱着一点希望的陆阿木，因为一个电话，使他的心情降到了冰点。两颗似乎生锈了的眼珠子，间或转动一下，瞥见窗外铅灰色的天空，不紧不慢飘起了朵朵雪花。这老天爷也真会应景，煽情似的和着主人公的心情切换着现场的气氛。

平常总会听到"祸不单行，福无双至"这样的话，可没想这种接二连三的灾祸会降临到自己头上。

老妈走得早，父亲一个人拉扯阿木长大，这里面的艰辛自不必说。眼看阿木快三十岁，到了成家立业的年龄，可因为家境贫寒，连房子都还是八十年代建造的那几间老房子，谁家姑娘看得上啊！老父亲下决心东借西凑也要把新房造起来。

批准了宅基地，准备动工。东边那王林家，有些势力，说阿木家前屋檐会超出自家房子，坏了他们的风水，一直作梗不断。造房的事一搁就是两年。半年前，父亲老胃病复发痛得厉害，去县城医院查了，竟然是胃癌晚期，真是晴天霹雳。父亲身在医院，想着的还是儿子的婚事，还有那造房子的事。

"阿木啊，我这身体自知活不了多久了，你没成家老爸走得不放心啊。现在哪家姑娘还会愿意进咱家的破房子，这造房子的事得抓紧了……"

阿木听得心酸，回家就请了建筑包工头到宅基地放样做基础。

一看阿木家要动工，王林家不干了，出面干预。先是你一言我一语争吵起来，可阿木自小老实，口齿木讷，吵架远不是人家对手。想到家里的件件心酸事，悲愤交加，一时发力将挡在面前的王林推倒在地。事不凑巧，王林不偏不倚倒在了造房用的乱石上，"咔嚓"一声，垫在身下的右手臂一下子使不上任何劲儿了。送医救治、警方介入、法医鉴定，道道程序下来，说已构成轻伤，被检察院指控为故意伤害罪向法院提起公诉。

　　就这样，药罐还没撤，又惹上了官司。老百姓最忌惮的"双官流年"（药罐、官司）这个把月间全被阿木遇上了，真的是屋漏偏逢连夜雨啊！

　　刚才的电话，是郑法官打来的。法官在电话里说，你们属于邻里纠纷引发的比较轻微的刑事案件，如果民事部分达成谅解，又考虑到你家的实际情况，是有可能被判处缓刑的。如果没有在赔偿问题上达成一致和取得受害人谅解，几乎没有判处缓刑的可能。至于赔偿费用，就目前已经花去的一万多元的医疗费，加上误工费、护理费营养费等，已经得三四万了，即使评出的是最低的伤残等级，光伤残赔偿金一项就得四五万……

　　听到法官算的这一笔账，阿木的心已凉了一大截，再没有心思继续往下听。阿木真心不希望发生现在这样的结局，对受害者深感愧疚，也愿意赔偿王林家的这些费用。可是，自己做小工卖苦力一天也就百把块钱，只能度个日子，几无积蓄。原先为建房向亲戚朋友借的近十万元钱，一大半扔给了医院，为建房购材料花了一两万，目前手头上只有两万多一点钱，还得为父亲住院的三天两头催账单准备着，哪里还能拿得出这么多钱啊？检察院看阿木老实巴交没有再危害社会的风险，取保候审在家。看来，这至少一年半载的牢早晚得去坐了。自己坐牢就坐牢，这朝不保夕的父亲该怎么办啊？

　　阿木如此想着，刚刚还挺直着的身躯，慢慢失去了支撑的劲道，瘫软在最暗淡的角落。

　　邻村开小厂的表叔刘贵和还在念大学的堂弟小明，得知情况后来阿木家商量对策。

小明说："我念的是法律，还曾经在法院实习过，知道这种案件必须得民事部分解决才可能判处缓刑，所以现在最主要的问题是想法子筹钱。"

虽然小明比阿木小很多，但因为小明自小读书成绩好，没有书性的阿木一直很崇拜这位堂弟。他懂法律，与法官说的一样，一定不会错。可这无疑是给阿木本来就不抱希望的铁板上再钉上一枚钉啊！

表叔有另一种说法。"阿木啊，小明懂法，这没得说，可是书本是书本，现实是现实，我一个这么多年闯荡江湖的过来人，许多事情可是看透了。你看看，一个强奸罪，量刑幅度从三到十年，最高可判死刑，也就是说，三年可以判，十年也可以判，这到底判几年是谁说了算？还不是法官说了算？不要说筹钱谈何容易，就是有再多的钱，如果好钢不用在刀刃上，也是白搭。依我看，阿木手头的几块钱，先急事急办用作送礼。至于我表哥的医药费，我会想办法。"

阿木听表叔这么一说，也觉得很有道理。表叔可是四近三方小有名气的小老板，与工商、税务、城建、土管、派出所都经常打交道，应该比小明更知道这些内幕，况且也只有按照表叔的说法才比较切实可行。经过再三商量，决定采纳表叔的意见。

第二天一早，阿木用报纸包着那两万元钱，塞进最里层的衬衣兜里，坐着公交车向城里进发。今天不是被传唤而去，而且怀里揣着这沉甸甸的两万元现金，似乎这希望又回来了，现在就在离自己心脏最近的地方。

一路想着，心情变得明朗起来，看看外面雪后晴天，远山白雪在阳光的照射下熠熠闪光，显得分外妖娆。

法院安检口电话通报郑法官有一个叫陆阿木的人找他，刚刚开完庭回到办公室的郑法官一阵高兴，他估计陆阿木可能是为其案子的民事赔偿问题而来，如果民事部分能顺利解决，他向院长建议批准判处陆阿木缓刑就多了一个关键的理由。郑法官了解陆阿木家的实际困难，也知道陆阿木从本质上讲并非一个恶人，愿意从冤家宜解不宜结的角度，做受害人的工作，如果得到受害人的谅解，尽量判他一个缓刑。

郑法官下楼来到当事人接待室，见到气色比前几次好许多但仍然面露羞涩的大男人陆阿木。

以陆阿木现在的身份，天生对法官有一种敬畏，本就不太会说话的阿木，嚅动着两片厚厚的嘴唇，却没有发出任何声音。花了好大的劲，才终于憋出几句断断续续的话："郑郑，郑法官，我今今今天没有别的事，这点点钱您收着，希希希望法官大人行行好，给我判个缓刑……"

郑法官没有往别的地方想，直截了当问这是多少钱，当知道是两万元后，很顺口地说了句："是少了一点。"

陆阿木明明白白地听到了这句话，心里原先对法官的敬仰一下子升起了一丝不屑，原来这些人比表叔说的还要贪婪还要直接啊！

但自己的命运掌握在人家手里，心底的鄙视不能在面上表露丝毫。

"郑法官不好意思，现在实在没有办法，以后一定补上，如果没有别的吩咐，我先回去了。"

"哎等等。"只见郑法官在一张便签上"唰唰唰"写上一行字，交给陆阿木："这是案号，你到立案大厅财务窗口，把钱交给收款人员，就说是交这个案子的案款。"

陆阿木一下子愣住了，"这这，郑法官，我知道少了点，但还是希望您收下，这是我阿木孝敬给您的，一点点心意。"

直到这时，郑法官才明白，原来陆阿木是来给自己送礼的啊！这个陆阿木，看着老实巴交的，怎么也学会了这一套？

"不不不，这哪行？你这是要害我呀？谢谢你的好意，我会秉公办案的，我知道你家里并不宽裕，还是想办法把赔偿的事情了掉，这才是我最希望要的结果，也只有这样才有满足你愿望的可能。"

一个纸包你推我拦，几个来回，外面的人来来往往，陆阿木知道法官再怎么样也不可能收下这个钱了，讪讪地收回这个钱，拿着刚才郑法官交给他的便条，离开了接待室。

后来郑法官得知，陆阿木并没有将钱交给财务室。

原轿来原轿去，陆阿木坐在回程的公交车上，心情大不如来的时候。阳光将早上冰得像石头一样硬的泥路晒化，只见行人在烂泥路上一步一滑，走得很是不爽。

"两万元还嫌少，并且用这样的方式直接拒绝，也太黑心了点！难怪表叔的话只讲了一半，这种事情连讲讲都难为情呢，他们竟然——哎，这个世道！"

表叔听阿木如此这般一说，知道是自己疏忽了一个问题，我这个老大不小的木疙瘩侄子，怎么会办这样的事情？一则，你不该拿现金去送人，难怪法官会说"害他"之类的话；二则，也不能在人来人往的场合送东西，谁敢在大庭广众之下收礼？这个倒确实不能怪阿木，都怪我没有交代清楚。如果再让阿木出场，这事肯定也办不成了。表叔觉得自己应该亲自走一趟法院。

毕竟是在社会上混那么久的老手，一出手就可以感觉出熟练的套路。他自己开车到城里，没有直接去法院，而是在法院附近的一家烟酒店停下，用这报纸里的两万元，都买了烟酒礼品卡，分成薄薄的四份，装在了一个牛皮信封里。出了店铺门，习惯性整了下不太合身的西装领带，拨通了郑法官的电话："喂郑法官吗？我是老刘啊，就是前几年您还在民二庭时给我办过一件货款案子的刘贵，是您判我赢的，款项也早执行到位，我还没有谢过您呐！不过今天不是为这件事来谢您的，而是为我表侄子陆阿木的事情来的，主要就是他们村里出了一份关于陆阿木平时表现一贯良好的证明材料交给您，看是不是有用。"

确实，这个老刘在早好几年前，作为一经济纠纷的当事人与陆法官有过交集，不说起来早就忘记了。既然他有正事而来，又不是眼下的当事人，也没有办法拒绝。但马上就要开庭去，没法接待，只好交代张助理去接待室收取一下材料。这个自己已经在电话里解释过。

郑法官开完庭回到办公室，打开老刘送来的信封一看，全明白了其中的意思。想直接退回去或交给监察室，转念一想，这样的效果可能会适得其反。进退两难间，郑法官习惯性点燃一根烟，望着窗外沉思了一会儿，紧皱的眉头慢慢舒展，露出一丝笑容……

"老刘你好！刚才因开庭不能亲自接待，实在不好意思。你的东西我收到了，这个事情我会处理妥当的，请放心。"郑法官给老刘发了这样一条短信。

收到郑法官"我会处理妥当的"这个短信，老刘心中露出了打胜了一个战役似的得意。你看看，姜还是老的辣吧？什么法律规定，什么政策纪律，一切都是浮云！利益面前，鬼都难以抵挡的诱惑，人又能如何？毕竟，法官也是人呐。

得胜而归的表叔，给处于低谷的陆阿木，及时注入了一剂强心针。昨天因为忧愁而一夜难眠，今夜，将为难以抑制的兴奋而通宵不睡了。

经历一系列程序，宣判的时刻终于到了。郑法官宣读着长长的判决书，陆阿木都没有往心里去，他只关心最后的结果。

"被告人陆阿木故意伤害他人身体，致一人轻伤，其行为已构成故意伤害罪。公诉机关指控罪名成立。被告人陆阿木犯罪后自动投案，并如实供述了自己的罪行，系自首，可以从轻处罚。案发后，被告人陆阿木的家属已代为赔偿了被害人损失并获谅解，可以对被告人陆阿木酌情从轻处罚。据此，依照《中华人民共和国刑法》第二百三十四条第一款……判决如下：

被告人陆阿木犯故意伤害罪，判处有期徒刑八个月，缓刑一年。"

听到这里，陆阿木的心终于完全放下，长长地叹出一口憋在心里很久的郁气，后面关于上诉权利之类的交代，像一阵风从耳边飘过。

宣判结束，原本以为会对法官说一声"谢谢"，但陆阿木没有，拿了判决书，头也不回地离开了刑事审判庭。

还没有走出法院大门，陆阿木接到了一个陌生电话，与以前郑法官打来的电话号码有点相似。

"喂你是陆阿木吗？我是法院刑庭李庭长，方便的话请到当事人接待室来一下，我马上去那里等你。"

李庭长怎么会让我去呢？会不会有别的事？陆阿木忐忑不安地来到了这个有点熟悉的地方。

李庭长四十多岁，戴一黑边眼镜，语气温和地对刚刚进来的陆阿木说："你就是陆阿木吧，请坐。"

"叫你来有一个事情跟你说一下，那天你通过你表叔送给郑法官的两万元钱礼卡，郑法官当时就告诉我了。他觉得如果再退回去，可能会让你产生他不肯秉公办事的误解，不利于你安心照顾病中的父亲。而且礼卡已经买了，又不太好退钱，对于急需要用钱的你们，经不起任何浪费了。所以他向我建议，这些礼物他买下来，这两万块钱替你作为赔偿款的一部分，代交到财务室。另外，郑法官再三同受害人做工作，考虑到你家的实际困难，又为了邻里间的长久和睦，受害人最终同意只要你赔偿三万元钱一次性了断，出具谅解书。而这不够的一万元，是我们刑事法庭全体工作人员每人募捐五百所得，算是我们的一点点心意。这是财务室出具的三万元钱收据，请你保管好。以后生活上有什么困难，也可以说一声，我们再尽力而为……"

没等李庭长把话说完，陆阿木已经泣不成声，他为遇到这样的好法官喜极而泣，他为无端猜忌郑法官贪得无厌悔恨而泣，他为因为有这样的群体使社会风气好转有望而泣！他没有再羞涩，恭恭敬敬地对着李庭长深深地鞠了一个躬，转身向外跑去。

今天，他要跑着回家。

第五辑

杭州市萧山区
原创故事作品集

灯彩人生

吴桑梓

马灯彩老了，他早已年过花甲，可他又不老，他扎出的灯彩更加光彩
照人，灵活可爱了。人们说，这个马灯彩的手上好像被注射了青春剂，他
的灯彩越扎越青春了。

马灯彩生于抗日战争胜利的那一年，抗战胜利，举国欢庆。素有"灯
彩之乡"之称的古镇上，灯彩作坊的马老大带着大家扎出了龙灯、马灯、
福灯、喜灯、四季灯、八卦灯、连环灯，组成了一支灯彩队伍。那时候举
着灯彩走街串巷被称为"迎灯"。古镇的灯彩队伍浩浩荡荡地迎到了县城，
他们的喜庆锣鼓伴着灯彩在县城着实火了一把。县城的盛县长把他们这支
灯彩队伍迎进了县城好酒好饭供着，让他们的灯彩在县城里足足迎了三天
三夜。

马老大喜滋滋地带着灯彩队伍回到家里，老婆给他生了个胖儿子，马
老大眉头都不皱一下，就给儿子取名叫：灯彩。

想不到在喜庆日子里诞生的马灯彩很快面临着战乱的威胁。古镇是个
水陆码头，也是战略要地，当年日本侵略者没有放过小镇，这一次战争的
狼烟又烧进了小镇。小镇上的店家人心惶惶，胆战心惊地生活，马家的灯
彩作坊也不敢再作灯彩，而是做一些以照明灯为主的灯笼。

扎惯了灯彩的马老大不扎灯彩就心里痒痒，于是只能与牙牙学语的儿
子一起扎些小灯彩玩儿。想不到马灯彩天生就是个扎灯彩的料，人还没能
站稳的他，竟然在父亲扎灯彩时能当上帮手。

解放的鞭炮声一响，马老大的灯彩作坊里拥进了许多前来帮忙和学艺的

人。此时，人们见识了小灯彩的手艺，小小年纪的他竟然能把那些不听话的竹篾摆弄自如，小小的手能把大人们无法缚住的小角小弯处缚好。于是这位小灯彩也成了师傅。就这样只几天工夫不到镇上家家商店门口都挂上了灯彩，而且一支壮观的灯彩队伍又组成了。这一次没等他们的灯彩队伍去县城，先前那位盛县长就已派人来请了。于是，古镇的灯彩再次火爆县城。

这次火爆的不仅是马老大的灯彩，还有小灯彩的手艺也让人叫绝。那小灯彩人长得秀气，这次扮的是观音，"小观音"的手中捧着一只灯彩是净瓶，那瓶子五彩缤纷、光怪离奇并通明透亮还能转圈，"小观音"时不时用杨柳枝从瓶中滴出水来洒向观众。那一天啊，围着"小观音"盼洒杨枝水的人差点挤破了县城。成了一次轰动全县的灯会。

灯会以后，人们争看那只净瓶灯彩，马老大对人说，这净瓶灯彩是小灯彩自己扎的，孩子在净瓶外糊的是彩色的糖果纸，因为从来没有人用糖果纸糊过灯彩，所以颜色让人感到新奇。而净瓶转动却是因为小马在瓶底装了个圆盘，是他自己用手在转。小小年纪就有如此灵气，小灯彩成了镇上的一个人物。

在小灯彩8岁那年手电筒传到了小镇，买得起手电筒的人家在夜间不再用灯笼照明。而一掀就能亮的手电筒和手电筒里的那颗发光的电珠把小灯彩给迷住了，他吵着要马老大给他买一个。从此手电筒成了小灯彩最好的玩具。

可是没等小灯彩玩够手电筒，小镇又开办了电厂，镇上的夜晚不再是家家户户挂红灯了，而是家家电灯放光明。看着小镇的夜晚越来越明亮，马家以制作照明为主的灯生意就一落千丈了。

可小灯彩却喜欢，他喜欢那明亮的灯泡和电珠，当然不在乎老爹的生意和家中的柴米油盐。

可命运却没有放过他，就是因为家境贫困，马老大又积劳成疾，竟然甩下小灯彩母子走了。马老大一走这个家就像是断了脊梁骨，丧葬费都是镇上商会牵头募捐才搞定的。他的娘受不了这样的打击，竟然也不顾小灯彩就随丈夫走了，从此小灯彩成了孤儿。也就是这年，那位盛县长来到小镇，他是来请楼老大的，因县城要搞一次大型灯彩活动。老灯彩去世了，镇政府只得拼凑了几位能扎灯彩的人去县城，临走之际大家一致说要带上小灯彩。他还小，但他是孤儿，有官饭吃的地方总是不错的，于是小灯彩走出了小镇，进了县城。

县城毕竟是县城，扎灯彩的地方宽敞，而且设备齐全，而马灯彩最喜欢的灯泡、电珠在这里应有尽有，可以尽情发挥创作。于是，在大人们忙于扎一些传统工艺灯彩时，他却悄悄地在一边摆弄起了将电珠和灯泡融合进灯彩的工艺。那一年，小灯彩扎了一只猴子灯，猴子的眼睛放蓝光，猴子的屁股放红光。扎了一只龙灯，那龙的眼睛放红光，龙的身子也发光。这可是千古以来从未有过的灯彩啊！马灯彩一下出了名，盛县长喜欢得不得了。在灯彩完成后，县长把小灯彩留下了，马灯彩成了县城的学生。也成了学校里的灯彩大王。他除了读书，其余时间全放在了制作灯彩上。

转眼间马灯彩已经是个小小少年郎了，他的灯彩工艺被一位美院的教授看中，带他来到了美院学习。美院的环境让马灯彩大开了眼界，他学素描，学彩绘，一待就是两年。两年后那位看中他的教授也因病去世了，马灯彩没有了教授的庇护，也没了经济的支助，于是他只好重新回到小镇。

回到小镇的马灯彩多了一样手艺，是给人画像，在照片放大还是稀罕的年代里，给人画像还是很有市场的。人们出于对这个孤儿的眷顾，也使他能够自食其力的去生活了。

到了"大跃进"的年代，马灯彩想扎灯彩的手又痒痒了。他扎了一个老人坐在一串谷穗上，那谷穗发出金灿灿的光，那老人的烟斗里还冒着丝丝青烟。这一个作品正迎合潮流，盛县长及时发现并宣传，于是他的灯彩又火了，这次不仅是火到县城，而是一直火到了市里、省里。马灯彩也进了县城的文化馆成了干部。成了干部的马灯彩有了自己的工作室，他有了老师们的指导，画画和扎灯彩都很有长进。

可惜好景不长，"文化大革命"发生了。他被文化馆开除又回到了小镇，而且还成了管制对象。

除了扎灯彩和画画，再没有其他本事的马灯彩只能做些扫街道的体力活。落魄了的马灯彩也不是无人理睬，一个四五岁的小男孩经常找他玩，马灯彩在他简陋的小屋里为孩子扎灯彩，但不让他把灯彩拿到外面玩。当然这一次扎的都是袖珍式的灯彩，而且只能是兔子、小猫和小狗。他不想惹事，可还是惹来了一个人，她是男孩的母亲，一位年龄稍长于他的女人。

女人是小镇上的裁缝，手艺也不错，虽然没了丈夫她也能养活孩子，不知是出于同情还是怜悯，她把马灯彩领回了家。

马灯彩一下子有了老婆和孩子，人也变得精神了，镇上住着的毕竟都是熟人，政府同意了他在自己家里挂牌再次为人画像。于是，这个小家成了裁缝铺和画室。当然最开心的是小男孩，有人在家里为他扎灯彩，他可以在家中任意地玩。

一晃"四人帮"被粉碎了，小镇又欢腾了，欢腾的人们又需要灯彩，马灯彩又被抬了出来。这次的灯彩是马灯彩积蓄了多年的一次灵感迸发，他没日没夜地扎，也不嫌累，扎灯的地方是在镇政府的大礼堂里，千瓦的灯泡把礼堂照得如同白昼，帮忙的人一个个累得东倒西歪，而马灯彩却越扎越来劲，有人说，这个马灯彩不是个人，是个"灯神"。

马灯彩这一次是要扎一条"活龙"，他要让龙的嘴巴能张能合，要让龙尾巴会摇动，龙眼睛会滚动，龙爪会行走，还要让龙的鳞片能发出五彩的光，而且这是一条十米长的巨龙。

这样的龙不要说古镇人没有见过，可以说全中国也没有出现过，而马灯彩说他能做成。

马灯彩话说大了，他做的龙嘴巴确实会动，就是张开后合不拢，合拢了又张不开，他坐在龙嘴前呆掉了。老婆前来送饭，看到他如此傻样，就心痛地说："你这样坐着也想不出办法来的，不如休息一下，到外面走一走，兴许能想出法子来。"马灯彩觉得老婆说得有理。他一走二走来到一家商店，在一个儿童玩具柜台前站住了，他看到了一辆儿童玩具车，看着那滚动的轮子，他大叫一声："成了！"就急忙跑回龙嘴巴前。

马灯彩成功了，他不但把那条龙做成了，而且还在龙的四周做了七个仙女，一个个裙带飘逸，美妙绝伦。当然那仙女们的裙子都是出自老婆的巧手。

一条巨龙伴着七个仙女。外面再衬上其他小型灯彩，组成了一支千古少有的灯彩队伍。这一次他们的这支奇特的灯彩队伍没有出小镇，而是让市里、省里和小镇周围的人们慕名而来，小镇因灯彩而热闹，商店因灯彩而红火。不但镇上的商家赚足了钱，镇政府的风头也出足了，这一次灯彩不只是火了马灯彩，而是火了整个古镇。

古镇成了名副其实的灯彩之乡，马灯彩的灯彩工艺名扬四方。他的灯彩作品进入了江南的几家灯彩展览，屡次捧得金奖、银奖。于是，不但各地有人来请他当师傅，连美院也来请他去讲课授艺。但马灯彩哪儿也不肯去，他在古镇办了一家"灯彩工艺之家"，让喜欢灯彩的人自觉前来学艺。

现在他的周围有许多徒弟，有本地的，有外乡的。马灯彩的灯彩工艺不但后继有人，而且在发扬光大。那个小男孩，也就是马灯彩的儿子，现在是马灯彩的嫡传弟子了，他扎灯彩的水平已经在马灯彩之上了。

当然马灯彩的传统手工工艺也被列入非物质文化保护项目了，马灯彩也成了国宝级人物。

今年是改革开放四十周年，古镇也早已旧貌换新颜，街道上的街面和店家修旧如旧，竖起了古式的牌坊，古镇前的大桥也有了连桥，在欢庆的节日里怎能没有灯彩呢？可马灯彩确实老了，但他还是古镇灯彩的导师。

当猪年新春的锣鼓响起，古镇上的佩奇成了迎宾猪，花灯在春风中摇曳，古镇因为灯彩更富有了精神气，慕名前来的游客前拥后挤，老了的马灯彩没有像以前那样在古镇街头转悠，而是悄悄坐在街角看着游客们欢乐的模样。

一个老者在人群中大声说："你们知道吗，这些灯彩都是在马灯彩的指导下做的呢！"

救命虎泉

相传，明朝末年绍兴山阴县出了桩怪事，一户人家的水缸在月圆之夜惊现"倒影"，倒影中有一棵大樟树，树下挂了一只草鞋，清晰可见，这是家中水缸，倒影又怎么进来的？

原来，山阴县有个财主，有钱有势很小气，铁公鸡一毛不拔，自扫门前雪。娶了7个老婆，却没能生出一个儿子。

财主心想，自己这辈子荣华富贵，生儿子怎么这么难？后来一想，自己曾梦见为百姓做好事，子孙满堂。

这天起，他修桥铺路，布施穷人，大旱之年还开仓放粮，赈济灾民。自家门前搭起凉亭，为路人供茶，为穷人施粥。有一年大雪封山，他还在雪地救了个快被冻死的要饭人。

这一年，财主60岁高龄，终于老来得子，扬眉吐气。儿子8岁那年得了种怪病，面黄肌瘦，皮包骨头。财主到处寻医，药罐都烧破了6只。

一天，小孩子在门口角落晒太阳，已是夏天却还穿着一件老棉袄，地上一只药碗，喝剩了半碗药。

这天，门口路过一老和尚，胡子拉碴，两只布鞋一左一右，衣衫褴褛，胸口两块补丁，老远走过来一股醋味扑面而来。见财主家门口分粥，布袋掏出一只碗，伸出刚挠痒的手，舀了一碗，满满当当还淋了半手。正在为大家分粥的仆人连忙放下勺，把和尚推到一边墙角。

仆人见和尚半疯半癫，急忙请开。

和尚朝大门打了两个饱嗝，不料看到墙角缩着一个人，来回打量，好心对仆人说："这个人恐怕活不长，快死喽！"

"走走走！不要在这胡言乱语。"仆人赶紧过来推搡。

财主见门口乱哄哄，便问发生何事。

老和尚从地上一把抓起刚倒的药渣，手心扒开一看，连连摇头。

"师父为何摇头，难道这药渣有问题？"财主上前问。

"还有救！"老和尚话说半句，拍拍手上药渣。

又问："平时喝啥水，煎药又用何水？"

一旁管家着急，回答道："我们一带喝的都是河水，家里的水，我早上河里挑的，煎药也是河水，有何问题？"

"问题就出在这里。"

老和尚撸了下胡须，又说了半句话。

主仆面面相觑，想听和尚接下来到底怎么讲。

看大家神色紧张，老和尚又问："你们家水缸在哪？"

管家指了指厨房，里面有一口土灶，两只铁锅，两只茶壶汤罐。灶边靠窗位置正好有口一米左右的水缸，还加了木盖。

财主招呼和尚过来，问："水缸有啥问题？"

"这个月十五满月夜，会有东西在你们水缸里！"

和尚见财主忙吩咐管家取些银两来，接着说："十五月圆之夜，你们这口水缸，有棵树的倒影。树下有井，要取这口井水煎药，才能治好病。"

到哪去找树，岂不是水中捞月嘛。

老和尚分文未取，说完离去。

还跟财主留了句话"善哉！好人会有好报的！"

"水缸树影？这当怪事怎么轮到自己家？"管家打了个寒战，半信半疑。

一不做二不休，讲的玄乎，死马只当活马医了。

第二天就是农历六月十五，月亮出来了。

"真当妖怪哉，水中有棵树嗒！"主仆面面相觑。原来，是一棵樟树的倒影。

大家不敢怠慢，第二天，管家带了几名家丁，一早就上路了。

从东到西，翻好几座高山，每到一个处，就询问附近村庄有无高大的樟树，找一棵做一棵标记。人生地不熟怕记错，就只好留个人在树下看管，再派个人来回报信，想着等到十五月圆之夜看水缸有没有树影下多一个人影子，如果看到人影了，说明正好对号入座。

为增加人手，财主招募人员加入找树的队伍。不到一个月时间，山阴县找到了99棵高大的香樟树。

可是要找水缸倒影中的这棵树，光靠人站着标记也不是办法，一来人力成本高，或许有其他人正好去树下走一走，对不上号。

如何是好？主仆在水缸边发呆之时，管家脑子机灵，抬头一看，见厨房水缸上面挂了一只饭篮，灵光一闪想出了办法。

"家里草鞋多，一个月在一棵树上挂一只草鞋，如果不是这棵，就排除一棵，如果看得到草鞋的鞋影，那说明对号了。"

那时没有相机，也没手机，只能用这个笨办法，每个月派人翻山越岭来回跑，跑回来一次看一次月亮和水缸里面的影子。

下个月十五这天到了，缸中又出现树影。仆人赶了两天山路回来报信，说树上挂上了一只草鞋。主仆一阵兴奋，但没在倒影中看见那只草鞋。

第一次没看到倒影中的草鞋，又得等一个月。

这样又过了一个月，十五当晚，月光清辉，洒满大地，又再次照到财主家的水缸，水缸的倒影中还没有出现挂的草鞋，主仆有些失望。

这样整整过去了一年，还是没看到这只鞋。主仆对草鞋是挂了，还是掉了，产生了怀疑。儿子的身体也越来越差，快撑不住了。

大伙急如麻团，但没有放弃，照常在每月十五看水缸倒影，每月如期翻山越岭到树上去挂草鞋，栓鞋的绳子还一次比一次结实。

几个月又很快过去了，时过境迁，管家沿着山路，一直找到传说中的山阴天乐，在虎山古樟下挂了一只草鞋。

这一次，水缸倒影的香樟树下终于看到了一只草鞋！主仆欣喜若狂。

连夜取水，折回山阴，用井水煎药，果真一个月后病愈。

这个月十五晚上，主仆再次去水缸看，发现倒影不见了！

后来，有人说这个和尚是神仙，他施了法术。也有人说是财主做好事积善得福，但至于财主家水缸中怎么会有树的倒影，却不得而知。

这个故事发生在萧山所前镇三泉王这个千年古村，这个村正是因"虎泉""牛泉""龙泉"这三泉而知名，也是用三泉来命名。

白果树的传说

陈亚兰

所前镇杜家村与郑家村交界处有一株白果树。树龄已有数百年以上。树形酷似乾隆皇帝在《银杏王》中所述："古柯不计数人围，叶茂枝孙绿荫肥。"

据说，这白果树是有故事的。

这故事要从上百年前的梅雨季节，泥石流冲走村庄说起。

数百年前的一场洪水，杜家村和郑家村成了堰塞湖。在水流湍急中，有两个小男孩抱着两段树搁在一块岩石上，被一村民救起。不幸的是两个小男孩父母已被洪水吞噬，家毁人亡了。从此两男孩吃着百家饭，穿着百家衣长大。村子里喊他们一个"大佬"，一个"小佬"。

大佬和小佬很看重两段逃生的树木。每到夏天，把两段树木放到太阳底下晒一晒以防霉烂。年复一年，两段树木被两个男孩珍藏了一个又一个酷暑严冬。

一天，大佬和小佬从山上回来，听到两段树在太阳底下"呱呱"叫，大佬与小佬跑去一看，树段已晒开了裂缝。两人心疼地抱起树段，只见裂缝处倏地掉出了一片黄纸，两人拾起，见上面画有两条船和两根杆子。大佬和小佬没有读过书，也不知道这图案是什么意思，只能将那片纸又放回了原处。

数年后，大佬已到当婚年龄。村民都赞这两个男孩勤劳又懂事。就托媒婆前去给大佬做媒。说姑娘不但人聪明还心地善良，大佬听了有点心动。但想到自己只有一间草棚，与小佬吃住在一起，总不能为了自己把小佬赶走。要论婚，觉得自己还真不够条件。

大佬闷闷不乐皱了三天眉头，那天又见媒婆来了，还带来一位写帖子的先生。这时大佬把自己的心事跟媒婆说了。媒婆翘着兰花指梳了三下头，说族长家里的千金是善解人意的。说着随手递给写帖先生一张纸，先生接过纸，见上面有图案即问这纸的来由。大佬突然想到，立即叫上小佬一起抱来了两段逃生的树段，奇怪的是两段树木裂缝处的黄纸片不见了，却见有两个小小的绿芽。大佬说，这处裂缝原有一片黄纸，跟刚才先生看到的图案相似，可现在怎么是嫩芽？写帖先生摸着树段，细瞧了一番，搂着胡须说："两条船，竖着两根是撑杆。好办，好办！我看面前还真有两条船需要你们撑起来。"说完再看时，黄纸上的图案不见了。

写帖先生点点头又说，此图为天意也！树大分叉，人大分家。你们可以各自成家立业了。我去外面走一圈。

不一会儿先生回来，跟大佬小佬说，我已看好了，你们舍后有一块"人"字形地，一撇一捺交界处，用你俩逃生的白果树段，去种上两株白果树。

不久，大佬跟杜家村里的族长女儿成亲，在树西南边耕作。小佬去白果树东面做了上门女婿。有人问大佬，小佬去了哪里。他说去成家了。后来不知是把"成家"叫成了"郑家"，还是上门这户人家是姓郑。事到如今，郑家村里民间确有说法，郑家是靠上门女婿发了家，人丁兴旺，子孙万代。

久而久之，种下的两株白果树，一株年年果实累累，一株却从来没结果，有人说是大佬和小佬的父母，为感激村里百姓的恩德而做起了两条大船的撑杆。

杜家村和郑家村村形狭长如两条大船，村口的两株白果树，寓意要把两个村庄撑住。老辈们说，郑家与杜家两条大船还真的牢牢撑住了，从来没有发过大水呢！

百年后，到了杜家和郑家修建水库的年月，那株公的白果树已成枯藤老树，其有一截树径空成一个大窟窿。捉迷藏的小孩最喜欢躲到洞里去。

村民白天忙着挑泥挖土修坝，晚间喜欢到白果树下纳凉聊天。那晚，村民们聊着聊着，突然一条大蛇从树上滑落。一男人毛骨悚然地说："我看这树洞里有蛇。"另一个说："不会吧，刚才我还看到小孩在这里玩呢！"说着各自有了争论。另一边的男人说，何必争辩，弄把麦秸塞进洞里，点火试一下就是了，如果真有蛇一定会爬出来。结果一点火，"轰"一下火势凶猛，直窜树洞上空。村里男女老少去溪边挑水，提桶，端脸盆。但杯水车薪扑灭不了。立即向消防队求救，消防车迅速赶来。因当年路窄水又远，还是救不了。一株公的白果树被烧死了。现在留下那株母的伫立村口，成了一杆撑两船。还年年新枝新叶，苍翠茂盛，果实累累。如同宽大胸怀的一位母亲，深邃从容地等待远方的游子！

现在这白果树不但成了村子的标志，也成了记录村子兴衰的一册史书。

宝地

傅华生

  相传，北宋政和年间，湘湖村有一位名叫孙辅仁的秀才，是村里私塾的教书先生。这一年，孙秀才36周岁了，按照当地的风俗习惯，必须建造坟墓，以备逝后之用。于是，孙秀才专门请了县城里一位号称"半仙"的风水先生俞正人，来到村后的山坡上选墓地。俞半仙手拿罗盘，踱着四方步子，东走走，西看看，在一块空旷的坡地上停了下来，口中念念有词："好地方，好地方。"孙秀才不解，赶忙上前探问究竟，俞半仙颇为神秘地指指点点，"你看这块地方，背靠青山，坐北朝南，左边的山冈似青龙，右边的山冈像白虎，左前方的湘湖如碧玉，实为难得的宝地，若在此地建造坟墓，保你孙家子孙荣耀富贵。"孙秀才大喜，当即重谢了俞半仙。

  消息很快传到村里的富豪曹富贵耳中，曹富贵坐不住了，心想，此等好事，怎能让孙辅仁这个穷秀才占了去。于是，拍拍脑袋，心生一计。当即派人四处放出风声，说是这块宝地早在一年前就被他家选中，并赶忙请来泥水匠及小工等人，开山劈石，准备建造坟墓。

  听说曹富贵来了个先下手为强，气得孙秀才火冒三丈，带上两个儿子，急匆匆赶到施工现场，与曹富贵当面评理。财大气粗的曹富贵仗着人多势众，根本不把孙秀才放在眼里，才说上几句，就争斗起来，这孙秀才手无缚鸡之力，刚一交手就被曹富贵打翻在地。孙秀才的两个儿子怒不可遏，冲上前去，也被曹富贵的家人三拳两脚打得趴在地上动弹不得。

  "天理何在？王法何在？"孙秀才在村中呼天嚎地，四处奔走，博得了村民们的广泛同情，一些老者愤愤不平，一起为孙秀才出谋划策："听说新来的知县杨时为官清正，执法如山，何不告曹富贵一状，出出这口恶气。"孙秀才听着有理，当即书写诉状，送进县衙。

听说孙秀才把自己告了，曹富贵捋了捋胡须，眼珠子一转，又心生一计。第二天一早，亲自带上50两白银，秘密前往县衙，送给知县杨时，请他在审案时手下留情，多加关照。同时派人带上10两白银，书信一封，送给风水先生俞半仙，要他到时候编造谎言，做伪证。

审案这天，只见知县杨时正襟危坐，两旁衙役整齐站立，煞是威风。曹富贵进来时，面露奸笑，趾高气扬，一副胜券在握的样子，气得孙秀才双眼冒火。孙秀才自恃有理在先，面无惧色，当堂痛陈曹富贵造谣惑众，抢夺墓地，打伤父子三人的行径，说到伤心处，不禁放声大哭，被杨时劝住。轮到曹富贵陈述时，曹富贵谎称自己早于孙秀才一年就选定此处墓地，并有风水先生俞半仙可以做证，还反咬一口，说是孙秀才滋事生非，父子三人意欲抢夺墓地，自己迫不得已，才作正当防卫。

听完两人陈述，杨知县也不多言，拍了一下惊堂木："传证人俞正人到庭。"不一会儿，风水先生俞正人蹒跚着来到大堂，只见他挺了挺腰板，一字一句地说："俞某不敢说谎，唯去过湘湖村一次，为孙辅仁秀才选察墓地，此外再无他行。"曹富贵一听，急得语无伦次："姓俞的，你……你……你……简直一派胡言。"俞半仙也不理会他，不慌不忙地从衣袋中掏出10两银子，一封书信，双手递给杨知县："这些均为曹富贵所送，请知县大人明察。"

杨知县从头到尾细看了书信，又一次拍了一下惊堂木，喝问曹富贵："曹富贵，人证物证俱在，你还有何话可说？"曹富贵一下子给弄昏了头脑，不知如何回答，跪在地上，吞吞吐吐地支吾一阵，一句话也说不出来，豆大的汗珠从脸上直淌下来。

案情至此，众人心中已经十分明白，不知杨知县如何断案？只见杨知县三拍惊堂木，环顾四周，厉声说道："本县自接孙、曹一案，即去湘湖周边明察暗访，早已心知肚明。然令人痛心的是，只见湘湖村之私塾，房屋破旧，年久失修，已成危房，将危及学童生命，而孙辅仁身为教书先生，不顾此情，忙着找宝地，为自己建造坟墓，实为失职之举。曹富贵制造谎言，抢夺墓地，大打出手，于法不容，更应重责。"停了一会，杨知县又说："如此争斗下去，岂不世代结怨，如何得了？依本县之见，此块土地，既不能判给孙家，也不能判给曹家，不如在此建造一所学堂，方便村中及周边学童就学，岂不是惠及子孙后代之千秋大业？"

孙秀才一听，慌忙跪倒在地，叩头说道："小人一时糊涂，险些酿成大错，知县大人所言极是，一切听凭大人明断。"

杨知县随即捧出50两白银，指着曹富贵说："曹富贵，这是你送我的50两白银，用意十分清楚，本县如果收下，岂不成了贪赃枉法之辈，今作罚没，作为建造学堂之费，以示惩戒。"曹富贵没有想到杨知县当场揭露此事，脸上红一阵、白一阵的，又羞又惊，低声说道："知县大人所言，如雷贯耳，振聋发聩，小人已然知错，愿再捐白银50两，作为建造学堂之用，以将功赎罪。"没等杨知县开口，站在一旁的俞半仙抢前一步，跪倒在地，动情地说："俞某一生观风察水，只知为人选择房址、墓址，从未想到为学堂选址之事，惭愧，惭愧。今听杨知县断此一案，胜读十年诗书，着实受益匪浅，俞某愿将曹富贵所送之10两白银，捐作建造学堂之用，另再捐10两，以尽绵薄之力。"

杨知县听到这里，不禁喜形于色："妙，妙，妙，众位今之所言，正合吾意，实乃天大之喜事也。"随即，杨知县下得堂来，左手挽着孙秀才，右手挽着曹富贵，告勉两人摒弃前嫌，合力同心，办好学堂，为子孙后代共谋福祉。孙、曹两人不胜感慨，频频顿首，连声称是，当即握手言和，公堂上下，顿时引发笑声一片。

新学堂落成之日，整个湘湖村像过年一样热闹。杨知县亲赴现场致贺，孙秀才、曹富贵等人忙前忙后，异常热心。风水先生俞半仙也穿插其间，十分活跃，只见他手拿罗盘，到处指指点点，口中念念有词，不时引得众人捧腹大笑。

后来，湘湖村这块宝地真正成了一片圣地，这所学堂人才辈出，先后有不少学子考中秀才、举人、进士，成为国家有用之才。知县杨时巧断墓地一案的故事，也一直流传到了今天。

这可真是：宝地起争端，执法如山巧断案。兴学功绩在，杨时美名世代传。

荷灯节

陈亚兰

　　相传春秋时期，吴国和越国发生了战争，越国被吴国打败，勾践随后入吴为质。三年后，越王勾践回到了越国，心里暗暗自责，觉得被吴国打败是越国的一种耻辱，立志要东山再起。他为了不忘记这种耻辱，让自己夜间睡在柴草上，在自己面前吊了一颗苦胆。每天都要舔一下这颗苦胆，告诫自己要雪洗耻辱，光复越国！

　　西施是越国苎萝山施姓樵夫的女儿，苎萝有东西两村，因她家住西村，所以叫西施。她父亲卖柴，母亲浣纱。她有一位闺密，叫郑旦，也长得天生丽质，惊世骇俗。

　　越王勾践三年，浣溪女西施和闺密郑旦全然没想到，"朝为越溪女，暮作吴宫妃。"这主要从越王勾践光复越国的需要说起。

　　越王勾践回到越国后重用一位叫范蠡的政治家，两人商议怎样光复越国之事，范蠡分析了吴王夫差好色的性格，即投其所好，献上美人计，在民间海选美女，最后寻得西施和郑旦，郑旦也是苎萝村人，与西施是老乡。郑旦外表美若天仙，跟西施不相上下。郑旦性格低调，内心善良。平时两人在一起，西施常悲叹自己貌不如郑旦，说自己眼睛太细，脸太小，郑旦劝说她："你看你在溪边浣纱时，鱼的眼睛比你还要细，脸比你还要小，看到你时，因羞愧见你而沉到了水底。"于是后世常用"沉鱼"来形容女子的美貌。西施说自己的腰、腿太细不好看，郑旦说，风摆细枝的杨柳才妩媚。西施嫌自己的脚太大，郑旦说，脚大可以穿上长裙就盖住了。西施听了郑旦的话后，一生只穿长裙。郑旦总是把一切美往西施身上推，其实郑旦自己也长得很美，但她从不炫耀自己有多美。久而久之，两人成了无话不谈的闺密。两人被选进宫时，范蠡将越国复仇的计划向西施和郑旦交代了，希望她们救越国，西施和郑旦没半句怨言，答应了范蠡。越王把选来的美女进行了艺术、礼仪培训，让她们知书识礼，能歌善舞。三年后，被送往吴王夫差宫廷里，顿时宫廷里的数千号美女都不在吴王眼里了。面对两位，吴王认为她俩才是自己要的大美女！

一天，郑旦跟西施说，昨晚梦见爹妈，很想回家去看看，就怕吴王夫差不同意，要西施想个办法让她出去。西施说，明天正好是中秋节，让郑旦和宫女一起跳好月影舞，然后她想办法送郑旦出去。

到了第二天晚上，西施陪着吴王夫差看宫女表演，吴王边饮酒边看，表演结束后，吴王已饮得九分醉，竟拉起西施的手，盯住西施的脸，问她是否有心事。西施摇摇头，说没有。吴王说："你嘴上说没有，可你心里有，我已看出。快快道来。"西施双眉一紧，尤其可爱，说："我想起小时候，与郑旦一起溪边赏月的情景。今晚月色如此美好，不知吴王是否让我们去宫边走走看看，即刻就回。"吴王哈哈大笑说："只要你开心，本王有何不许之理啊？"说完，西施和郑旦一起出了宫廷后花园的边门。分手时西施要她路上保重，代问自己父母的好，顷刻西施又回到吴王身旁。数年以后，郑旦杳无音讯……

勾践数年练兵，积聚了一定的力量，终于在公元前473年打败吴王夫差，灭掉了吴国。那天，西施趁吴国灭亡之际连夜出逃。她沿着回家的路，一路打听郑旦的消息，凡是当初两人走过的每一条路，她都去寻找，寻找着郑旦的同时也在寻找两人的曾经。她走啊走，走到临浦横一村的一个池塘边。恍惚中看到了郑旦穿着粉绿色舞裙跳着月影舞，她走近再看，原是一塘田田的荷叶，只看见倏地从荷叶中开放出荷花，亭亭玉立，其中有一株开得特别亮，似花蕊中火石燃放，西施就在这枝荷花边蹲下身。像是面对久别的闺密，喃喃自语了一会，西施起身时，这荷花掉在西施的脚边，西施捡起来吻了几下，准备带走。转身时，一尊观音佛像立在她身旁，仿佛说，郑旦早已客死他乡，你不用找了，她生前没有自由，让她随水而去吧。西施把这荷花又放回水中，看着它漾水漂去，似在向她告别。

这天正好是农历七月三十。后来在临浦横一村，民间为了纪念郑旦，每年这天晚上放起了荷灯，吃荷花糕，跳荷花舞。天黑时荷花池塘边敲起大锣大鼓然后绕着池塘跑着。池塘四边的男女老少开始把折好的荷花灯点亮，许上心愿放到水里让它漂去。

西施是古代四大美女之一，这是众所周知的，而郑旦的美貌和善良也给整个山村增添了不少绮丽的色彩，为了纪念她，村民在村里给她建了郑旦庙，现在谁都无法知晓过去的真假是非，只有纪念西施闺密郑旦的故事流传了下来，成为众人眼里传说中的"荷灯节"，每年这一天都热闹非凡。

火的艺术

吴桑梓

　　老铁的儿子叫小铁，小铁从小兴趣广泛，什么都要捣鼓一下，有一次，隔壁小姐姐把一幅刚画完却没有涂色的画放在桌子上，五岁的小铁看到了，顺手就涂上了，想不到涂得还不错，小姐姐不但没有生气，还把画交了上去，并得了高分。这一来老铁以为儿子是个画画天才，就想让他向画画的方面发展。可是有一天，他又看到小铁手里拿了一块石头，在七雕八雕，竟然雕了个狮子头，而且还算像样，难道他对雕刻感兴趣？老铁就去买一套雕刻刀具送给他，于是小铁什么都刻，什么木头、石头、甚至铁皮，虽然他是乱刻一通，但看上去都有点儿像样。这样东弄西弄，也弄不出什么成果，小铁还是接了老铁的班，进了机械厂当了个工人。

　　是金子总会发光，小铁这个工人处处留心眼，有一天，厂里宣传科的人在出黑板报，报上的刊头怎么也画不好，小铁上去三下两下就把刊头给画好了，而且还画得很不错。这下被宣传科长看中了，他让小铁进了宣传科。

　　出出黑板报写写宣传材料，对小铁来说只是小菜一碟，他总想做出点什么成绩，但也不知道自己想要干什么。正在小铁犹豫的时候，厂里要派人出差去天津，小铁被选中了。初次从南到北的小铁到了天津对什么都感到新奇，眼睛都用不过来了。同去的老同志对他说："事情我一人也能办妥，你就在天津多看看吧！"

　　小铁就在天津的大街小巷里走走看看，就这样让他看到一家用烙铁在葫芦上作画的店。只见那人把烙铁加热后在葫芦上画蜻蜓、甲虫、蜘蛛、蝈蝈等昆虫，一只只画得活灵活现，好看极了。他一直看到太阳下山才依依不舍地离开，但他的脑子里却烙下了"烙画"。

不要说小铁看到烙画感到稀奇，这种火的艺术——烙画，在小铁生长的这个地区确实还是个冷门行当，小铁想要拜师都无门，所以小铁从天津回来就钻进了图书馆，从书堆里他知道了，烙画其实是一种古老的民间传统艺术。可以追溯到秦代，那时是用针在油灯上炙烤，然后在尺子、筷子、手杖等小物件上作画，题材以花鸟虫鱼为主。烙画以河南、河北为发源地，后来普及北方，被称为"火笔画"。

这烙画需要很深的艺术功底，特别是中国画功底，那勾、勒、点、染、擦和白描等手法都要运用自如。

于是小铁这次积攒了半个月的假期又跑到天津，他熟门熟路地来到那个烙铁画铺前，却只见到了铁将军把门，问了下周边的店户，说是搬走了。这下小铁懵了！他漫无目的地在四处走着，走进了一个巷子，听到一阵呻吟，他顺着呻吟找去，看见一个半开的院子，里面一位老人躺在地上，呻吟就是他发出的。小铁忙上前，要扶老人，老人指了指腿，看来老人是腿跌伤了，小铁看了四周没人，就说要送老人去医院，老人同意了，小铁赶忙把老人背出巷子叫了一辆出租车把老人送进了医院，并帮着挂号付款。还好老人只是有点骨裂，回家养养就好，于是小铁又陪着老人回到院子。

老人说他的儿子在外地工作，家里就他一人，小铁不忍心，反正也找不到烙画师傅了，就说愿意留下来照顾老人，老人开心地答应了。小铁留下来后，为老人整理房子，竟然发现有一间屋子里挂满了烙画，他站在烙画前，看到的竟然是一批人物画，与那位烙花鸟鱼虫的烙画师傅，这里又是另一番天地。

他小心地问老人那烙画的事，老人说："我是搞烙画的呀。"小铁就说出了这次来天津的目的。老人哈哈大笑，说："我们天津搞烙画的多了，你我也算有缘，你就跟我学一下皮毛吧。"老人姓张，让小铁叫他张师傅即可。这位张师傅真是个热心人，也是小铁认真学习的精神让他感动，反正这师徒俩一个教得认真，一个学得认真，半个月下来，小铁对烙画入了门，临别之际，张师傅送给小铁一把烙铁。

从此小铁与烙画较上了劲，他把一切业余时间都交给了烙画。甚至在睡梦中也会惊醒过来，马上拿起烙铁作画。小铁生活的地区没有专门可以作画的葫芦，他就在纸上作画，先是用比较厚实的纸，等到有点把握了再用薄一点的纸，后来竟然能在薄如蝉衣的宣纸上用烙铁作画。他挑选了一幅难度较大的唐代画家吴道子的《八十七神仙卷》，开始了他的烙画大工程。

《八十七神仙卷》可不简单，而且是名家之作，小铁从此睡觉梦里都是神仙们的面貌、发式和飘逸的衣袂，到了入魔的地步。功夫不负有心人，小铁花了整整一年的业余时间，画成了《八十七神仙卷》，他把画装裱后挂在自己的卧室里，天天看，一再琢磨其中还有什么不足之处。最后他想把此画拿到天津请张师傅指点一下，谁知来到天津，张师傅家人去楼空，说是他被儿子接走了。就这样小铁拜师无门了，他得凭着自己的努力走下去。

渐渐地人物画成了小铁的专长，但他不满足，又对花鸟鱼虫进行了刻苦的钻研。也许是他本来就有画画的天赋，不久他又成功了。

成功了的小铁赶上了好时候，国家重视了民间工艺，特别是小铁这种传统的民间工艺，他参加了民间工艺的组织，成了烙画的传承人，他的作品频频亮相并多次获奖。

现在的小铁有了名气，也有了家室，更重要的是他成了专业烙画师，他的烙画有了市场，使他更有劲头在"火的艺术"这块园地里钻研。

他想要对社会做出贡献，觉得自己得向组织靠拢，他竟然不知道党组织早已对他进行着悄无声息的培养，他一路走来顺风顺水，没有组织怎么能走到这一步呢？成了党员的小铁不但收了徒弟，还到学校去给孩子们讲这火的艺术，并且从来不计报酬，他要让这朵北方的火花在南方灿烂地开放。

这下轮到老铁开心了，他看着儿子的烙画，儿子的进步，开心地说："这小子，总算找到了他该走的路。"

山脚窑烟

傅华生

湘湖砖瓦业最鼎盛的时候，周围有上百家窑厂，没日没夜地生产着砖瓦。文人墨客把此盛况称之为"山脚窑烟"，列入了湘湖八景。周易藻的《萧山湘湖志》中记载："沿湖各村大半以陶为业，故砖瓦为湖中大宗出品。"

面对"日暮窑头添新火，轻烟散作半山云"的景色，人们会由衷地说："湘湖砖瓦业的发展是从窑姑开始的啊！"

此话从何说起，那就得慢慢道来——

原来，有一年，湘湖边来了一位外地人，叫姚祖福，有烧制砖瓦的技术。他用湘湖的黏泥烧出的砖瓦质量特别好，特别畅销，所以几年下来，他的家底变殷实了。当地人非常羡慕姚家，有些人想从他那里"偷拳头"，设想着自己也办个砖瓦窑，但姚祖福就是坚决不肯外传他的秘籍。

姚祖福有个独生女儿叫姚姑，但是村里人习惯叫她窑姑。姚祖福唯一想的是，我这个外地人要在湘湖长住下去，必须把女儿嫁给当地有名望的人家，这样自己也就有靠山了。

那年，窑姑十八岁了。因为美丽善良，聪明能干，深得众小伙的欢心，但是她有她自己的追求。

爱情的种子是这样播下的。一天上午，窑姑在跨湖桥边河埠洗衣服，只见一位英俊健壮的青年男子划着渔船在捕鱼。此时，只见他非常潇洒地把渔网向空中撒开，一会儿渔网就沉入水里，接着他又不慌不忙地收网，网里就出现了好几条活蹦乱跳的大鲤鱼。窑姑看着看着，忘记了洗衣服，兴奋得拍手欢叫起来……这一晚，窑姑没有睡着，心里老是出现那青年的模样。

第二天上午，窑姑不由自主地一个人来到跨湖桥边，想再次看见那年轻人。但是，今天这里却没有他的身影。而在远处的山道上，走来一个挑着柴禾的青年。正是他！窑姑悄悄躲到一边，偷偷看着他的去向。只见他来到一幢低矮的破屋前，歇下担子，然后又挑起水桶到湖边挑水去了。不一会儿，他又端起一大盆衣服，到湖边洗了起来。

担水、洗衣，大多是女人干的活，怎么由他这个大男人做了呢？

窑姑从侧面向村人了解到，这青年名叫孙大刚，他的父母因病已经去世5年了，家里还有两个13岁的孪生弟弟，一个叫大川，一个叫小川。一家出了三个"光棍"，日子真有点难过。你看大刚20岁了，每天要么上山打柴，要么下湖捕鱼，还要种那几亩薄地。村里人都称赞大刚的为人，说他正在设法多挣些钱，想让两个弟弟去村里的私塾读书，自己到了应该找媳妇的年龄了，但是他却没有考虑自己。

窑姑十分同情大刚的处境。她想，这么勤劳的人，这么困难的家庭，我该多帮助他才是。窑姑有几个要好的小姐妹，她们相约到大刚家，帮助大刚洗衣被，料理家务。家里有什么好吃的，也送给大刚和他的两个弟弟吃。

通过半年多的接触，大刚和窑姑相互间的了解加深了，感情变深厚了。大刚爱窑姑贤惠，窑姑也很爱大刚勤劳。就是因为大刚家里实在太穷，迟迟不敢前往姚家提亲。

终于有一天，此消息传到了姚祖福耳朵里，他拍桌大骂起来："男婚女嫁，自古都是父母之命、媒妁之言。一个姑娘家，竟然自找婆家，成何体统？"不容窑姑分说，一把大锁将她锁进闺房，并命家人严加看管。

窑姑大哭大闹了一场，整整三天三夜不吃不喝，以死抗争。或许是老天也同情窑姑，窑姑被锁进闺房后，瓢泼大雨竟然下个不停。

听到窑姑被锁闺房的消息，大刚心急如焚，冒着倾盆大雨，跑到窑姑屋边的山坡上，面对着窑姑的窗户。两人泪眼相对，一站，也是三天三夜。

这时，窑场又传来一个坏消息：由于连天暴雨，挖黏土的泥塘坍塌，窑场被迫停产了。女儿的事加上泥塘的事，这两桩事情使姚祖福心里纠结得不得了。他一天到晚地唉声叹气，拿不出一个主意。傍晚时候，突然眼睛一黑，跌倒在地，他的妻子连忙去请村里的长辈。

村里的长辈们对过于精明而且特别自私的姚祖福不免颇多微词，他们想趁现在这个机会教训他一下。三位德高望重的老者来到姚祖福家里，开门见山地劝慰了一番："泥塘既已坍塌，急也无用，待天晴才可设法抢修。当下倒是先处理好窑姑之事要紧，以免夜长梦多，生出不测。"

他们分析说，窑姑不嫌贫穷，与大刚相亲相爱，并无伤风败俗之举，真情难得。大刚虽然家境贫寒，但勤劳朴实，聪明能干，实为孙氏家族优秀后生，虽然暂时落魄，日后肯定大有出息。窑姑慧眼识人，实为好事一桩。若是嫁给他，一则成全了一段美好姻缘，二则也好为你窑主添个得力助手，以救眼前泥塘坍塌之急，早日重振窑场生意。

这一番话当然是入情入理，使姚祖福无法拒绝，只好连声称是。他想，这一招既可为自己找到了一个下台的台阶，同时也给三位长辈和村人们一个面子，于是脸上渐渐露出了笑容。

三位长辈一看火候已到，便毛遂自荐："若是姚窑主看得起我们，我们三老愿做大媒，为窑姑说亲。"听到这里，姚祖福只好连声说好。

当即，祖福叫人放出窑姑，并将窑姑和大刚召到跟前，说道："看在三位长辈和村人的面上，成全你们的姻缘。眼下我必须先抢修泥塘，待窑场生产恢复后，即着手操办你们的婚事。"窑姑和大刚激动不已，双双跪倒在地，给祖福和三位长辈磕头。

下了三天三夜的大雨在这时立即停歇了下来。在祖福的指挥下，大刚全力以赴投身泥塘抢修之中。经过半月奋战，终于修复泥塘，恢复了窑场生产。接着就是窑姑和大刚喜结良缘。窑姑过门以后，第一件事就是把大川、小川送进村里的私塾读书。自己忙里忙外，操持家务，把一个家安排得井井有条。

大刚成了姚祖福的得力助手后，起早落夜，帮助料理砖瓦窑大小事务，深得老丈人的信任。他见大刚十分勤奋好学，就毫无保留地把他的烧砖制瓦的经验和经营管理方法都教给了女婿。几年后，大刚独当一面，成了远近闻名的烧砖制瓦好手。

大川、小川读完私塾后也会写会算了，祖福看着欢喜，也希望把这两个小伙子培养成才，就叫兄弟俩到砖瓦窑来。大川、小川与他们的哥哥一样，不久都成了烧砖制瓦的好手。姚祖福与大刚、窑姑商量，在跨湖桥北侧一个荒废的湖荡里，开辟一个新的大泥塘，在山边上新建起六孔砖瓦窑，分别交给大川、小川打理。兄弟俩同心协力，窑场办得颇为兴旺。

几年后，姚祖福去世了，大刚继承了他的产业。大川、小川都成家立业。兄弟三人办的窑场都十分红火。村里人要学习制作砖瓦的，兄弟三人是来者不拒，个个欢迎。这样，姚祖福苦苦保密的烧砖制瓦技术就这样广泛地传开了。于是，湘湖周边的乡民们纷纷跟样围起了泥塘，建起了窑场。一些新建的窑场缺乏技术，不善经营，出现一些困难，大刚三兄弟就主动抽时间帮助乡民们解决各类难题。这些窑场个个都兴旺得不得了。

人们看到，每当晨曦初露之时和暮色苍茫之际，环湘湖的山脚上，窑烟缥缈，袅袅婷婷。随着"山脚窑烟"这个湘湖一景被记录下来，窑姑和大刚三兄弟的故事，也一代一代地流传了下来。

石屋

田永梅

　　王金仙老太太住的石屋，是村里唯一的一间。它的与众不同在于土洋结合。已有快百年的时光了。

　　说起这间石屋要追溯到很远的年代。

　　王金仙老太太，今年九十多岁高龄了，如今独自住在石屋里。

　　她十三岁那年，被父亲王大发用她的婚姻交换了一个小山村后山的一块山地，王大发略懂一点风水，当年来这里做客，看好了朋友家山上的一块宝地，为了得到这块宝地，他把十三岁的女儿许配给了这户朋友家的儿子。

　　没想到女儿嫁过来的第三年，一场大火烧掉了王金仙丈夫的家，幸好人都没事。

　　王金仙就哭着去找王大发，要他赔一间房子给她，因为王金仙婚后知道她的婚姻是父亲换地换成的，所以对父亲很是怨恨。

　　王大发在当时也算是个有钱人，家里有房子几间，还有几亩土地，现在看到女儿家成了这个样子，内心也很愧疚，就答应拆一间房子给女儿。

　　于是，一间完整的屋架子就搬到了王金仙的夫家，只是大墙用当地的土石垒墙。

　　房子是王金仙夫妇亲手搭建的，当时那个艰辛无法形容，几个月后一间石屋出现在被火烧掉的老地盘上。王金仙由于劳累过度大病了一场。

　　1948年，新中国成立前，王金仙的丈夫应征入伍，1951年，又被调去抗美援朝。后来一直没有回家，丢下了苦命的王金仙母子两个人相依为命。

王金仙丈夫后来被追认为烈士后，政府曾出面修理过王金仙的石屋，也劝王金仙母子搬出石屋，住到村里的备用房。王金仙没有同意，说是，丈夫回来会找不到家的，这是我们俩亲手搭建的房子。

王金仙儿子长大后，被政府推荐上了大学，后来通过自己的努力，成了国家干部，再后来又下海经商成了本市的一名房产大亨。曾几次要接母亲王金仙去城里住，王金仙坚决不去，她说："这里有山有水，空气新鲜，周边的山地上还可以自己种植一些农作物，又新鲜又健康，干吗去大城市，房子再大也跟笼子里一样，哪哪都不习惯。"

儿子他们只好妥协，然后又跟母亲商量，把石屋拆了，重新造个新房子，王金仙还是不肯拆石屋，她说："石屋住着舒坦，夏天也凉快，打扫卫生也简单。"

没办法，儿子只有在石屋边上造了两间小洋房，因为媳妇和小辈们偶尔会回老家看老人，顺便又把石屋的屋面翻新了一下。

当有一天一个叫"美丽乡村"的名字也住进了这个小山村时，王金仙连续三个晚上没有睡好，她本来打算在石屋住到终老，尽管不能和丈夫厮守一生，但能厮守在他们一起搭建的房子里，也是一种宽慰和寄托。

这天晚上，王金仙老太太给儿子打通了电话：

"儿子啊，你们星期天到山里老家来一下，帮我把石屋的东西搬到旁边的新屋里，我要住那里去了。"

儿子一听，可高兴了，母亲终于想通了。对母亲，做儿子的是从小就顺从和孝敬，母亲一个人艰辛地把他哺育成长，吃过的苦难比任何人都多，所以，母亲说什么做儿子的从来不违反。

"妈，您放心，我这个周日就过来搬家。"

"我虽然十分不情愿搬出石屋，但前几天村里干部来了，还送了一张通知，说一户两宅的用户都要拆成一户一宅，我不能为难政府的政策，毕竟我们这些年受了政府许多的照顾，再说我也是一名共产党员。想当初，你上大学如果没有政府的推荐，也没有今天的你，做人要知恩图报，你说是不是？妈妈只有一个要求，到时候拆石屋前你要把石屋的样子拍下来，我要保存好，以后跟你爸爸有个交代。"

儿子手握电话，一时语塞，眼睛一阵潮湿。

仙女湖

陈亚兰

　　仙女湖，在江西新余市听说过，说起来那是"情爱圣地"，有记述"七仙女下凡"的故事。而我们萧山戴村那边的仙女湖，也是有故事的。

　　"仙女湖"是在石牛山的皱褶里，弥漫着远古味道的泉水溢出而聚此成湖。则"仙女湖"故事要从石牛山说起。

　　相传，石牛山上的石牛是被两次天雷打成的。据说，旧时有一户人家，在一场瘟疫中失去了家人，剩下了儿孙俩和一只牛。七十多岁的老奶奶在山脚边种田，九岁的孙女叫山女，她去山上放牛。每天出门前总是带上她父亲生前的一只竹篓，用来装牛粪。那几年洪涝灾害，原本就不肥的山田更是瘦得长不肥稻谷了，为了添加肥料，养牛养猪的人家，总是把牲畜拉的粪便视粪如金，哪怕只一点点都要捡回家作肥料。而这牛，经常在山顶上吃饱了青草，转身朝富阳山上拉屎。接不到牛粪的山女心里非常焦急。一天，为了接住牛粪，竭尽全力的山女整个身子扒到山顶上，手伸往富阳山头，一心顾着接牛粪而不小心摔死在山谷里。而后，孤独的老奶奶得了重病也随之去世。只剩下没主人的那头牛。

　　这牛仍是每天习惯地上山吃草，吃饱到富阳山上拉屎。傍晚回村里时，村民见着骂它："你这吃家饭拉野屎的家伙，主人都被你害死了，你还早出晚归！"

　　一天，牛又去山头吃草，吃饱了刚转身，突然黑雨中一声霹雳炸响，把牛打死了。牛头搁在山岗上，当时有人叫这山为"牛头山"。据说，这牛被天雷打死后，天帝看它壮实，就让它做起了自己的坐骑。几百年下来，天帝看牛一根筋不转弯，老实憨厚，就点它为神牛。哪知这神牛心里有个结，它总觉得对不住一个人，这个人就是山女。

有一年，牛头山这地方久旱无雨，不要说农田灌溉，就是百姓的生活用水也无处寻觅，许多人被旱灾夺去了生命。这事被天上的神牛知道，它偷偷逃出来，跑到东海龙王那里去借水，它吸足了水后，立马到牛头山这边普降了一场大雨，缓解了当地的旱情。不料神牛背着天帝这样做，是触犯天条。当天帝发现后大发雷霆，命令雷神立即将神牛处死。神牛逃到为救灾吐水的这座大山，找到了自己曾经的牛头，即卧下。这时，雷神双锤齐下，把神牛再次劈死，又多一个牛尾卧于山岗上。从此，后人有的叫"牛头山"，也有的唤"石牛山"。

相传，山女后来成了仙女，这牛成为后来传说中的牛郎，是牛郎前世对山女的亏欠，来世要找山女报答，因而续了一段牛郎织女的姻缘。

自从有了石牛山后，这山田从来不会干涸，种出来的稻谷颗粒饱满。当时人常说，这山田就是奇怪，别处的山田缺水，就这块山田从来不缺水。久而久之有人发现了，原来石牛山"肚子里"有一股泉水直接灌入这山田里。因为有了这块不缺水的山田，后人便有了打造"仙女湖"的念想。

想不到石牛卧岗五百年，一觉醒来天地新。不久，天帝念其有恩于百姓，赦免了它的罪过，还赠予它贮藏了数千年山中的气、积蓄于远古时代的泉。让石牛山上溪水潺潺，长流不断，最终形成了仙女湖。

一个神话般的传说，已在民间流传，每年的农历七月初七到七月十五，戴村村民把这个节日过得热热闹闹，即使在粮食紧缺时期，也没有怠慢过。各家一边讲"牛郎织女，鹊桥相会"，一边手中捏着米团子。时而口中哼出"你影只形单，羞睹牛郎织女星。"

图书在版编目（CIP）数据

杭州市萧山区原创故事作品集 / 本书编委会编. --
杭州：西泠印社出版社，2023.10
ISBN 978-7-5508-4319-6

Ⅰ．①杭… Ⅱ．①本… Ⅲ．①故事－作品集－中国－
当代 Ⅳ．①I247.81

中国国家版本馆CIP数据核字(2023)第197024号

杭州市萧山区原创故事作品集

本书编委会　编

责任编辑	刘远山　陈沐恩	
责任出版	冯斌强	
装帧设计	王　欣　侯行健	
责任校对	吴乐文	
出版发行	西泠印社出版社	
	（杭州市西湖文化广场32号5楼　邮政编码　310014）	
电　　话	0571-87240395	
经　　销	全国新华书店	
制　　版	杭州如一图文制作有限公司	
印　　刷	浙江海虹彩色印务有限公司	
开　　本	889mm×1194mm　1/16	
字　　数	240千	
印　　张	17.25	
印　　数	0001—1000	
书　　号	ISBN 978-7-5508-4319-6	
版　　次	2023年10月第1版　第1次印刷	
定　　价	68.00元	